DIANA PALMER

UN HOMBRE
audaz

Editado por Harlequin Ibérica.
Una división de HarperCollins Ibérica, S.A.
Núñez de Balboa, 56
28001 Madrid

© 2013 Diana Palmer
© 2017 Harlequin Ibérica, una división de HarperCollins Ibérica, S.A.
Un hombre audaz, n.º 228
Título original: Wyoming Bold
Publicada originalmente por Harlequin Enterprises, Ltd.
Traducido por Fernando Hernández Holgado

Todos los derechos están reservados incluidos los de reproducción, total o parcial. Esta edición ha sido publicada con autorización de Harlequin Books S.A.
Esta es una obra de ficción. Nombres, caracteres, lugares, y situaciones son producto de la imaginación del autor o son utilizados ficticiamente, y cualquier parecido con personas, vivas o muertas, establecimientos de negocios (comerciales), hechos o situaciones son pura coincidencia.
® Harlequin, TOP NOVEL y logotipo Harlequin son marcas registradas por Harlequin Enterprises Limited.
® y ™ son marcas registradas por Harlequin Enterprises Limited y sus filiales, utilizadas con licencia. Las marcas que lleven ® están registradas en la Oficina Española de Patentes y Marcas y en otros países.
Imagen de cubierta utilizada con permiso de Harlequin Enterprises Limited. Todos los derechos están reservados.

I.S.B.N.: 978-84-687-8493-9
Depósito legal: M-6176-2017

A Ellen Tapp, mi amiga de la infancia, con cariño

CAPÍTULO 1

Era una de las peores ventiscas en la historia del Rancho Real, en Catelow, Wyoming. Asomado a la ventana, Dalton Kirk hizo una mueca al ver que los copos de nieve parecían crecer a cada momento. Estaban a mediados de diciembre. Por lo general aquel tiempo tan malo solía llegar después.

Sacó su móvil para llamar a Darby Hanes, su capataz.

—Darby, ¿qué tal marchan las cosas por ahí?

—El ganado está bien hundido en la nieve —replicó Darby con voz entrecortada por las interferencias—, pero comida tendrá. Aunque cuesta llegar hasta él.

—Espero que no esto no dure mucho —comentó desanimado.

—Yo también, pero ya sabes que necesitamos esta nieve para compensar lo poco que ha llovido en primavera. Yo no me quejo —rio Darby entre dientes.

—Ten cuidado.

—Claro que sí. Gracias, jefe.

Colgó. Odiaba las ventiscas, pero Darby estaba en lo cierto acerca de su desesperada necesidad de nieve. El verano seco se lo había puesto difícil a los rancheros del Oeste y del Medio Oeste. Solo esperaba que fueran capaces de alimentar el ganado. En una emergencia, por supuesto, las instituciones federales y estatales podían ayudar lanzando desde el aire balas de heno a los animales.

Fue al salón, encendió el televisor y puso el canal de Historia. Haría bien en entretenerse en lugar de preocuparse tanto, pensó con humor.

Mavie, el ama de llaves, frunció el ceño cuando creyó haber oído algo en la puerta trasera. Estaba aclarando los platos en la cocina, nerviosa porque la tormenta parecía estar arreciando.

Curiosa, fue a asomarse tras los blancos visillos y se llevó un buen susto al descubrir un rostro pálido y ovalado mirándola a su vez con unos ojos verdes abiertos como platos.

—¿Merissa? —inquirió, sorprendida.

Abrió la puerta. Allí, envuelta en una capa color rojo sangre con capucha, estaba su vecina. Merissa Baker vivía con su madre, Clara, en una cabaña en medio del campo. Eran lo que la gente de la localidad llamaba una familia «peculiar». Clara sabía curar quemaduras y hacer desaparecer verrugas. Conocía todo tipo de remedios a base de hierbas contra las enfermedades y se decía que poseía la capacidad de adivinar el futuro. Se rumoreaba también que su hija tenía las mismas habilidades, solo que magnificadas. Recordaba que, cuando Merissa había estado en edad escolar, sus compañeros la habían rehuido y acosado tanto que su madre había tenido que sacarla del colegio local a causa de los problemas de estómago que le sobrevinieron. Las autoridades educativas le habían asignado un profesor para que la ayudara con las tareas y superara los cursos. Y ella se había graduado con notas que habían hecho avergonzar a la mayoría de sus compañeros.

Había intentado trabajar en la localidad, pero su reputación había inquietado a algunos empresarios de mentalidad conservadora, de manera que se había quedado en casa para ayudar a su madre, ganándose la vida con una combinación de adivinadora del futuro y diseñadora de webs, cosa en la que era muy buena. Al principio solo había contado con un viejo ordenador y una precaria conexión a Internet, pero luego, conforme el negocio había ido creciendo, había empezado a ganar dinero. Con el tiempo se había podido permitir un mejor equipamiento y mayor velocidad de conexión. A esas alturas, se había convertido en una profesional de éxito, Diseñaba páginas web para un escritor famoso y diversas empresas.

—¡Sal de la nieve, niña! —exclamó Mavie—. ¡Estás empapada!

—El coche no me arrancaba —explicó Merissa con su voz suave y melodiosa. Era casi tan alta como Mavie, que medía un poco más de uno setenta. Tenía el cabello espeso y corto, rubio platino, y unos ojos color verde claro que le llenaban toda la cara. Barbilla pequeña y redonda, boca en forma de arco, de un rosa natural, y orejas diminutas. Y una sonrisa capaz de derretir a las piedras.

—¿Qué estás haciendo aquí con esta ventisca?

—Tengo que ver a Dalton Kirk —dijo con tono solemne—. Es urgente.

—¿A Tank? —inquirió estupefacta Mavie, utilizando el cariñoso mote con que era conocido el hermano pequeño de los Dalton.

—Sí.

—¿Puedo preguntar de qué se trata? —preguntó Mavie, confusa, porque no creía que la familia tuviera asunto alguno que tratar con Merissa.

Merissa sonrió dulcemente.

—Me temo que no,

—Ah. Voy a buscarlo, entonces.

—Esperaré en la cocina. No quiero mojar la alfombra

—dijo la joven con una risa que resonó como un campanilleo.

Mavie fue al salón. En la televisión estaban dando un anuncio. Dalton había bajado el volumen.

—Malditas sea —masculló él—. Un minuto de programa y luego cinco minutos de anuncios. ¿De verdad esperan que la gente se quede sentada viendo tantos de una vez? —resopló. En seguida frunció el ceño al ver la expresión de Mavie—. ¿Qué pasa?

—Conoces a las Baker, ¿verdad? Viven en la cabaña que hay carretera abajo, la de la alameda.

—Sí.

—Ha venido Merissa. Dice que tiene que hablar contigo.

—Está bien —se levantó—. Dile que pase.

—No quiere pasar al salón. Se ha empapado mientras caminaba hasta aquí.

—¿Ha venido a pie? ¿Con esta ventisca? —señaló la ventana, donde se podían ver los enormes copos que no cesaban de caer—. ¡Pero si ya han caído más de dos palmos de nieve!

—Dijo que el coche no le arrancaba.

Suspiró. Apagó la televisión y dejó a un lado el mando a distancia. Siguió luego a Mavie a la cocina.

Reparó en la esbelta figura de su visitante. Era muy bonita. Sus labios eran de un rojo natural. Sus ojos eran enormes, verdes, de mirada cálida. Tenía un rostro en forma de corazón con una barbilla redonda que le daba un aspecto vulnerable. Llevaba una capa roja con capucha y, en efecto, estaba empapada.

—Merissa, ¿verdad? —preguntó con tono suave.

Ella asintió. Con los hombres, era muy recelosa. En realidad les tenía miedo. Esperaba que no se le notara demasiado.

Dalton era muy grande, como todos los chicos de los Kirk. Tenía el pelo muy negro, los ojos oscuros y un rostro enjuto y anguloso. Llevaba tejanos, botas y una sencilla camisa de franela. No parecía en absoluto el hombre acaudalado que era.

—¿Qué puedo hacer por ti?

Ella desvió la mirada hacia Mavie.

—Oh. Aprovecharé para limpiar un poco el polvo —dijo Mavie con una sonrisa. Los dejó solos, cerrando la puerta a su espalda cuando salió al pasillo.

—Corres un peligro terrible —le espetó Merissa, sin preámbulos.

Parpadeó asombrado.

—¿Perdón?

—Lo siento. Tengo la costumbre de soltar estas cosas así, no ha sido mi intención —se mordió el labio—. Tengo visiones. Mi madre también las tiene. El neurólogo dice que es debido a las migrañas, cosa que también tengo, pero, si solo fuera eso, ¿cómo es que las visiones siempre acaban haciéndose realidad? —suspiró—. Tuve una visión en la que aparecías tú. Tenía que decírtelo en seguida, antes de que resultaras herido.

—De acuerdo, te escucho —pensó, para sus adentros, que necesitaba un buen psicólogo antes que un neurólogo. Pero no tenía intención de decírselo. Era muy joven: apenas veintidós años, si no recordaba mal—. Adelante.

—Hace unos meses fuiste atacado en Arizona por cuatro hombres —dijo. Había cerrado los ojos. Si no lo hubiera hecho, habría visto la repentina rigidez de Dalton y la tensión de sus rasgos—. Uno de los hombres que estaba contigo llevaba una camisa de cachemira...

—¡Maldita sea!

Merissa abrió los ojos y esbozó una mueca al ver que la estaba fulminando con la mirada.

11

—¿Cómo es que sabes eso? —le preguntó, avanzando hacia ella con tanta rapidez que tuvo que retroceder y chocó contra una silla. A punto estuvo de caerse. Se agarró a la mesa justo a tiempo. ¿Quién te lo dijo? —exigió, pese a que se había detenido.

—Nadie. Yo lo vi —intentó explicarse. «¡Cielos, sí que es rápido!», exclamó para sus adentros. Nunca había visto a un hombre moverse así.

—¿Que lo viste? ¿Cómo?

—En mi cabeza. Fue una visión —se esforzó por explicarse de nuevo. Tenía las mejillas ruborizadas. Sabía que pensaba que estaba loca—. Por favor, déjame terminar. El hombre de la camisa de cachemira llevaba un traje y tú confiabas en él. Había otro hombre, uno de piel atezada que lucía muchas joyas de oro. De hecho, tenía una pistola bañada en oro y con perlas incrustadas.

—¡Ese detalle yo se lo conté únicamente a mis hermanos! —dijo, furioso—. ¡A ellos, a mi supervisor y, luego, a los tipos del departamento de Justicia!

—El hombre de la camisa de cachemira —continuó ella—. Él no es quién tú crees que es. Está relacionado con un cártel de la droga —volvió a cerrar los ojos—. Tiene negocios con un político importante. No sé qué tipo de negocios, eso no puedo verlo. Pero lo sé. Ese otro hombre aspira a conseguir un cargo institucional, la dirección de una importante agencia del gobierno con mucho dinero y poder político... —tragó saliva y abrió los ojos—. Quiere hacerte matar.

—¿A mí? —inquirió—. ¿Por qué?

—Por el hombre de la camisa de cachemira —explicó—. Él estaba con el tipo que te disparó, y que ahora se ha convertido en la mano derecha del líder del cártel de la droga. Pero eso es secreto. El cártel está invirtiendo dinero para que él pueda llegar a dirigir esa agencia del gobierno, de alto nivel. Una vez que resulte elegido, caso de que eso llegue a suceder, se asegurará de que los cargamentos de droga atraviesen la frontera sin interferencia alguna. Yo no sé cómo —alzó la mano como adelantándose a su pregunta—. Intentarán matarte para que no puedas delatarlo.

—Diablos. Yo identifiqué al tipo que me disparó ante la policía. Tienen mi declaración —resopló—. Todo está allí: lo del sicario con la pistola dorada, las joyas de oro, las botas de piel de cocodrilo, el diente de oro con un diamante incrustado... —soltó una seca carcajada—. Ya es demasiado tarde para que intenten acallarme.

—Yo solo te estoy contando lo que vi —balbuceó ella—. No se trata del hombre de la pistola dorada, sino del que llevaba la camisa de cachemira. Trabaja para el político. Ya ha intentado matar a un sheriff, un hombre que habría podido reconocerlo. El sheriff recibió un tiro... —cerró los ojos y torció el gesto, como si le doliera la cabeza. Lo cual era cierto—. Tiene miedo de los dos. Si tú lo reconoces, sus vínculos con el político saldrán a la luz y este acabará en prisión. Y él también. No es la primera vez que mata para proteger a su jefe.

Tank se sentó. Aquello era demasiado. Le despertaba los recuerdos de pesadilla del tiroteo. Los impactos de las balas, el olor a sangre, la desquiciada mirada del hombre de tez morena mientras accionaba su pistola automática. Y realmente había habido otro hombre allí, el tipo de la camisa de cachemira, como ella decía, el que había vestido de traje...

—¿Por qué yo no recuerdo eso? —murmuró en voz alta. Se llevó una mano a los ojos—. Había un hombre de camisa de cachemira. Me pidió ayuda, Me dijo que iba a cerrarse un trato de drogas, uno importante. Yo le llevé hasta allí en mi coche. Me dijo que era de la DEA... —se interrumpió para quedársela mirando boquiabierto.

—Eso no lo habías recordado antes —observó ella.

Él asintió. Estaba pálido como la cera. Gotas de sudor perlaban el labio superior de su boca bien cincelada.

Ella se arrodilló en el suelo junto a su silla y tomó su mano enorme, aquella con la que no se estaba frotando los ojos.

—Tranquilo —le dijo con un tono de voz que le recordó a la que se imaginaba que tendría un ángel misericordioso—. No pasa nada.

No le gustaba que lo trataran como a un niño. Retiró bruscamente la mano, pero lo lamentó cuando vio su expresión dolida mientras se incorporaba y apartaba.

Ella no podía imaginarse los recuerdos que le había despertado. Él seguía intentando lidiar con ellos, y con poco éxito.

—La gente dice que eres una bruja —le espetó.

No se dio por ofendida. Simplemente asintió con la cabeza.

—Ya lo sé.

Se la quedó mirando fijamente. Había algo como de otro mundo en ella. Era casi frágil, pese a su altura. Serena, dócil. Parecía perfectamente en paz consigo misma y con el mundo. El único torbellino anidaba en sus enormes ojos verdes, que lo miraban con una mezcla de miedo y de compasión.

—¿Por qué me tienes miedo? —le preguntó de pronto.

Ella se removió, incómoda.

—No es nada personal.

—¿Por qué? —insistió.

—Eres muy... grande —vaciló, estremecida.

Él ladeó la cabeza, frunciendo el ceño.

Ella forzó una sonrisa.

—Tengo que irme —le dijo—. Solo quería que supieras lo que he visto, para que puedas estar bien alerta.

—Tengo una fortuna invertida en equipamiento de videovigilancia en el rancho, debido a los toros de alta calidad que tenemos.

Ella asintió.

—Eso no significará ninguna diferencia. Encargaron a un asesino profesional que acabara con el sheriff de Texas. Él también tenía cámaras de seguridad. O al menos eso pensaba él.

Tank exhaló un largo suspiro. Se levantó, ya más tranquilo.

—Conozco a gente en Texas. ¿Dónde trabaja de sheriff?

Volvió a removerse inquieta. Él la intimidaba con su estatura.

—Al sur de Texas. En algún lugar al sur de San Antonio. No sé nada más. Lo siento.

Esa pista debía de resultar fácil de seguir. Si habían disparado contra un agente de la ley, el suceso debía de haber sido publicitado, de manera que podía rastrearlo en la red. Deseaba hacerlo, aunque solo fuera para demostrar la falsedad de su supuesta «visión».

—Gracias de todas maneras. Por la advertencia —sonrió, sarcástico.

—No me crees. Bueno, como quieras. Simplemente... ten cuidado. Por favor —se volvió y se subió la capucha.

Tank recordó entonces que había llegado hasta allí a pie.

—Un momento —fue al armario del pasillo, sacó una pelliza de pastor y se la lanzó—. Te llevo a casa —le dijo, buscando en el bolsillo las llaves del coche. Luego recordó que las había dejado colgadas en el gancho junto a la puerta trasera. Esbozando una mueca, las recogió de allí.

—No deberías hacer eso —le dijo ella, incómoda.

—¿El qué? ¿Llevarte a casa? Hay una ventisca. ¡Con este tiempo, ni siquiera puedes ver dónde pones los pies! —le dijo al tiempo que señalaba la ventana con una mano.

—Colgar las llaves ahí —vaciló. De repente tenía una mirada extraña, opaca—. No deberías hacerlo. Él las encontrará fácilmente y conseguirá acceder a la casa.
—¿Él? ¿Quién? —inquirió él.
Ella alzó rápidamente la mirada y lo miró perpleja.
—No importa —masculló Tank—. Vamos.

Se dirigían al garaje cuando Darby Hanes llegó a bordo de una de las camionetas del rancho. Bajó rápidamente, sacudiéndose la nieve de su chaquetón de lana. Pareció sorprendido de ver a Merissa, pero se tocó el sombrero con un dedo y sonrió.
—Hola, Merissa —la saludó.
Ella le sonrió a su vez.
—Hola, señor Hanes.
—Estuve revisando las cercas —explicó, suspirando—. He vuelto a por la motosierra. Un árbol caído nos ha tumbado una —sacudió la cabeza—. Mal tiempo hace. Y el pronóstico es aún peor.
Merissa se lo había quedado mirando fijamente, sin hablar. Dio un paso hacia él.
—Señor Hanes, por favor no vaya a tomarse esto a mal, pero... —se mordió el labio—. Tiene usted que llevarse a alguien con usted cuando vaya a talar ese árbol caído.
El hombre la miró con los ojos muy abiertos.
Ella volvió a removerse inquieta, como tambaleándose bajo una pesada carga.
—¿Por favor?
—Oh, no... ¡No será una de esas premoniciones! —rio Darby—. No se ofenda, señorita Baker, pero... ¡necesita usted salir más! ¡Salir de casa, ver más gente!
Ella se ruborizó, avergonzada.

Tank entrecerró los ojos y estudió sus pálidos rasgos. Se volvió luego hacia Darby.

—La cautela nunca sobra. Llévate a Tim contigo.

Darby suspiró y sacudió nuevamente la cabeza.

—Es un derroche de personal, pero si tú lo dices... Así lo haré, jefe.

—Yo lo digo.

Darby se limitó a asentir. Su expresión era elocuente. Era licenciado en Física y hombre muy pragmático. No creía en las cosas sobrenaturales. Tank tampoco, pero el gesto de preocupación de Merissa no dejaba de inquietarlo. Sonrió simplemente a Darby, que alzó las manos con gesto resignado y fue a buscar a Tim.

Tank la guió hasta su gran camioneta negra, de doble cabina, y la ayudó a subir al asiento del pasajero.

Una vez que se hubo sentado ante el volante y encendido el motor, se dio cuenta de que ella lo estaba mirando todo con expresión fascinada.

—¿Qué pasa? —le preguntó.

—Este vehículo... ¿puede cocinar y hacer la colada, también? —bromeó, con la mirada clavada en el enorme tablero de control—. Quiero decir que parece como si pudiera hacer cualquier cosa. Tiene hasta radio de satélite...

—Este es un rancho grande y pasamos mucho tiempo lejos de la casa. Tenemos GPS, móviles... Todo lo imaginable. Las camionetas están cargadas de aparatos electrónicos con un propósito. Y con grandes y caros motores V-8 —explicó para en seguida añadir con un brillo malicioso en sus ojos oscuros—: Si no fuéramos ecologistas fanáticos que producimos nuestra propia energía, nos condenarían por el inexcusable uso de gasolina.

—Yo también conduzco un V-8 —confesó ella con una tímida sonrisa—. Por supuesto, el mío tiene veinte años y arranca cuando quiere. Hoy no ha querido, por ejemplo.

Él sacudió la cabeza.

—Quizá Darby tenga razón. Pasas demasiado tiempo sola. Deberías conseguirte un trabajo.

—Ya lo tengo —le dijo—. Diseño webs. Trabajo en casa.

—De esa manera no conocerás mucha gente.

Su expresión se volvió tensa.

—Me las arreglo bien sin la mayoría de la gente. Y, desde luego, ellos se las arreglan muy bien sin mí. Tú mismo lo has dicho. La gente me tiene por una bruja —suspiró—. La vaca del viejo señor Barnes se quedó sin leche y él me echó la culpa. Y solo porque vivía cerca de donde él. «Todo el mundo sabe que las brujas hacen esas cosas»: eso fue lo que me dijo.

—Amenázalo con ponerle una denuncia. Eso le callará la boca.

Parpadeó sorprendida y giró la cabeza hacia él.

—¿Perdón?

—Ofensas. Delito de odio —explicó.

—Ah. Entiendo —suspiró—. Pero me temo que eso solamente conseguiría empeorar las cosas. En lugar de «la bruja», sería «la bruja que denuncia a todo el mundo».

Tank rio por lo bajo.

Ella inspiró profundamente y se estremeció. Apenas se veía nada entre la nieve.

—Seguro que tendrás problemas con este tiempo. Dicen que los antiguos pioneros de las caravanas solían quedarse con el ganado durante las tormentas y le cantaban para tranquilizarlo, de manera que no saliera de estampida. Al menos durante las tormentas de verano con rayos, según lo que he leído.

Él se mostró agradablemente sorprendido.

—Esos antiguos pioneros mimaban a su ganado. De hecho, nosotros tenemos un par de vaqueros cantantes que hacen guardias por las noches con nuestra cabaña.

—¿Y se llaman Roy y Gene?

Tardó en darse cuenta de la broma. Al final soltó una carcajada.

—¡No! Tim y Harry.

Ella sonrió. Su rostro se iluminó por completo. «Es guapísima», pensó Tank.

—La broma era buena —reconoció. Había aludido a los famosos vaqueros cantantes y actores Roy Rogers y Gene Autry.

Se estaban acercando a la cabaña. No era gran cosa. Había pertenecido a un viejo solitario antes de que los Baker la compraran más o menos por el tiempo en que nació Merissa. Su padre se había marchado de repente cuando ella solo contaba diez años. Habían corrido rumores sobre el motivo. La mayoría de la gente pensaba que habían sido las escalofriantes habilidades de su madre las que habían precipitado el divorcio.

Tank detuvo la camioneta.

—Gracias por haberme traído —le dijo ella, subiéndose la capucha—. Pero no tenías por qué haberlo hecho.

—Lo sé. Gracias por la advertencia —vaciló—. ¿Qué es lo que viste.... con Darby? —le espetó de pronto, odiándose a sí mismo por haberle hecho la pregunta.

Ella se tragó el nudo que le subía por la garganta.

—Un accidente. Pero, si se lleva a alguien consigo, no creo que le pase nada —alzó una mano—. Ya lo sé, tú no crees en todas estas tonterías. Yo solo digo lo que sé, cuando creo que puedo ayudar —lo miró con expresión dulce—. Habéis sido muy amables con nosotras durante todos estos años, todos vosotros. Cuando no podíamos salir a causa de las tormentas de nieve, nos mandabais provisiones. Una vez que nuestro coche se quedó atascado en una cuneta, mandasteis a uno de vuestros vaqueros para que nos lo sacara —sonrió—. Eres una buena persona. No quiero que te pase nada malo. Así que quizá esté loca, pero, por favor... ten mucho cuidado.

—De acuerdo —sonrió.

Ella sonrió también, tímida, y bajó de la camioneta. Cerró la puerta y corrió hacia el porche. Su capa roja, resaltando contra el blanco algodonoso de la nieve, le recordó a la protagonista de una película que había visto sobre un hombre-lobo. Era un tono rojo crudo, como de sangre, contrastando con un blanco inmaculado.

Una mujer mayor, con el cabello plateado, la estaba esperando en el porche. Miró por encima del hombro de Merissa e hizo un amago de saludo, algo incómoda. Merissa también se despidió con la mano. Ambas se apresuraron a entrar.

Por unos momentos Tank se quedó allí con el motor encendido, mirando fijamente la puerta cerrada, hasta que por fin metió una marcha y se alejó.

—¿De qué diablos te estás riendo? —preguntó Mallory a su hermano cuando poco después entraba en el salón.

Mallory y su esposa, Morie, tenían un niño de pocos meses de edad: Harrison Barlow Kirk. Ahora sí que eran capaces de dormir por las noches, para alivio de la casa entera. Cane, el hermano del medio, y su mujer, Bodie, estaban esperando una criatura, así que el barullo empezaría de nuevo para la primavera. Pero a nadie le importaba. Todos los hermanos estaban encantados con la noticia.

Un enorme árbol de Navidad se alzaba en una esquina, con una montaña de regalos que llegaba ya hasta el nivel de la primera fila de ramas. Era artificial. Morie era alérgica a los de verdad.

Tank se estaba riendo por lo bajo.

—¿Te acuerdas de las Baker?

—¿Las mujeres raras de la cabaña? —inquirió Mallory con una sonrisa—. Merissa y su madre, Clara. Por supuesto que me acuerdo de ellas.

—Merissa vino aquí para advertirme sobre un intento de asesinato.

Mallory se quedó perplejo.

—¿Un qué?

—Dice que un hombre va a venir a matarme.

—¿Te importaría explicarme por qué?

—Según ella, la cosa está relacionada con el tiroteo de Arizona, el que sufrí cuando estaba con el patrullero de la frontera —explicó. El recuerdo todavía le llenaba de inquietud—. Uno de los que dispararon teme que yo pueda reconocer a su compañero y causar problemas a un político que aspira a un cargo en el gobierno federal. Un asunto de drogas.

—¿Y cómo ha sabido ella todo eso?

Tank hizo una mueca, agitando las manos con burlona expresión teatral.

—¡Tuvo una visión!

—Yo no me lo tomaría tan a broma —repuso Mallory de forma extraña—. A una mujer del pueblo le aconsejó que no cruzara un puente en su coche. Dijo que había tenido una visión en la que se derrumbaba. La mujer fue de todas formas y, un día después, el puente se cayó justo cuando ella estaba pasando. Sobrevivió de milagro.

Tank frunció el ceño.

—Escalofriante.

—Hay gente que tiene habilidades en las que los demás no creen —dijo Mallory—. En cada comunidad hay alguien capaz de curar quemaduras y quitar verrugas, localizar pozos, incluso vislumbrar el futuro. No es algo lógico, algo que se pueda demostrar por el método científico. Pero yo lo he visto en acción. Recordarás que si ahora mismo tenemos en un pozo fue porque contraté a un zahorí para que viniera a encontrarlo.

—Un brujo de agua —se estremeció Tank—. Bueno, yo no creo en esas cosas y nunca creeré.

—Pues yo solo espero que Merissa esté equivocada —rodeó cariñoso con un brazo los hombros de su hermano—. Detestaría perderte.

Tank se echó a reír.

—No me perderás. He sobrevivido a una guerra y a un asalto con armas automáticas. Tal vez sea indestructible.

—Nadie lo es.

—Tuve suerte, entonces.

Mallory se echó a reír.

—Mucho.

Dalton se sentó ante su portátil cuando se acordó de lo que había comentado Merissa sobre el sheriff que había sido atacado en el sur de Texas.

Bebió un sorbo de café y se rio de sí mismo por haber dado fe a una historia tan disparatada. Hasta que echó un vistazo a las últimas noticias de San Antonio y descubrió que un sheriff del condado Jacobs, al sur de San Antonio, había sufrido un intento de asesinato a manos de desconocidos supuestamente relacionados con un conocido cártel de la droga, en la frontera de México.

Tank se quedó sin aliento mientras contemplaba anonadado la pantalla. El sheriff Hayes Carson del condado de Jacobs, Texas, había resultado herido por un supuesto sicario en noviembre y posteriormente secuestrado, junto con su novia, por miembros de un cártel de la droga que operaba en la frontera. El sheriff y su novia, que era la responsable de un periódico local, habían concedido una entrevista tras la dura prueba sufrida. El propio líder del cártel, a quien sus enemigos llamaban El Ladrón, resultó muerto cuando alguien lanzó una granada de mano debajo de un su coche blindado cerca de una población llamada El Cotillo, justo en la frontera con México. El asesino no había sido capturado.

Tank se recostó en su silla con un sonoro suspiro. Seguía preocupándole lo que Merissa le había contado sobre el tiroteo que sufrió, con detalles que él únicamente había compartido con sus hermanos y con las fuerzas de la ley. Ella no podía haberlos averiguado de una fuente convencional.

A no ser que... bueno, ella tenía un ordenador. Y diseñaba páginas web.

El cerebro le estaba trabajando a toda velocidad. Merissa poseía habilidades suficientes para romper códigos informáticos de seguridad. Sí, tenía que ser eso. De alguna manera se las había arreglado para acceder a información sobre su persona contenida en alguna web gubernamental.

Las dificultades que entrañaba aquella teoría no lograban penetrar en su confusa mente. No estaba dispuesto a considerar la idea de que una joven a la que apenas conocía poseyera poderes sobrenaturales. Todo el mundo sabía que los videntes no eran más que estafadores que le decían a la gente lo que esta quería escuchar y vivían de ello. No existía la clarividencia ni todas aquellas tonterías.

Él era un hombre inteligente. Tenía una licenciatura. Sabía que era imposible que Merissa hubiera conseguido toda aquella información por otro medio que no fuera uno puramente físico, probablemente también ilegal.

¿Pero cómo podía conocer detalles que él mismo había olvidado, como el tipo del traje, el agente de la DEA, el mismo que lo había atraído a una emboscada para luego desaparecer?

Apagó el ordenador y se levantó. Tenía que haber una

explicación lógica y razonable para todo aquello. Solo tenía que encontrarla.

Se había dejado las llaves del coche en la camioneta. Se puso el abrigo y se abrió paso entre la nieve hasta el garaje, para recuperarlas. La nieve era cada vez más profunda. Si no dejaba de nevar, iban a tener que poner en práctica medidas de emergencia para alimentar el ganado que se hallara en los pastos más lejanos.

Wyoming con tormentas de nieve podía ser un lugar mortal. Recordaba haber leído sobre gente que se quedaba atrapada y moría congelada en poquísimo tiempo. Pensó en Merissa y en su madre, Clara, las dos solas en aquella aislada cabaña. Esperaba que contaran con leña y provisiones suficientes, solo por si acaso. Tendría que enviar a Darby para que les echara un vistazo.

Frunció el ceño cuando descubrió que Darby no había regresado todavía. Habían pasado ya varias horas. Sacó el móvil y marcó su número.

Fue Tim quien respondió.

—Ah, hola, jefe —dijo Tim—. Iba a llamarte, pero quería asegurarme antes. Darby se hirió con una rama cuando estábamos tirando el árbol.

—¿Qué? —exclamó Tank.

—Se pondrá bien —se apresuró a asegurarle Tim—. Está magullado y se ha roto una costilla, así que pasará algún tiempo de baja, pero no es nada grave. Me dijo que, si hubiera ido allí solo, probablemente ahora estaría muerto. El árbol lo aprisionó. Yo pude quitárselo de encima. Pero si yo no lo hubiera acompañado... Dice que le debe la vida a esa chica Baker.

Dalton soltó el aliento que había estado conteniendo.

—Ya —murmuró con voz temblorosa—. No lo dudo.

—Perdona por no haberte llamado antes —añadió Tim—, pero tardé algo en llevarlo al pueblo, a la consulta del médico. Estaremos de vuelta en seguida. Tengo que recoger unos medicamentos en la farmacia para Darby.

—De acuerdo. Conduce con cuidado —le recomendó Tank.

—Descuida, jefe.

Dalton cortó la llamada. Estaba casi blanco. Mallory, que entraba en aquel momento con una humeante taza de café, se detuvo en seco.

—¿Qué pasa?

—Que acabo de curarme de mi actitud escéptica respecto a los fenómenos paranormales —respondió Tank con una seca carcajada.

CAPÍTULO 2

Dalton no podía encontrar el número de móvil de Merissa. De haberlo hecho, le habría dado las gracias por la información que había salvado la vida de Darby.

De todas formas, buscó la dirección de su negocio en Internet y le envió un correo electrónico. Ella respondió casi inmediatamente.

Me alegro de que Darby esté bien. Cuídate, le escribió.

Después de aquella experiencia, Tank se tomó mucho más en serio su consejo. Y lo primero que hizo fue llamar a Jacobsville, Texas. A la oficina del sheriff Hayes Carson.

—Esto le va a parecer extraño —le dijo a Hayes—. Pero creo que usted y yo tenemos una conexión.

—Estamos hablando por teléfono, así que yo diría que, efectivamente, tenemos una conexión —repuso secamente el sheriff.

—No, me refiero al cártel de la droga —Tank inspiró profundo. No le gustaba hablar de ello—. No hace mucho tiempo tuve una experiencia en la frontera de Arizona. Estaba con una patrulla fronteriza. Un hombre que se identificó como agente de la DEA me llevó a un lugar donde sospechaba iba a descargarse un convoy de droga y caímos en una emboscada. Me acribillaron a balazos. Me recuperé, pero me llevó mucho tiempo.

Hayes se mostró inmediatamente interesado.

—Eso sí que es curioso. Precisamente estamos buscando a un falso agente de la DEA aquí, en Texas. Yo detuve a un traficante hace un par de meses en compañía de un agente de la DEA, vestido de traje, sobre el que nadie pudo facilitarme información. Ni siquiera su gente sabía quién era, pero pensamos que puede que esté relacionado con el cártel que opera en la frontera. Varios de nosotros, incluido el FBI local y la DEA, hemos intentado darle caza desde entonces. Nadie puede recordar su aspecto. Incluso hicimos que la secretaria del jefe de policía local, que tiene una estupenda memoria fotográfica, recurriese a un dibujante para que elaborara su retrato. Pero nadie, ninguno de nosotros se acordaba de haberlo visto.

—Ese hombre se mimetiza con el ambiente.

—Desde luego que sí —repuso Hayes, pensativo—. ¿Cómo se le ocurrió conectar su caso con el mío?

Tank soltó una tímida carcajada.

—Esto sí que le va a parecer extraño. Una adivina de la localidad vino ayer a advertirme de que me había convertido en blanco de un político que tiene algo que ver con el cártel de droga y con un misterioso agente de la DEA.

—Una adivina. Oh-oh.

—Ya lo sé, usted pensará que estoy loco, pero...

—Da la casualidad de que la esposa de nuestro jefe de policía tiene esas mismas habilidades —fue la sorprendente respuesta del sheriff—. A Cash Grier le ha salvado la vida un par de veces porque sabía cosas que no debería saber. Ella lo llama «clarividencia» y lo atribuye a su ascendencia céltica.

Tank se preguntó si los ancestros de Merissa serían también celtas. Se echó a reír.

—Bueno, ahora me siento mucho mejor —bromeó.

—Ojalá pudiera volar hasta aquí para hablar tranquilamente conmigo —dijo Hayes—. Tenemos un expediente enorme sobre las operaciones de El Ladrón y de los hombres que lo sustituyeron después de su inesperado asesinato.

—A mí también me gustaría —confesó Tank—. Pero ahora mismo tenemos mucha nieve. Y con las Navidades tan cerca, es una mala época. Pero, cuando mejore el tiempo, le llamaré y concertaremos una entrevista.

—Buena idea. Su ayuda nos serviría de mucho.

—¿Se está recuperando bien de su secuestro?

—Sí, gracias. Mi novia y yo vivimos una aventura muy interesante, por llamarlo de alguna manera. No se la desearía ni a mi peor enemigo —rio—. Ella apuntó a uno de nuestros captores con un AK-47: fue realmente convincente. Y luego confesó, cuando todo hubo terminado, que no sabía si el arma estaba cargada y el seguro echado. ¡Qué chica!

Tank se echó a reír.

—Y qué hombre afortunado es usted, para ir a casarse con una chica así...

—Sí que lo soy. Nos casamos mañana, por cierto. Y luego nos iremos a pasar unos cuantos días a la capital de Panamá, de luna de miel. La semana que viene es Navidad, así que para entonces ya deberíamos estar de vuelta. ¿Usted está casado?

—Ninguna mujer de Wyoming está lo bastante loca como para quedarse conmigo —repuso Tank, irónico—. Mis dos hermanos sí que están casados. Yo solo estoy esperando a que algún alma caritativa me recoja.

—Pues buena suerte.

—Gracias. Cuídese.

—Lo mismo le digo. Me ha gustado mucho hablar con usted.

—Igualmente.

Tank colgó y fue a buscar a su hermano Mallory. Lo encontró en el salón, siguiendo la preciosa melodía de una famosa película. Mallory, como el propio Tank, era un dotado pianista. Y la esposa de Mallory, Morie, era mejor todavía que los dos.

Mallory advirtió la presencia de su hermano en el umbral y dejó de tocar, sonriente.

Tank alzó una mano.

—No estoy reconociendo que seas mejor que yo. Solo estaba pensando que Morie nos supera con mucho a los dos

—Por supuesto que sí —repuso Mallory con una sonrisa. Se levantó de la banqueta—. ¿Problemas?

—¿Recuerdas lo que te dije sobre el comentario que me hizo Merissa, acerca de un sheriff de Texas cuyo caso estaba relacionado con el tiroteo que sufrí yo?

Mallory asintió, expectante.

Tank suspiró. Se sentó en el brazo del sofá.

—Bueno, pues resulta que existe, de hecho, un sheriff en Texas que fue secuestrado por un cártel de la droga... quizá el mismo cártel que disparó contra mí.

—¡Santo Dios! —exclamó Mallory.

—El sheriff se llama Hayes Carson. Sufrió un intento de asesinato a manos de un señor de la droga al que arrestó, justo antes de Acción de Gracias. Su novia y él fueron secuestrados por varios hombres de El Ladrón y retenidos en la frontera con México. Escaparon. Pero Carson dice que, antes de eso, tuvo un encontronazo con uno de los matones del cártel en el que estuvo implicado un agente de la DEA, vestido de traje. La secretaria del jefe de policía local vio al tipo. La mujer tiene una memoria fotográfica estupenda, pero, cuando el dibujante de la policía bosquejó su retrato, ni Carson ni los federales pudieron reconocerlo.

—Curioso —murmuró Mallory.

—Sí. Yo me acordé, después de que Merissa viniera aquí, que fue un agente de la DEA, también vestido de traje, quien me llevó a la emboscada de la frontera.

Mallory exhaló un largo suspiro.

—Dios mío.

—Merissa dice que los mismos tipos andan detrás de mí porque tienen miedo de lo que yo pueda recordar. Lo peor de todo es que no recuerdo nada que pueda ayudar a acusar a alguien. Solo recuerdo el dolor y la certidumbre de que iba a morir allí, en el polvo, cubierto de sangre y completamente solo.

Mallory le puso una mano en el hombro con gesto cariñoso.

—Pero eso no sucedió. Un compasivo ciudadano te vio y avisó a la policía.

Tank asintió.

—Recuerdo vagamente eso. Una voz, sobre todo, diciéndome que me pondría bien. Tenía acento español. Me salvó la vida —cerró los ojos—. Había otro hombre discutiendo con él, ordenándole que no hiciera nada. Pero para entonces ya era demasiado tarde: la llamada ya había sido hecha. Recuerdo también la voz de ese segundo hombre. Estaba soltando maldiciones. Tenía acento de Massachusetts —se echó a reír—. De hecho, se parecía a esas viejas grabaciones de voz de los discursos del presidente Kennedy.

—¿Qué aspecto tenía?

Tank frunció el ceño. Volvió a cerrar los ojos, esforzándose por hacer memoria.

—Apenas lo recuerdo. Llevaba traje. Era alto y muy pálido, pelirrojo —de repente se sobresaltó—. ¡No se me había ocurrido antes! —volvió a abrir los ojos y miró a

Mallory—. Creo que era el agente de la DEA —frunció el ceño—. ¿Pero por qué iba a ordenar al otro hombre que no me ayudara si era un agente federal?

—¿Era el mismo que te llevó allí?

Tank frunció el ceño.

—No. No pudo haber sido él. El tipo de la DEA tenía el pelo oscuro y un acento sureño.

—¿Se lo describiste al sheriff?

Tank se levantó.

—No, pero pienso hacerlo.

Sacó su móvil y marcó el número de Hayes Carson, que ya tenía registrado.

Hayes respondió en seguida.

—Carson.

—Soy Dalton Kirk, de Wyoming. Acabo de acordarme de que un hombre avisó a la policía cuando me dispararon. Había otro tipo con él que intentó impedírselo. Era un hombre alto, pelirrojo y con acento de Massachusetts. ¿Le suena eso a alguien que pueda recordar?

Hayes se echó a reír.

—No. Nuestro tipo era alto, rubio y con un ligero acento español.

—¿Un español rubio? —replicó Tank a su vez, divertido.

—Bueno, en el norte de España hay mucha gente rubia y con ojos azules. Algunos son pelirrojos. Y la gente del norte tiene orígenes célticos, como los irlandeses o los escoceses.

—No lo sabía.

—Ni yo, pero uno de nuestros agentes federales es un fanático de la Historia. Lo sabe todo sobre Escocia. Me lo dijo él.

—Todo esto es muy extraño. El hombre que me llevó a la emboscada era alto y de pelo oscuro. El que estaba con el tipo que avisó a la policía era pelirrojo. Pero recuerdo que ambos llevaban traje —sacudió la cabeza—. Quizá el trauma me ha afectado la memoria.

—O quizá el tipo usara disfraces —Hayes estaba pensando en voz alta, concentrado—. ¿Ha visto alguna vez aquella película de El Santo que protagonizó Val Kilmer?

Tank frunció el ceño.

—Creo que sí.

—Bueno, pues el tipo era un auténtico camaleón. Podía cambiar de aspecto en un santiamén. Se ponía una peluca, cambiaba de acento, etc.

—¿Cree que nuestro tipo podría ser alguien así?

—Es posible. La gente que trabaja en misiones de espionaje y encubrimiento tiene que aprender a disfrazarse para evitar que la descubran. Puede que tenga experiencia en operaciones secretas.

—Si conociera a alguien relacionado con la inteligencia militar, quizá podría averiguar algo al respecto.

—Aquí tenemos a un tipo, Rick Márquez, que es inspector de policía en San Antonio. Su suegro es un jefazo de la CIA. Podría conseguir que nos ayudara.

—Es una buena idea. Gracias.

—No sé si podrá encontrar algo. Sobre todo con las descripciones tan extrañas que tendré que facilitarle...

—Escuche —le dijo Tank—, merece la pena intentarlo. Si alguna vez ese tipo ha usado disfraces en el pasado, existe la posibilidad de que alguien lo recuerde.

—Es posible, supongo. Pero, en las misiones secretas, me temo que usar disfraces no es precisamente una rareza —repuso Hayes y añadió, vacilando—: En mi caso particular, existe otra interesante conexión.

—¿Cuál?

—El padre de mi novia, su padre biológico, es uno de mayores jefes de los cárteles de la droga en el continente.

Se produjo un significativo silencio al otro lado de la línea.

—Él nos ayudó a acabar con El Ladrón —continuó Hayes—. Y salvó a la familia del hombre que ayudó a rescatarnos a Minette y a mí. Para ser uno de los «malos», es lo más parecido que existe a un ángel. Se le conoce como El Jefe.

—Un sheriff con un delincuente como futuro suegro —comentó Tank—. Eso sí que es una rareza.

—Es que él lo es. Puedo pedirle que pregunte a sus fuentes a ver si puede encontrar algo, como por ejemplo algún político en ascenso con relaciones con el narcotráfico.

—Eso estaría muy bien. Gracias.

—Simplemente estoy tan comprometido en esto como usted. Siga en contacto.

—Lo haré. Y, mientras tanto, ambos deberíamos extremar nuestro cuidado.

—No puedo estar más de acuerdo.

Lo siguiente que hizo Tank fue conducir hasta la cabaña de Merissa en medio de la ventisca. Lo que quería hablar con ella no era algo con lo que se sintiera cómodo haciéndolo por teléfono. Si realmente había un asesino tras él, bien podía pinchar su teléfono. Cualquiera que hubiera participado en misiones secretas poseería esa capacidad.

Cuando aparcó frente a la puerta de la pequeña cabaña, Clara, la madre de Merissa, estaba esperándolo. Sonrió cuando lo vio bajar de la camioneta y descendió los escalones a su encuentro.

—Merissa me dijo que vendrías —le dijo con una tímida sonrisa—. Ahora mismo está acostada, con una fuerte migraña. Se despertó con ella, así que la medicina no le está haciendo mucho efecto —añadió, preocupada.

—¿Una medicina prescrita por un médico? —inquirió Tank con tono suave, sonriendo levemente.

Clara bajó la mirada.

—Hierbas medicinales, más bien. Mi padre era un chamán comanche —explicó.

Tank se limitó a arquear las cejas.

—Lo sé. Yo soy rubia y Merissa también, pero así son las cosas. Yo tuve un bebé después de Merissa. Murió... —vaciló, todavía afectada a pesar de los años transcurridos—, cuando solo tenía una semana de vida. Pero era moreno y de ojos castaños. Merissa y yo debemos de tener genes recesivos. Por nuestro color de piel, quiero decir,

Tank se le acercó. Pudo ver que Clara, como Merissa, retrocedía inmediatamente, inquieta.

Se detuvo en seco, ceñudo.

—Genes recesivos.

Ella asintió. Tragó saliva, relajada al ver que no pensaba acercarse más.

—Clara, yo no la conozco lo suficiente y no quiero pecar de entrometido —empezó de la manera más suave posible—, pero me sorprende que tanto usted como Merissa reaccionen retrocediendo cada vez que yo me acerco.

Clara titubeó. De manera extraña, confiaba en Tank, a pesar de que apenas lo conocía.

—Mi... exmarido... era aterrador cuando perdía la paciencia —forzó una carcajada—. Es un antiguo reflejo. Perdona.

—No se preocupe —repuso, amable.

Ella volvió a alzar la mirada hacia él con unos ojos verdes que eran exactamente de la misma tonalidad que los de Merissa.

—Me divorcié de él, con ayuda del sheriff local... el precedente del actual. Era muy bueno. Consiguió ayuda para nosotras, nos acogió durante el proceso de divorcio y se aseguró de que mi exmarido abandonara no ya el pueblo, sino el estado —esbozó una débil sonrisa. Tragó saliva. No parecía llevarlo demasiado bien, ni siquiera después de tanto tiempo—. Siempre le teníamos miedo, cuando... cuando se enfadaba. Era un hombre grande, como tú. Alto y fuerte.

Tank la miró a los ojos.

—Yo soy un trozo de pan —le confesó—. Pero, si le cuenta esto a alguien en mi rancho, mandaré un correo electrónico a Santa Claus para que le traiga carbón este año.

Clara, que se había quedado estupefacta, se echó a reír.

—De acuerdo —se puso seria—. Merissa dice que el hombre que te arrastró a la emboscada va a venir.

La expresión de Tank se endureció.

—¿Cuándo?

—Estas cosas no funcionan así —dijo ella—. Esa es la razón por la que no pueden demostrarse científicamente, porque los experimentos bajo parámetros científicos no suelen funcionar. Es algo esporádico. Yo sé cosas, pero generalmente es algo muy nebuloso y tengo que interpretar lo que veo. Merissa está mucho mejor dotada para eso que yo. Eso lo ha convertido en víctima de muchas crueldades, me temo.

—Lo sé. ¿Puedo verla?

—No se encuentra bien...

—Mi hermano mayor, Mallory, es propenso a las migrañas. Tiene una medicación muy fuerte que puede prevenirlas si se la toma con la suficiente antelación. Pero las migrañas con las que se despierta no responden a esos medicamentos.

—Las de Merissa son muy malas —le informó ella—. Entra. ¡Siento haberte tenido aquí fuera con este frío!

—Llevo un chaquetón muy grueso —le aseguró, sonriente.

Merissa no estaba en cama. Procedente del baño, se oían los desagradables sonidos de alguien vomitando.
—Oh, vaya... —empezó Clara.
Tank entró directamente allí, encontró una toallita y la humedeció mientras Merissa, arrodillada ante el inodoro, seguía teniendo arcadas.
—¡No deberías... estar aquí! —protestó débilmente.
—Tonterías. Estás enferma —esperó a que terminaran los espasmos, tiró de la cadena y le limpió el pálido rostro. Sus ojos eran enormes—. Ha pasado ya, ¿verdad?
Ella tragó saliva, con un pésimo sabor de boca.
—Eso creo.
Tank localizó un enjuague bucal y vertió un poco en un vaso. Sonrió mientras la veía enjuagarse la boca, y abrió el grifo cuando ella se apartó por fin del lavabo.
Volvió a lavarle la cara como habría hecho con un niño, admirando su delicada belleza de elfo. Su semblante era de un blanco cremoso, con una ligera tonalidad melocotón: exquisito, como aquella preciosa boca en forma de arco.
—Eres preciosa, ¿lo sabías? —murmuró en voz baja.
Ella se lo quedó mirando sorprendida.
—No importa —le puso la toalla húmeda en la mano, la levantó en brazos y la llevó a la cama. La arropó con delicadeza—. Quédate quieta. Tengo un amigo médico. ¿Te importa que lo llame para que venga?
—Los médicos no hacen visitas a domicilio —protestó ella.
—Oh, este sí —sacó el móvil, marcó su número y esperó unos segundos a que respondiera—. John. Hola. ¿Tienes unos minutos para echar un vistazo a una joven que padece

unas migrañas terribles y no está tomando medicación? —se interrumpió, sonriendo—. Sí. Es una belleza —añadió, mirando a Merissa.

Siguió lo que evidentemente debía de ser una pregunta.

—Merissa Banker —respondió Tank.

Merissa cerró los ojos. Ahora el hombre no vendría. Sabía que era la bruja, la mujer a la que todo el pueblo evitaba.

Pero Tank se estaba riendo.

—Sí, es un fenómeno. Yo soy testigo de sus habilidades. Sí, ya sabía que vendrías. Te esperamos. ¿Quieres que te mande a uno de los muchachos para que te traiga hasta aquí? —asintió—. No hay problema. Llamaré a Tim ahora mismo —cortó la llamada, llamó a Tim y le dio instrucciones de que fuera a recoger al médico.

Finalmente se volvió hacia Merissa y se sentó en la cama, junto a ella.

—Se llama John Harrison. Está jubilado, pero es uno de los mejores médicos que he conocido nunca, y su licencia de facultativo sigue vigente.

Merissa se quitó la reconfortante toalla fría y húmeda de los ojos y los entrecerró, cegada por la luz. La fotofobia era uno de los síntomas de su estado.

—¿El doctor Harrison? Está fascinado por los fenómenos paranormales —señaló—. Dicen que es amigo de un investigador que solía trabajar en el departamento de parapsicología de una importante universidad del Este, hace años.

—Es cierto. De ti piensa que eres fascinante. Se muere de ganas de conocerte —le dijo.

Ella suspiró y volvió a ponerse la toalla sobre los ojos.

—Eso es una novedad, al menos. La mayoría de la gente no quiere conocerme. Tienen miedo de que les agríe la leche...

—Tú no eres una bruja —replicó Tank—. Simplemente tienes un don que cae fuera del conocimiento científico. Dentro de un par de siglos, los científicos lo estudiarán como ahora estudian otros estados. Ya sabes, hace unos doscientos años o así, no existían los antibióticos y los médicos no tenían idea de cómo funcionaban exactamente las enfermedades.

—Hemos avanzado mucho desde entonces.

Él asintió.

—Desde luego que sí. ¿Te sientes mejor?

—Un poco. Gracias.

Clara estaba en el umbral, con expresión perpleja.

—Las hierbas medicinales siempre habían funcionado antes —comentó.

Tank alzó la mirada.

—¿Podrías prepararle una taza de café bien cargado?

La mujer parpadeó sorprendida.

—¿Perdón?

—Un viejo remedio contra los ataques de asma y las jaquecas. Ya sabes que la mayoría de las medicinas para las jaquecas contienen cafeína.

Clara se echó a reír.

—Algo sí he aprendido... Sé mucho de hierbas, pero nunca había pensado en el café como en un medicamento. Ahora mismo lo preparo.

—A mí me encanta el café —susurró Merissa—. Esta mañana no pude desayunar, así que me perdí mi primera taza del día.

—Entre los dos haremos que te sientas mejor. No te preocupes.

Ella tragó saliva. El dolor era muy fuerte.

—Eres muy amable. Por lo del médico, quiero decir.

—Es un buen amigo mío.

Ella lo miró por debajo de la toalla.

—Eres bueno con los enfermos.

Tank se encogió de hombros.

—El caso es que, en su momento, pensé en hacerme médico. Pero la perseverancia no es mi fuerte. Quizá se trate de un brote de ADD en la edad adulta —rio por lo bajo, aludiendo al Desorden de Déficit de Atención.

Ella sonrió.

—Bueno, gracias.

Él le devolvió la sonrisa y volvió a colocarle la toalla húmeda sobre los ojos.

—Imagino que la luz te molestará, incluso con las cortinas cerradas. Mallory tiene que meterse en un cuarto oscuro y en el más completo silencio cuando sufre esas jaquecas tan fuertes.

Se oían sonidos procedentes de la cocina. El delicioso aroma del café recién hecho llegó hasta ellos. Un par de minutos después. Clara entró con dos tazas, que entregó a cada uno. El de Tank llevaba leche, sin azúcar.

Se la quedó mirando perplejo.

—¿Cómo sabías cómo tomo el café?

Clara se encogió de hombros y suspiró. Tank se echó a reír.

—Bueno, gracias de todas maneras. Es igual.

La mujer sonrió.

El médico, John Harrison, era alto, de pelo gris y ojos de color azul muy claro. Sonrió cuando Clara lo acompañó hasta el dormitorio, donde Tank seguía sentado en la cama, junto a Merissa.

Tank se levantó. Ambos hombres se estrecharon las manos.

John abrió su maletín, sacó su estetoscopio y se sentó junto a la pálida joven.

—Doctor Harrison, gracias por haber venido —le dijo Merissa con voz débil.

—Así es como se hacían las cosas antes, en los viejos tiempos, cuando yo me licencié —le dijo—. No puedes imaginarte la cantidad de ancianos que, sin fuerzas casi para caminar, casi me aplaudían cuando me veían aparecer en la puerta. Ahora que ya soy un viejo, lo entiendo bien. Es duro para las articulaciones pasar sentado una hora o dos esperando a que te vea el médico.

Examinó sus constantes vitales y se puso el estetoscopio. Le mandó hacer ejercicios muy sencillos y miró luego sus pupilas.

—No he sufrido ningún ataque de corazón —se burló ella.

Él arqueó las cejas.

—¿Cómo sabías que estaba pensando eso?

—No lo sé —se ruborizó—. Son cosas que se me ocurren —y añadió, suspirando—: Mi vida sería mucho más sencilla si fuera normal.

Él rio suavemente, sacó un pequeño frasco y desenvolvió una jeringuilla. Colocó la aguja, la insertó en el frasco, sacó el aire y la fue llenando.

—Esto puede que te duela un poco —le puso en el brazo un algodón humedecido con alcohol antes de clavarle la aguja con gran delicadeza. Segundos después, la retiró.

Ella ni siquiera había pestañeado.

—No me ha dolido nada. Ya me siento bastante mal.

—¿Tienes aura? —le preguntó él.

—Sí. Por lo general me quedo ciega de un ojo, como esas interferencias que se ven en la televisión cuando no se sintoniza ningún canal. Pero esta vez había luces de colores muy brillantes.

El médico asintió.

—¿Tienes médico de familia?

—Antes íbamos al doctor Brady, pero se trasladó a Montana —respondió con tono suave—. Ahora vamos a la clínica.

—A partir de ahora puedes considerarme tu médico de familia. Si quieres —le ofreció—. Y te haré visitas a domicilio.

—Es usted muy amable —le dijo Merissa con sentida gratitud—. ¿Sabe? Nosotras asustamos a la mayoría de la gente. Mi madre y yo.

—Yo no estoy nada asustado. Estoy intrigado. Esta inyección te hará dormir. Cuando te despiertes, el dolor de cabeza habrá desaparecido. Pero si empeora o tienes nuevos síntomas, llámame.

—Lo haré —le prometió ella.

—Y creo que deberías hacerte un escáner. Solo para descartar cualquier cosa peligrosa.

—Odio las pruebas —gruñó—. Pero ya me he hecho muchas. El neurólogo nunca encontró tumor alguno. Dijo que se trataba de una migraña sin causa específica.

—¿Te importa que contacte con él? Sé que apenas acabamos de conocernos, pero...

Ella sonrió.

—En absoluto —era maravilloso tener un médico que no la tenía, a ella y a su madre, por personas «peculiares»—. Le apuntaré su número.

Así lo hizo, en un pedazo de papel, que le entregó. Él se lo guardó en un bolsillo de la chaqueta.

Le dio unas palmaditas en el hombro.

—Cuando te encuentres mejor, me gustaría hablar contigo sobre ese don tuyo. Mientras estudiaba en la universidad, hice varios cursos de antropología. Todavía sigo cursos por Internet, para mantenerme al día en la disciplina. En todas las comunidades culturales, desde que existen registros históricos, ha habido gente con dotes sobrenaturales.

—¿De veras? —inquirió ella.

Asintió.

—En cuanto al don de la clarividencia, el gobierno creó una vez una unidad especial dedicada a lo que llamaba «videntes a larga distancia». Solían usarlos como espías contra otros países. En ocasiones con gran éxito —explicó.

—Me gustaría saber más sobre eso —le confesó ella, cada vez más adormilada.

—Todo a su tiempo. Si el dolor de cabeza no ha mejorado para cuando despiertes, llámame —sacó una tarjeta y la dejó sobre la mesilla—. Ahí está mi móvil. Úsalo. No suelo responder a la línea fija. Solo un puñado de gente conoce la otra.

—Es usted tan amable...

El médico se encogió de hombros.

—Yo adoraba la medicina. Todavía la adoro. Pero detesto esas reglas tan quisquillosas que lo han reducido todo a puros fármacos.

—Gracias.

—Ha sido un placer.

Abandonó la habitación, para luego detenerse a hablar con Clara.

Con extremada delicadeza, Tank le apartó a Merissa el suave cabello de la frente.

—Ya volveré para hablar contigo, cuando no estés en tan mala forma —le dijo con una dulce sonrisa—. Espero que te recuperes muy pronto.

Ella le tomó la mano.

—Gracias. Por todo.

En un impulso, él se inclinó y le dio un beso en la frente.

—Eres muy fácil de cuidar —le confesó en voz baja.

—Viniste a verme por una razón. ¿Cuál?

—Lo adivinaste.

—Sí. Lo sentí.

Tank inspiró profundo.

—Hablé con el sheriff de Texas. Ambos tenemos el recuerdo de un hombre que parecía tener más de un rostro...

Merissa se sentó rápidamente en la cama.

—¡Eso es! ¡Eso es!

Lo primero que pensó él fue que estaba sufriendo una reacción a la medicina.

—¿Te encuentras bien? —le preguntó con tono preocupado, urgiéndola a tumbarse de nuevo.

—No dejo de ver a un hombre sentado ante una mesa de tocador, probándose pelucas —dijo apresurada—. No sabía lo que eso quería decir. Ahora lo sé. ¡Es el hombre que anda detrás de ti! ¡Es él!

Tank experimentó un escalofrío por todo el cuerpo.

—Tu madre me dijo que venía hacia aquí.

—Sí. Llegará pronto —alzó una mano—. Tienes que tener muchísimo cuidado —le dijo, pálida como la cera—. Prométemelo.

La preocupación que le demostraba lo llenó de un delicioso calor, como si estuviera sentado delante de una acogedora chimenea con una taza de chocolate caliente en las manos.

—Te lo prometo.

Ella suspiró y cerró los ojos.

—Tengo mucho sueño.

—Descansar es lo que más te conviene. Volveré en otro momento.

—Eso sería... —sonrió—, muy amable por tu parte.

Tank se levantó. Ya se había quedado dormida.

Un hombre sentado delante de una mesa de tocador, probándose pelucas. Al menos en aquel momento, gracias a ella, tenía alguna idea sobre el peligro que se cernía sobre él. Tendría que tomar precauciones, y pronto. Bajó la mirada a la joven dormida, lleno de extraños y posesivos sentimientos. Él no era clarividente, pero estaba seguro de que Merissa iba a jugar un papel muy importante en su vida.

CAPÍTULO 3

Tank se detuvo para hablar con Clara y con el médico en cuanto abandonó la habitación.

—Se ha quedado dormida —les informó.

Clara sonrió.

—Me alegro tanto... Esos dolores de cabeza son terribles. Cualquiera pensaría que es algo muy grave lo que los causa —le dijo al médico, que pareció sorprendido por su intuición. Clara se lo quedó mirando con unos ojos enormes de expresión dulce, que parecían casi transparentes—. No es un tumor —añadió con tono suave—. No hay nada que....

El médico se echó a reír.

—Me sorprende que usted pueda ver eso.

—Los dolores vienen y se van. Yo nunca sé cuándo voy a ver algo. Pero Merissa tiene un auténtico don. Ella puede... bueno, mirar algo y ver lo que va a suceder. Yo no.

—Esa es una capacidad extraordinaria —comentó el médico.

—Que nos convierte en seres marginados —replicó Clara—. Rara vez abandonamos la casa. La gente se nos queda mirando y murmura. Detesto ir al supermercado del pueblo. Una mujer me preguntó una vez si tenía un demonio a mi servicio.

—Dios mío —masculló Tank.

—Pero a estas alturas ya estamos más que acostumbradas —rio Clara—. Y es mucha la gente que nos pide que le leamos el futuro. Es una cosa aleatoria y se lo avisamos, pero vienen de todas formas. A veces somos capaces de ver algo que salva vidas, incluso predecir matrimonios. Es una bonita sensación. Casi nos compensa por el exceso de notoriedad.

—Lo llevan bien —observó Tank.

—Gracias.

—Ella me comentó que su neurólogo le había hecho pruebas y me dio su número —informó el doctor Harrison a Clara—. Hablaré con él. Pero tiene usted razón. Ella no muestra ningún indicio de padecer disfunción o trastorno alguno aparte de las migrañas. Llámeme si no mejora —le encareció con firmeza—. Aunque sean las dos de la mañana.

—Estoy en deuda con usted por todo lo que ha hecho —repuso Clara. Sacó su monedero, pero el médico protestó cuando fue a entregarle un billete grande—. Para la gasolina del viaje —insistió—. No discuta.

El hombre sacudió la cabeza.

—Ya sabe que estoy jubilado.

—No importa. Ha venido aquí como si fuéramos de su familia. Y la pensión siempre se queda corta...

El hombre sonrió.

—Está bien. Gracias —aceptó al fin, con tono formal.

Ella le devolvió la sonrisa.

Tank quería quedarse. Detestaba abandonar a aquella deliciosa rubia en su dormitorio. Había experimentado una especie de instinto de posesividad mientras la estuvo cuidando. Era una sensación nueva, y extraña también. Había tenido cortas aventuras con los años, pero nunca había encontrado a una mujer con la que se imaginara compartiendo un futuro en común. Y en aquel momento, de repente, estaba cambiando por completo de idea.

Eso le perturbaba, sobre todo cuando pensaba en el camaleónico agente federal que le había atraído a la emboscada que sufrió en la frontera. En un principio había desdeñado la visión que había tenido Merissa, pero después de hablar con el sheriff Hayes Carson de Texas, en aquel momento estaba seguro de que se hallaba en lo cierto.

Unos pocos días después, la tormenta seguía desquiciando a todo el mundo, pero varios cambios habían tenido lugar en el rancho. Todos los hombres habían empezado a portar armas, incluso cuando no estaban fuera recorriendo las cercas. Y cada vez que Tank salía de casa, al menos dos hombres andaban siempre próximos, vigilantes: órdenes de Mallory.

Una empresa local había instalado un nuevo sistema de seguridad. El técnico que instaló las cámaras pareció desconcertado al ver a tantos hombres armados caminando cerca de Tank.

—Le preocupa que vaya a pasar algo, ¿eh, amigo? —le preguntó a Tank—. Quiero decir que... hay gente armada por todas partes. No le dejan solo ni un segundo, ¿verdad?

Tank se encogió de hombros.

—Mis hermanos son demasiado protectores. Probablemente no sea nada, pero puede que exista algún tipo de amenaza.

—¿Y cómo lo sabe? ¿Por algún informante, quizá? —quiso saber el técnico.

Tank frunció los labios.

—Por una vidente.

—¿En serio? —masculló el hombre con un fuerte acento australiano. Sacudió la cabeza—. Le aconsejo que no crea en esa gente, son todos unos farsantes. Nadie puede predecir el futuro.

Tank no discutió.

—Tal vez tenga razón. Pero aquí preferimos pecar de excesivamente cautelosos.

—El dinero es suyo —repuso el hombre, y continuó trabajando.

Era muy rápido, y poco después ya había terminado.

—Ya lo tiene todo instalado, amigo —informó a Tank con una sonrisa—. Técnica de última generación. Ahora ya nadie podrá infiltrarse en su rancho. No tiene nada de qué preocuparse.

—Gracias. Aunque esto es un poco como sentirse en una prisión —suspiró Tank, mirando a su alrededor los postes coronados por modernas videocámaras.

—Todos pagamos un precio por nuestra seguridad —replicó el técnico—. Si su vida está en juego, esta es la mejor inversión que podría hacer, ¿sabe?

Tank sonrió.

—Sí que lo sé —no se le ocurrió entonces preguntarle al hombre cómo era que sabía que su vida estaba en juego, dado que no le había dado mayores explicaciones ni a él ni a la secretaria de la empresa.

—Bueno, con esto debería servir —añadió el técnico—. Ah, he instalado una pequeña cámara en su despacho, para rematarlo todo. Está oculta, de manera que no tendrá que preocuparse de que alguien la vea.

—¿Dónde? —le preguntó Tank, preocupado.

El hombre le puso una mano en el hombro y sonrió.

—Si no sabe dónde está, tampoco se lo podrá decir a nadie, ¿no le parece?

Tank se echó a reír. En su camioneta tenía una cámara similar, instalada en un lugar oculto.

—Entiendo.

—Así me gusta. Si tiene alguna pregunta o inquietud, llámenos, ¿de acuerdo?

—De acuerdo. Gracias por todo.

—Es mi trabajo —repuso sin más y sonrió de nuevo.

¿Por qué de repente Tank pensó en cierta película en la que uno de los personajes se quejaba de que otro «sonreía demasiado»?

Se lo quedó mirando con curiosidad mientras subía a un coche último modelo y se alejaba de allí. ¿Cómo era que no conducía un vehículo de la empresa, tal y como hacían la mayoría de los técnicos?

Decidió llamar a la empresa de seguridad y preguntar al respecto.

—Oh, es Ben —la mujer de la oficina se echó a reír, aunque por un instante pareció algo incómoda—. Es un excéntrico. Le gustan mucho las mujeres y piensa que a bordo de un coche de empresa no las impresionaría lo suficiente....

—Ya.

—No se preocupe. Le conozco desde hace años. Es demasiado curioso, por no decir otra palabra. Pero conoce bien su trabajo y es un gran profesional.

—Dejaré entonces de preocuparme.

—Estamos muy contentos de haber conseguido el contrato —añadió agradecida—. Las cosas no han marchado últimamente muy bien, con esta crisis.

—Dígamelo a mí —suspiró Tank—. Andamos buscando nuevos mercados para el ganado. La situación está difícil.

—Supongo que estarán sacándose el *stock* de encima.

—Ya lo hicimos antes del invierno —la corrigió él—. Y fue una buena cosa. Estamos recibiendo el pasto en camiones. La tormenta es fatal para el negocio.

—Lo sé. A mí me ha tenido que traer un amigo al trabajo —rio ella—. De no haber sido por él, ahora mismo usted no estaría hablando conmigo.

—Menos mal que sus técnicos pueden trabajar en estas condiciones —comentó Tank—. Yo no tenía ninguna gana de esperar a que mejorara el tiempo para instalar el nuevo sistema.

—¿Espera algún tipo de problema? —inquirió ella—. No es que sea asunto mío...

—No, nada extraordinario —mintió—. Pero uno de nuestros toros peligra. Sabemos que quieren robarlo. Es mejor tomar precauciones.

—Oh —vaciló—. ¿No hay que preocuparse entonces de un ataque personal?

Tank forzó una carcajada.

—¿Quién podría querer atacarnos a nosotros? —le preguntó a su vez—. La semana pasada crucé una calle por el medio, pero dudo que el sheriff venga a arrestarme por ello.

Ella también se echó a reír.

—Era una tontería. Supongo que su ganado seré bastante caro.

—Eso es decir poco —repuso Tank—. Hace unas semanas, un amigo nuestro recibió la visita de unos cuatreros. Se llevaron uno de sus mejores toros. Espero que eso no vaya a suceder aquí.

—No con el equipo que le hemos instalado. Eso se lo prometo —le aseguró la mujer—. Gracias de nuevo por el encargo. Si sabe de alguien más interesado en instalar un equipo de vigilancia, estaremos encantados de proporcionárselo.

—Haré correr la voz —dijo, y colgó.

La tormenta amainó al fin. La nieve seguía apilada por todas partes, pero el sol había salido. Tank había telefoneado a Clara para asegurarse de que Merissa estaba mejor.

—Ya ha vuelto al trabajo —rio Clara—. ¿Quieres hablar con ella?

—Sí que me gustaría, gracias.

Siguió un breve silencio.

—¿Hola?

Tank adoraba aquella voz. Era dulce y cristalina, como una oración musitada en el bosque.

—Hola —contestó con tono suave—. ¿Te encuentras mejor?

—Mucho. Gracias de nuevo por tu ayuda. El médico me prescribió un medicamento de la farmacia —añadió—. Dice que me ayudará a prevenir los dolores de la cabeza, si es que puedo tolerarlo —se echó a reír—. Es curioso lo que me pasa con las medicinas. No puedo tomar muchas. Solía tomar dosis muy pequeñas para las migrañas, junto con alguna hierba, pero nunca funcionaron bien.

—La medicina moderna al rescate —bromeó él.

—La medicina moderna es solo una versión de la medicina tradicional de los nativos americanos encapsulada —señaló ella.

—Tómatela como quieras, pero tómatela —sonrió—. Cuando la nieve se derrita un poco, ¿te gustaría ir a Catelow y cenar conmigo en ese nuevo restaurante de comida mediterránea del que habla todo el mundo?

Su brusca inspiración resultó audible.

—Me encantaría —respondió con halagadora celeridad.

Él rio por lo bajo.

—A mí me gusta mucho la comida griega —confesó—. Bueno, la retsina no me gusta, pero eso es otra cosa.

—¿Qué es eso?

—Un vino elaborado con resina. Es bastante amargo, aunque a mucha gente le gusta.

—No suena muy apetecible.

—Lo mismo me pasa a mí. Pero la comida me encanta.

—A mí me gusta la ensalada de espinacas con queso de cabra.

—Y a mí.

Ella se echó a reír.

—Tenemos alguna cosa en común.

—Ya encontraremos más, supongo. Te llamo en un día o dos y concertamos la cita. ¿De acuerdo?

—¡De acuerdo!

—Llámame si necesitáis algo.

—Lo haré, pero estaremos bien.

—Perfecto. Nos vemos entonces.

—Nos vemos.

Y colgó, sintiéndose más que orgulloso de sí mismo.

Minutos después se dirigió a los establos, donde Cane y Mallory estaban hablando con Darby sobre la instalación del toro nuevo que acababan de adquirir. Todos se volvieron cuando entró, sonriendo de oreja a oreja.

—¿Te ha tocado la lotería? —bromeó Cane.

—Me voy a llevar a Merissa a cenar —explicó Tank.

Ambos hermanos se lo quedaron mirando estupefactos. Él los fulminó con la mirada.

—No me convertirá en sapo si no le gusta la comida —comentó, sarcástico.

Mallory se adelantó y le puso una mano en el hombro.

—Mira, no es que no nos guste Merissa. Pero es que sabemos muy poco sobre su familia. Circulan algunas historias sobre su padre, algunas muy desagradables.

Tank frunció el ceño.

—¿Qué historias son esas?

Mallory miró a Cane y luego a Tank.

—Bueno, que por ejemplo estuvo a punto de matar a golpes a uno de sus trabajadores —contestó.

Tank se había quedado asombrado.

—Pero él ya no vive allí.

—Lo sé —dijo Mallory—, pero...

—¿Pero tú crees que Merissa es así? —masculló Tank entre dientes.

Mallory le retiró la mano del hombro.

—Creo que me estoy explicando muy mal —gruñó.

Cane se adelantó entonces.

—Nadie sabe dónde está ese tipo —dijo—. Hay una orden de arresto contra él, vigente, por agresión y un montón de cosas más.

—Si te relacionas con ella —añadió Mallory—, y resulta que él vuelve...

Tank entendió al fin lo que le estaban diciendo. Se relajó.

—Estáis preocupados por mí.

Ambos asintieron.

—Hemos escuchado toda clase de cosas sobre él. Que era muy posesivo con su hija. Merissa solo tenía diez años por aquel entonces, y él se mostraba muy violento con cualquiera que intentaba hablar con ella.

—¿Por qué? —se preguntó Tank en voz alta.

—También corrieron algunos rumores sobre lo que le hizo a su madre —añadió Mallory, muy serio.

—¿A Clara? —Tank estaba consternado—. ¡Pero si es una mujer!

—A un hombre así esas cosas no le importan —comentó Cane con tono frío—. Nuestro médico me contó una vez, en confianza, que había tratado a Clara por unas lesiones que habrían podido resultar mortales —y miró a Mallory con una pregunta en los ojos.

—Díselo —le animó Mallory.

Cane soltó un profundo suspiro.

—Merissa ingresó en el hospital, con Clara. Conmoción cerebral y una pierna rota —añadió—. El doctor dijo que había intentado proteger a su madre.

Tank se apoyó en una de las columnas de piedra, maldiciendo.

—¡Conmoción cerebral!

—Eso podría explicar algunas de sus extrañas habilidades —sugirió Mallory—. No existe explicación científica alguna que yo sepa, pero son muchas las cosas que todavía no sabemos sobre el funcionamiento del cerebro.

—¿La golpeó tan fuerte como para romperle una pierna? —Tank estaba hablando para sí.

—Sí —contestó Mallory—. Resulta preocupante que nadie sepa dónde está.

—Han pasado años —le recordó Tank.

—Cierto. Pero es algo a tener en cuenta. Como ese tipo que te mandó a ti al hospital...

Tank alzó rápidamente una mano.

—No vamos a entrar en eso —dijo con una expresión que no pasó desapercibida a sus hermanos.

—Está bien.

—Quiero echar un vistazo a ese tractor que ha estado dando problemas —dijo de pronto a sus hermanos, levantándose e indicándoles que lo siguieran.

Saludaron con la cabeza a Darby Hanes, que sonrió. El capataz se había recuperado bien del accidente y estaba ya de vuelta en el trabajo.

Tank arrancó el motor y lo dejó en marcha.

—No creo que los micrófonos del equipo de vigilancia puedan oír esto —comentó—. Con este ruido y de espaldas a la cámara, para que no puedan leerme los labios. Escuchad, no quiero que le contéis esto a nadie. Tengo un mal presentimiento con la empresa que contratamos para que instalara las cámaras. No puedo explicarlo —terminó con tono irritado.

—¿Has estado hablando con Merissa? —se burló Cane.

—Sí, pero ella no me dijo nada. No, es una sensación que tengo yo.

Mallory no se lo tomó a broma.

—A mí me pasa lo mismo —confesó—. Y no tengo poderes. El técnico se presentó en su coche personal, y no en un vehículo de la empresa. Tenía un acento australiano... pero forzado. Yo tenía un amigo en el ejército que era de Adelaide. Sé reconocer la diferencia.

Tank palideció.

—El falso agente federal, el camaleón.

—Es posible —intervino Cane.

—¿Pero qué vamos a hacer con todas estas cámaras? Y es posible también que hayan instalado micrófonos secretos —observó Tank con creciente inquietud—. ¡El tipo tuvo acceso a toda la casa, gracias a mi estupidez! Debimos haber contratado a una empresa de fuera de la zona.

—Tú no podías saberlo —le tranquilizó Mallory—. A ninguno de nosotros se le pasó por la cabeza esa posibilidad. Nos pareció lo más lógico.

—Así es —convino Cane.

—Podríamos contratar a otra empresa para que modifique la instalación —sugirió Mallory con un brillo malicioso en los ojos.

—No es mala idea —dijo Tank—. Tengo un amigo capaz de ponerte un micrófono en un helado sin que te des cuenta. Trabajaba como empresario independiente en Oriente Medio cuando yo estuve sirviendo allí. Le llamaré por el móvil.

—Tu móvil puede estar intervenido —le recordó Mallory.

—Compraré uno de prepago para ese tipo de llamadas —dijo Cane—. Será mejor que todos tengamos uno de reserva. Mandaré a Darby al pueblo a comprarlos.

—Esto es ridículo —masculló Tank—. Contratamos a gente para que nos proteja de los malos... y al final resultan ser los mismos de los que intentamos protegernos.

—Pero nuestra ventaja —dijo Cane— consiste precisamente en que no saben que lo sabemos.

—También podríamos estar pecando simplemente de paranoicos... —sugirió Mallory.

Los otros dos se lo quedaron mirando por un momento, para luego echarse a reír y sacudir la cabeza.

—No.

Mallory se encogió finalmente de hombros y sonrió.

—A las mujeres hay que decirles que no comenten nada de esto en la casa —recomendó Tank.

—Así lo haremos. Van a pasar dos días de compras navideñas en Los Ángeles —informó Cane—. Morie se llevará a Harrison con ellas. Ni siquiera es capaz de dejarlo con Mavie por un par de días.

—Es una madraza —comentó Tank, y frunció los labios—. He oído que tu suegro y tú habéis planeado un viaje de caza en Montana para el mes que viene.

—Eso has oído, ¿eh? —rio Mallory—. Pues sí. Ahora que se ha convertido en abuelo, ya no es ni mucho menos tan duro y autoritario como antes.

Tank no quiso comentarle lo mucho que se había ablandado él mismo, también. Así que se limitó a sonreír.

—Llamaré otra vez a Merissa para concertar la cita el sábado —decidió—. Puedo estar seguro al cien por cien de que no habrá micrófonos en el restaurante.

—Yo no apostaría —repuso Mallory—. Sobre todo si le dijiste a dónde ibais a ir.

—Es verdad, lo hice —gruñó Tank. De repente, su expresión se iluminó y se echó a reír—. En vez de allí, la llevaré a Powell y comeremos en el restaurante chino. Pero se lo diré cuando estemos en camino.

—Muy buena idea —comentó Cane.
—Antes de marcharme, le diré a mi amigo que revise la camioneta. Si tuviera tiempo, podría contratarle como mozo del rancho. Nadie debe saber cómo se gana la vida realmente.
—Hazlo —lo animó Mallory—. Mejor prevenir que curar.

Aquella tarde Tank envió a Darby al pueblo a comprar móviles de prepago. Tan pronto como recibió el suyo, hizo una llamada.
—¿Sí? —contestó una voz masculina, grave y profunda.
—Soy Tank. ¿Qué tal van las cosas?
Se hizo un silencio.
—No muy bien. ¿Y por allí qué tal?
—Bien, por el momento —vaciló—. ¿Estás libre por un par de semanas? Es un trabajo, y se pagará generosamente.
Se oyó un suspiro al otro lado de la línea.
—¿Cómo diablos sabías que no estaba trabajando? —fue su respuesta—. Justo acabo de terminar un encargo y ni siquiera tengo otro apalabrado. Las facturas se me amontonan, la casa necesita reformas... —en realidad estaba mintiendo, pero eso no lo sabía Tank. Él no hablaba de su vida privada con la gente. Mantenía la ficción de que era una especie de mercenario en apuros, saltando continuamente de encargo en encargo.
Tank se echó a reír.
—¡Me alegro! Bueno, de las facturas no, quiero decir. Pero estás contratado.
—¡Me has salvado la vida! ¿Qué necesitas que haga?
—Tengo a un falso agente federal detrás de mí —explicó Tank—. Contraté a una empresa de seguridad para que nos instalase cámaras y micrófonos... pero tengo la horrible

sospecha de que el técnico puede que sea precisamente el falso agente federal.

—¡Diablos! ¡Eso sí que es mala suerte!

—Dímelo a mí —Tank suspiró—. ¿Cuándo podrías pasarte por aquí?

—Tan pronto como me envíes el billete de avión —respondió—. Todavía no he deshecho el equipaje del último trabajo. Será un placer.

—¿No estarás trabajando para... tu antiguo jefe, verdad? —se mordió la lengua. Casi se le habían escapado las palabras «tu padre», pero al final no se había atrevido. Si lo hubiera hecho, Rourke no habría tomado el avión. La mayoría de la gente sospechaba que Rourke era hijo ilegítimo de K.C. Kantor, el millonario exmercenario. Y nadie se atrevía a decírselo a Rourke a la cara. Además, si el hombre estaba viviendo realmente con tanto apuro, resultaba improbable que tuviera a un padre tan rico cubriéndole las espaldas.

—No, el jefe y yo rompimos —replicó Rourke. No era toda la verdad, pero se le parecía—. Las cosas han ido de mal en peor. Y Tat ya no me dirige la palabra —lo último lo había dicho con una especie de rabia contenida. Tat era una periodista aventurera que se había aliado con Rourke y con el general Machado en la empresa de recuperar para el general un país de América del Sur. Rourke y Tat tenían una muy larga historia detrás. Rourke la había conocido cuando ella era una niña. Siempre habían tenido una sólida amistad.

—Has vuelto a hacerla enfadar, ¿eh? —le preguntó Tank.

Rourke maldijo por lo bajo.

—Se ha ido con las tropas, allá en Nganwa —explicó, nombrando un pequeño país envuelto en una sangrienta revolución. Aquello es un baño de sangre. ¡Sé de mercenarios veteranos que ni se acercarían a un lugar así!

—Los periodistas suelen ir muy bien protegidos —comentó Tank.

—Ya. ¿Quieres saber cuántos murieron el año pasado en acto de servicio? —le espetó, pesimista.

—Lamento saber que puede estar en peligro —dijo finalmente Tank.

—Es su maldita culpa. La estupidez tiene un precio. Iría y la sacaría de allí, pero... —vaciló y tragó saliva—. Envíame el billete. Me reuniré contigo en seguida.

—Te lo enviaré usando mi otra cuenta de correo —dijo Tank.

—Bien pensado.

—Gracias, Rourke.

—Hey, ¿para qué están los amigos?

Merissa lucía un vestido beige claro que resaltaba su esbelta figura, delineando sus senos respingones, su diminuta cintura y sus sensuales caderas. Llevaba zapatos sin tacón y su ondulada melena rubia enmarcaba su rostro de elfo. Un pin con la figura de un árbol de Navidad adornaba su vestido, con una horquilla a juego en su pelo.

Sonrió tímidamente a Tank, que se la había quedado mirando con abierta admiración.

—A lo mejor es demasiado llamativo... —empezó, avergonzada,

—No estoy muy acostumbrado a ver mujeres luciendo esta clase de vestidos —repuso él con una dulce sonrisa—. Creo que estás preciosa.

Ella se ruborizó para luego echarse a reír.

—Gracias —señaló sus zapatos—. No soporto los tacones. Supongo que el efecto general queda algo raro...

—A mí me parece estupendo. ¿Lista para irnos?

—Sí —se asomó al salón—. Te veo después, mamá. Cierra bien las puertas —añadió con tono firme.

Clara soltó una risita.

—Así lo haré. ¿Tienes las llaves?

—Sí.

—Diviértete.

—Gracias.

Tank asomó también la cabeza por la puerta y sonrió.

—Cuidaré bien de ella —le prometió.

—Sé que lo harás —replicó Clara.

Rourke había llegado el día anterior. En seguida se puso a la tarea con las videocámaras, hizo un barrido de micrófonos por toda la casa, encontrando varios, y terminó de revisar la camioneta justo antes de que Tank la utilizara para la cita.

—Iremos a cenar a Powell —informó a Merissa—. Lo siento, pero hemos tenido una brecha en el sistema de seguridad.

Merissa se quedó muy quieta.

—Fue él. El hombre del traje.

La miró rápidamente.

—Bueno... sí. Creemos que ha sido él.

—Qué irónico —comentó ella, sin aliento. Sacudió la cabeza—. Es un hombre muy seguro de sí mismo.

—Sí, pero será eso lo que lo pierda al final —replicó fríamente.

Merissa se quedó en silencio. Había palidecido.

Tank detuvo el vehículo ante un semáforo cuando se acercaban a Powell.

—¿Qué es lo que estás viendo, Merissa? —le preguntó con tono suave.

—Algo malo —tragó saliva.

—¿Puedes ser más precisa?
Se volvió para mirarlo.
—No lo sé —torció el gesto—. Es solo una sensación. No puedo...no puedo ver lo que es.
Él estiró un brazo para tomarle suavemente la mano.
—Tranquila. Nos las apañaremos.
Merissa sintió un tremendo sobresalto ante su contacto. Su mano era grande y cálida, con la palma callosa. La contempló a la luz de las farolas. Era una mano hermosa, muy masculina, con las uñas limpias y bien cuidadas.
—Tienes unas manos bonitas —le espetó sin pensar.
Él soltó una risita.
—Gracias. Las tuyas tampoco están mal.
Ella sonrió.
Tank sentía la misma electricidad que ella. Era algo reconfortante tener aquel contacto físico con otro ser humano. Tank había creído estar enamorado un par de veces antes, pero la sensación nunca había sido tan intensa. Deseaba protegerla, cuidar de ella. Era una mujer fuerte y capaz. Podía defenderse, y lo hacía. Pero Merissa le hacía sentirse más grande, más fuerte.
—¿En qué estás pensando? —le preguntó ella de pronto.
Él le apretó suavemente la mano.
—En que esta es una de las mejores ideas que he tenido en años.
Merissa se echó a reír.
—Gracias.
—Resulta muy cómodo estar contigo.
—En Catelow son pocos los que piensan eso.
—No te conocen. La gente tiene miedo de lo desconocido, de todo aquello que no es racional.
—Bueno, lo que me pasa ciertamente no es nada racional —convino ella—. Me he pasado la vida viendo cosas que me aterran —lo miró—. Mucha gente quiere conocer

el futuro. Pero si vieran lo que veo yo, cambiarían de idea. Nunca es bueno saber lo que puede pasarte.

—En eso tengo que estar de acuerdo contigo.

—Quiero decir que una cosa es saber el tiempo que va a hacer, o las modas que se estilarán el año que viene, o si vas a conocer a alguien que te va a cambiar la vida... Pero desear saber lo que te va a suceder dentro de un año, de dos... Uno nunca debería querer saber esas cosas.

Tank le acarició con el pulgar el dorso de la mano mientras conducía.

—Nunca hablas de tu padre.

Sintió el respingo que dio su mano, como si hubiera sufrido una descarga eléctrica.

La miró.

—Perdona. No he querido molestarte.

Ella tragó saliva.

—Tú... has oído algo.

Entró en el aparcamiento del restaurante chino y apagó el motor. Se volvió hacia ella.

—Sinceramente, sí —escrutó sus ojos, enormes en su pálido rostro—. No tienes que hablarme de él si no quieres. Apenas nos conocemos.

Merissa vaciló.

—Era un hombre... brutal.

—¿De veras?

Se mordió el labio.

—Hace años que no lo vemos. No sabemos dónde está. Siempre hemos temido que pudiera volver —cerró los ojos y se estremeció—. Era un hombre grande. Y tan fuerte...

—Te hizo daño.

Alzó la mirada hacia él con una expresión trágica.

—A mí y a mamá —reconoció, cansada—. Me sentí tan aliviada cuando se marchó... Ella le amenazó. Le advirtió de lo que le sucedería si se quedaba en Catelow. Ella lo sabía, por supuesto, y no se trataba de una premonición. Le dio tal paliza a uno de nuestros mozos que estuvo a punto de matarlo. Mamá me dijo que el hombre le denunciaría y lo mandaría a prisión. Esa fue la única razón por la que se marchó.

—Entiendo.

Merissa inspiró profundo y sacudió la cabeza.

—No, no lo entiendes. Yo he vivido siempre con el miedo de que matara a mi madre —cerró los ojos—. Una vez, me armé de valor e intenté detenerlo.

—Con resultados casi fatales —añadió él.

Lo miró con los ojos muy abiertos.

—¿Lo sabes?

—Catelow es una población pequeña, Merissa —le recordó—. Sí, lo sé —su expresión se endureció de pronto—. De haber estado yo allí, no os habría tocado a ninguna de las dos.

El rostro de Merissa se iluminó.

—A ti te habría tenido miedo.

—¿Y tú? —la miró fijamente a los ojos—. ¿Te doy miedo a ti?

Tragó saliva.

—Ya no tanto como antes —respondió—. Un poco, quizá.

—¿Un poco?

Se removió en el asiento.

—No como tú estás pensando. Tú… me confundes. Me haces sentirme incómoda. Pero no de la forma en que me sentía antes…

Mientras Merissa seguía hablando, Tank soltó su cinturón, y el de ella, antes de acercarse.

—¿Ahora te sientes incómoda? —le preguntó, apoyando la mano en la puerta, cerca de su oreja.

—A… algo —tartamudeó. Estaba muy cerca. Podía oler

el aroma de su colonia, sentir el calor que despedía su cuerpo. Y, en seguida, la caricia de sus labios en la frente—. Solo… un poquito.

Él rio por lo bajo.

—¿Un poquito?

Merissa se estaba esforzando por controlar su respiración, pero esa era una batalla perdida. Vio que alzaba una mano para acunarle la mejilla. Con el pulgar acarició sus suaves labios, entreabriéndoselos suavemente.

—Me gusta hacerte sentir… incómoda —susurró al tiempo que inclinaba la cabeza—. Un poquito solamente.

Su boca cincelada delineó entonces sus labios, tentándolos con exquisita ternura para no asustarla. Estaba muy nerviosa. Ella alzó una mano para tocar la suya: estaba helada. No se necesitaba ser un sabio para saber que no estaba acostumbrada a la cercanía de un hombre, lo cual reforzó su instinto de protección.

—Hey, tranquila —musitó antes de que lograra entreabrirle los labios—. La tranquilidad es fundamental.

Se dejó besar. Fue una sensación extraña. Desconcertante. Pero, al cabo, de un momento, se fue volviendo más familiar, más cómoda. Muy pronto, sus labios se relajaron. Su cuerpo entero se relajó.

Le gustaba.

La acercó aún más hacia sí, pero lenta, suavemente. La envolvió en sus brazos como si fuera un delicado tesoro y continuó besándola hasta conseguir despertarle un ansia parecida.

Ella se colgó de pronto de su cuello como si aquella ansia hubiera estallado como un relámpago. Y le devolvió el beso como la misma urgencia.

Pero, muy pronto, resultó evidente para Tank que iba a tener que empezar a desvestirla… o a dejar de besarla.

Se apartó, sintiéndose halagado de tener que retirarle los brazos del cuello. Sonrió al ver su azoro.

—No te preocupes. Todo esto es perfectamente natural.
—¿De veras?
—Sí —la peinó con los dedos, deleitándose con el tacto de su pelo—. Deberíamos entrar.

Ella tragó saliva. Todavía podía paladear su sabor en los labios. Un sabor a café y a menta. Asintió lentamente.

—Supongo que sí.

Él rio por lo bajo. Abandonó la camioneta y la ayudó a bajar. No le soltó la mano mientras entraban en el restaurante.

CAPÍTULO 4

¿Cómo es que cambiaste de idea sobre el restaurante? —le preguntó Merissa cuando estaban ya atacando dos enormes fuentes de pollo *lo mein*, que, según había descubierto, era el plato favorito de los dos—. No me estoy quejando, me encanta la comida china. Pero... ¿por qué?
—Por la misma razón por la que contraté a un hombre para que hiciera un barrido de micrófonos en mi camioneta —respondió él—. Parece que contraté a uno de los malos para que me instalara el sistema de seguridad del rancho.
—¡Oh, Dios mío! —exclamó ella.
—Habitualmente suelo tener más cuidado —dijo con una sonrisa—. Pero no tenía idea de que estuviera tan cerca. Ya lo ves, tu premonición era absolutamente acertada. Realmente tienes un don.
—Odio tenerlo —replicó Merissa.
—Pues esta vez me ha salvado la vida. Y te lo agradezco.
Ella esbozó una mueca.
—Tenía tanto miedo, como para presentarme en tu casa en medio de la ventisca... —se echó a reír—. Pero sentí que tenía que decírtelo.
—Si no lo hubieras hecho, ahora mismo yo tendría un

montón de problemas —le recordó—. No tenía la menor sospecha de que me había convertido en el objetivo de alguien después de tanto tiempo.

—Eso no habría pasado, supongo, de no haber sido por la aspiración de ese político a un cargo federal —dijo ella—. Está intentando atar cualquier cabo suelto antes de que la campaña electoral se caliente. Imagina lo que podrían hacer sus adversarios con la información de su amistad con un cártel de la droga.

—Sí.

—El hombre al que has recurrido para que rastree los micrófonos que instaló tu enemigo... —empezó Merissa—. Hay una mujer. Y se encuentra en grave peligro —se mordió el labio.

—Es fotoperiodista y está cubriendo una guerra en África —le informó él, nada incómodo ya ante su capacidad de clarividencia.

Ella asintió.

—Un objeto inesperado le salvará la vida —pronunció lentamente—. Un collar, para ser exactos.

—¿Estará bien? —le preguntó Tank, preocupado.

—No morirá.

Aquello sonaba terrible, de todas formas.

Merissa inspiró profundo.

—Alguien contó una mentira. Es eso lo que los está separando. Y él se la creyó —bebió un sorbo de té—. La mentira se dijo para protegerla, pero, en lugar de ello, destruyó su felicidad —alzó la mirada hacia él—. Ella le quiere mucho. Es una lástima.

Tank se preguntó si no debería decírselo a Rourke.

—No lo hagas —le dijo ella, como si le hubiera leído el pensamiento—. No le digas nada. Las cosas se encuentran ahora mismo en una encrucijada. Si él actúa demasiado pronto, ella podría morir. Vivimos en una red de constante actividad, que enlaza todas las vidas de la tierra —rio de nuevo—. Te pareceré una loca. Bueno, lo estoy un poco. Pero todos estamos mucho más interconectados de lo que la gente piensa.

—¿Aquello de que el aleteo de una mariposa puede convertirse en un tifón al otro lado del mundo? —se burló él.

—Algo parecido, sí.

Tank se recostó en su silla y se la quedó mirando con ternura.

—Eres increíble —le dijo—. Nunca he conocido a nadie como tú en toda mi vida.

—Espero que eso sea un cumplido.

—Desde luego que lo es —le confesó—. Y esta noche es un principio. ¿Verdad?

Ella se dispuso a decir algo. Pero de repente su mirada se tornó opaca. Palideció. Sus ojos verdes se llenaron de terror cuando lo miró.

—Tenemos que irnos a casa. ¡Ahora mismo! ¡Por favor!

Él no se molestó en preguntarle por lo que pasaba. Le bastaba con saber que era algo urgente. Se levantó y pagó la cuenta para guiarla en seguida de vuelta a la camioneta.

—¿A mi casa o a la tuya? —le preguntó mientras arrancaba.

—A la mía. Y, por favor... ¡date prisa! —le dijo—. ¡Puede que ya sea demasiado tarde!

Poco después aparcaban delante de la cabaña de Clara y corrían hacia el porche. Merissa introdujo rápidamente la llave en la puerta y abrió.

—¡Mamá! —llamó, frenética—. ¡Mamá!

Se oyó moverse a alguien. Una puerta se abrió. Clara salió al vestíbulo, algo adormilada, risueña.

—Aquí estoy. ¿Qué pasa? —inquirió al ver sus expresiones de preocupación.

—Yo… he tenido un presentimiento —explicó Merissa, detestando ponerlo en palabras por miedo a que pudiera hacerse realidad.

—¿Un presentimiento? —le preguntó su madre con tono suave, frunciendo también ella el ceño.

Merissa se relajó. Rompió a reír.

—Lo siento. Lo siento mucho —se volvió hacia Tank—. ¡Te he metido prisa de volver para nada!

—Siempre es bueno asegurarse —repuso él con tono suave—. Estoy empezando a tener una gran confianza en tus «sensaciones».

Ella le sonrió, enternecida.

—Gracias.

—¿Qué clase de sensación ha sido esa? —le preguntó Clara, porque sabía que su hija no cedía fácilmente al pánico.

—No lo sé. Algo peligroso. Algo planeado —cerró los ojos—. Pronto. Muy pronto —volvió a abrirlos—. ¡No sé qué exactamente! —gruñó.

Clara la abrazó.

—No te preocupes, cariño. Estaremos bien.

—Solo por su acaso —dijo lentamente Tank—, voy a apostar a un hombre aquí, para que vigile la cabaña.

—Eres muy amable —empezó Clara.

Merissa frunció el ceño.

—¿No oléis a humo?

Se dividieron para registrar las habitaciones. De repente, el detector de incendios del dormitorio del fondo se disparó como si hubiera saltado una chispa.

Tank corrió delante de las mujeres, entró en la habitación y se detuvo en seco. Salía humo de un cable alargador, conectado a la red. Al lado, una ardilla se retorcía de dolor.

—Oh, Dios —murmuró—. Me olvidé de cerrar el tiro de la chimenea… A las ardillas les encanta entrar en la cabaña y anidar en el techo —esbozó una mueca—. ¿Está muerta?

Tank levantó al animal. Estaba temblando.

—No, pero va a necesitar algunos cuidados. Tengo un amigo que se dedica a la cura y rehabilitación de animales salvajes. Le llamaré tan pronto como llegue a casa. ¿Tenéis una caja de zapatos y una toalla vieja?

Clara corrió a conseguírselos para que pudiera transportar al animalillo herido.

—Voy a desenchufar el cable —dijo Merissa.

—Ten cuidado, cariño —le advirtió Tank.

Ella lo miró y se ruborizó deliciosamente. Echándose a reír, desenchufó el alargador de la pared.

Le encantó aquel rubor. Le encantaba llamarla «cariño». Era la mujer más dulce que había conocido.

—¿Crees que la ardilla se pondrá bien? —le preguntó Merissa, acariciando la cabecita del animal herido.

—Ten cuidado, que puede morderte.

—Oh, nunca me muerden. He recogido toda clase de animales heridos, incluso una serpiente, una vez. Le puse una venda. Se hirió con la máquina desbrozadora —le informó, triste.

—¿No te dan miedo las serpientes? —le preguntó, curioso.

—Me horrorizan —respondió—. Pero estaba sangrando y sufría mucho. Así que la recogí. A ella no pareció importarle, ni siquiera cuando le puse una pomada antibiótica y una enorme tirita. Tuve que llevarla también a un rehabilitador. Me pregunto si no será el mismo que tú conoces.

Tank rio por lo bajo.

—Probablemente. No hay muchos en Catelow. ¿Qué clase de serpiente era?

Ella parpadeó sorprendida.

—En realidad no lo sé. Era bastante grande.

—¿Color?

Se lo describió.

Él soltó una carcajada.

—No me lo puedo creer. Simplemente, no me lo puedo creer. ¡Era una serpiente de cascabel, mujer! ¡Su veneno es mortal!

—¿En serio? Pues se mostró muy dócil. Ni siquiera movió el cascabel cuando la metí en la caja y la llevé al rehabilitador. Supongo que eso explica por qué el hombre se enfadó cuando le dije que quería que pusiera en libertad a la serpiente. No se molestó ni en responderme.

Tank estaba anonadado.

—Verdaderamente tienes un don —murmuró.

—A los animales les gusto, supongo —repuso, tímida—. Tengo que espantar a los pájaros de los comederos. Se me acercan con mucha confianza. Uno se me posó una vez en la muñeca cuando los estaba llenando.

—A mí también me gustas —le dijo él con tono suave, escrutando sus ojos azules.

Merissa entreabrió los labios, soltando un suspiro.

—¿De veras?

Él sonrió.

—Quiero decir… ¿tú no tienes miedo de que yo pueda convertirte en un sapo o en algo peor en un ataque de ira? —le preguntó ella, bromeando a medias.

—Tú no tienes gato.

—¿Perdón?

—Todo el mundo sabe que las brujas tienen gatos —observó Tank.

Ella soltó una carcajada.

—¿Debería hablarle de los dos gatos abandonados a lo que damos de comer cada mañana? —se burló Clara, que acababa de volver a la habitación con una caja de zapatos y una toalla vieja.

—¡Shh! —se apresuró a acallarla Merissa, poniéndose un dedo sobre los labios.

Todos se echaron a reír.

Tank hizo unos agujeros en la tapa de la caja mientras Merissa se encargaba de la ardilla.

—Te pondrás bien, no te preocupes —le dijo al animalillo. La ardilla la miraba con los ojos muy abiertos, dilatadas las pupilas. Seguía temblando.

—Creo que se encuentra en estado de shock —dijo Tank. Recogió a la ardilla y la depositó cuidadosamente en el fondo de la caja, para arroparla luego con la toalla—. Llamaré a mi amigo ahora mismo.

—¿Nos tendrás informadas? —quiso saber Merissa.

—Por supuesto —sonrió.

—Espero que las ardillas no se coman el cableado eléctrico del ático —dijo Clara, nerviosa—. ¡Voy a cerrar el tiro de la chimenea ahora mismo!

—Al menos es una ardilla macho. No ha podido anidar dentro —dijo Merissa—. Dicen que, si se mete una ardilla hembra y el tiro se cierra, las crías pueden morir asfixiadas. Eso es tan triste...

—Cierto. Pero más triste es un incendio provocado por un cortocircuito en la red eléctrica —Tank miró el enchufe donde había estado conectado el cable—. No volváis a usarlo hasta que nuestro electricista venga a revisar la instalación.

—Está bien —aceptó Merissa—. Gracias. Los incendios me horrorizan.

—Y a mí —secundó Clara.

—No hay mucho peligro de que eso ocurra a partir de un simple cable, y sobre todo si estáis presentes cuando se produce el cortocircuito. Pero siempre es mejor ser precavido. Me llevaré a nuestro amigo a mi casa. Te llamaré por la mañana —le dijo a Merissa.

—Muy bien —sonrió.
Él le devolvió la sonrisa.
—Buenas noches.
Lo acompañaron hasta el porche. Tank se despidió con la mano mientras se alejaba por el sendero, todavía cubierto por la nieve de la ventisca.

Regresaron al salón. El pequeño árbol navideño que habían puesto aquel día estaba precioso con sus luces de colores, aunque Clara no las había encendido por la migraña que había sufrido Merissa. Le pasó a su hija un brazo por los hombros.

—Ahora puedo ver en qué dirección sopla el viento... —le dijo de manera enigmática—. Y para eso no necesito tener poderes.

Merissa apoyó la cabeza contra la de su madre.

—Soy tan feliz... Nunca había esperado encontrar a un hombre al que le gustara tanto como me gusta él a mí.

—Eso mismo pensé yo una vez. Con tu padre —repuso Clara en voz baja—. Pero cometí un error. Y tú pagaste por ello un precio todavía más alto que yo.

Merissa se quedó muy quieta.

—Dalton lo sabe.

—¿El qué?

—Lo que papá nos hizo. Me dijo que, si nos hubiera conocido en aquel entonces, mi padre habría acabado en prisión.

—Yo viví aterrada durante muchos años, temiendo que Bill pudiera volver, que nos localizara para pedirme cuentas por haber forzado el divorcio —le confesó Clara.

—¿Sabes dónde está? —le preguntó Merissa, preocupada.

Ella negó con la cabeza.

—Lo último que he oído, por su primo que todavía

sigue en contacto conmigo, es que estaba trabajando en los muelles de California. Espero que aún siga allí.

—Y yo —replicó Clara—. ¡Ni lo dudes!

Tank llevó a la ardilla al rehabilitador. Era algo necesario, porque la ley impedía que cualquier veterinario tratara a un animal salvaje. Eso tenía que hacerlo un rehabilitador cualificado, solo que había tan pocos que eran muchos los animales heridos que acababan muriendo. Los rehabilitadores tenían tanto trabajo que muchos no tenían más remedio que desconectar el teléfono, ante la enorme cantidad de animales salvajes heridos que se veían obligados a tratar. La ley estaba hecha para proteger a los animales y a la gente, pero, en opinión de Tank, en la práctica condenaba a la fauna salvaje herida a la muerte. Como tantas otras leyes poco conocidas, sus buenas intenciones acababan siendo barridas por sus trágicas consecuencias.

—Al menos este vivirá —le dijo Tank a su amigo Greg Barnes.

—Ya. Solo está algo chamuscado y en estado de shock. Un par de días de descanso y comida adecuada, y volverá a estar en condiciones de masticar el cableado eléctrico —instaló a la ardilla en una jaula limpia con agua y comida. Cerca había otras jaulas, conteniendo un mapache con una pata vendada, un lobo al que le faltaba una pata e, incluso, un cuervo con un ala rota.

—¿Qué les sucedió a todos estos? —quiso saber Tank.

—Chicos con armas —fue su irritada respuesta—. Un adolescente disparó al cuervo por gusto. Tuve unas palabras con él y con su padre. Está pendiente una sentencia del tribunal.

Tank sacudió la cabeza.

—¿Y el lobo?

—Atacó a dos terneros de un ranchero. Cayó en una trampa. Perdió una pata y habría muerto si no lo hubiera encontrado a tiempo. Los humanos y la fauna salvaje no suelen hacer buenas migas.

—Los rancheros tienen que vivir.

El rehabilitador asintió.

—No lo dudo. Nadie gana en una situación como esta. A ranchero lo van a multar por haber puesto trampas para lobos. Es una especie en peligro de extinción. El tipo argumentó que sus terneros corrían peligro, pero eso no le servirá de nada —miró a Tank—. La mayoría de la gente que redacta las leyes relativas a animales salvajes nunca han visto a uno en su vida —un extraño brillo malicioso asomó de pronto a sus ojos—. ¿Sabes? Muchas veces sueño con que encierro a un par de esos legisladores en una habitación con varios lobos hambrientos... —suspiró—. Bueno, es igual. Pero te aseguro que eso cambiaría las cosas. Los políticos que sobrevivieran probablemente promoverían un cambio legislativo —metió la mano entre los barrotes de la jaula y acarició el morro del lobo. Al animal no pareció importarle—. No estaba hablando de ti, viejo amigo —le dijo con ternura, y se volvió para mirar a Tank—. En la naturaleza salvaje, un lobo hace aquello para lo que está genéticamente programado, tanto si se trata de atacar y comer alces o cabezas de ganado. La clave estriba en asegurarnos de que las poblaciones no sean demasiado grandes para lo que su hábitat puede soportar. Así se evitarían las incursiones de lobos en los ranchos de ganado.

—No me lo digas a mí. Díselo al Congreso.

—No dudes de que me encantaría contarles a esos congresistas cómo funciona el mundo real aquí. ¿Cómo le explicas a un lobo que no puedes invadir una propiedad privada? ¿O a un cuervo que, si aterriza para dar caza a un conejo, es probable que le disparen como si fuera un blanco deportivo?

—Al menos tú estás intentando ayudar —le recordó Tank.

Greg sonrió.

—Intentando. Sí —señaló con un barrido de su brazo la habitación llena de jaulas—. Tengo dos salas más como esta —ladeó la cabeza y frunció los labios—. ¿Te has preguntado alguna vez por qué no estoy casado?

Tank rio por lo bajo.

—En realidad, no. No conozco a muchas mujeres a las que les gustara compartir espacio con un lobo. Incluso aunque estuviera enjaulado.

—Tengo a un puma en la otra sala. Y un hurón y un par de mofetas. Todas víctimas de las trampas —sacudió la cabeza—. El cuervo es un caso especial, lo que trabajo sobre todo son los mamíferos.

—¿Quién te lo trajo?

Greg esbozó una mueca.

—La madre del muchacho. Su padre pensaba que era estupendo que el hijo le hubiera acertado en pleno vuelo. La madre, en cambio, quedó horrorizada.

—Bien por ella. A mí me gusta practicar puntería, pero nunca con animales. Bueno, a excepción de los ciervos, en temporada de caza —se corrigió—. Me encanta la carne de venado.

—Y a mí —le confesó Greg—. Pero eso es un caso completamente diferente. No hay suficiente comida para una superpoblación de ciervos, así que cazamos el excedente para conservar el grupo entero en buenas condiciones. Pero eso tampoco puedo explicárselo a los de fuera. Para ellos es como si estuviéramos cazando a Bambi.

—Bambi podría matarte con esas pezuñas que tiene —observó Tank—. Son tan afiladas como navajas de afeitar.

—Y que lo digas. El ciervo es un animal peligroso, especialmente los machos, con sus grandes cornamentas.

—¿Crees que la ardilla vivirá?

—Si no lo hace, no será culpa mía —respondió Greg, y sonrió—. Adoro los animales.

—Quizá algún día encuentres a una mujer que los adore también.

Se encogió de hombros.

—O no —miró a Tank—. Esta ardilla la has traído por Merissa Baker, ¿verdad? —le preguntó.

—Nada de comentarios acerca de que agria la leche y demás... —le advirtió Tank a la defensiva.

—Oh, no tienes nada que temer —repuso Greg—. Esa mujer tiene un don con los animales: eso es lo que quiero decir. Un día me trajo una serpiente a la que había vendado ella misma. Tenía miedo de que la venda se le acabara cayendo —de repente soltó un silbido de admiración—. Era la serpiente de cascabel más grande que había visto en mi vida, y allí estaba ella, cargándola en brazos como si fuera un bebé. En el instante en que la toqué, intentó atacarme. Pero la tuve aquí para terminar de curarla y luego la dejé en libertad.

—Sí, me lo contó ella misma —Tank se echó a reír y sacudió la cabeza—. Un don.

—Eso es. Un don. En la tribu cheyenne hay algunos que lo tienen. Yo les he visto tranquilizar a caballos salvajes con una simple caricia y su tono de voz. Ya sabes —añadió—, quizás esté relacionado con esa teoría que dice que todos los seres de la naturaleza tienen un alma.

Tank alzó ambas manos.

—Tengo que irme.

—Solo estaba pensando en voz alta, nada más —rio Greg—. En cualquier caso, tu ardilla se pondrá bien. Quizá no fuera mala idea llevarla en la camioneta y soltarla unos cuantos kilómetros más al norte. Por el bien de la instalación eléctrica de la casa de Merissa.

—¡Justo lo que había pensado!

Tank regresó a casa, todavía riéndose del episodio de la serpiente.

—¿Qué es lo que te hace tanta gracia? —le preguntó Mallory, sonriendo.

—Una vez Merissa le llevó a Greg una serpiente para que la curara.

Mallory sacudió la cabeza.

—Pero lo curioso de la historia... —añadió Tank— es que era una serpiente de cascabel.

Su hermano puso unos ojos como platos.

—¿No la mordió?

—Greg se dijo que se presentó cargándola tranquilamente en brazos, como si fuera un bebé, y se la dejó a su cargo —rio al ver su expresión—. Tiene un don con los animales.

—Una serpiente de cascabel —suspiró—. Bueno, eso es realmente asombroso.

Tank asintió y sonrió.

Mallory se lo había quedado mirando con interés.

—Las cosas se están calentando entre vosotros, ¿eh?

Tank se mostró sorprendido.

—¿Cómo lo has adivinado?

—Eres mi hermano. No es propio de ti tomarte tanto interés por una mujer. Bueno, al menos no es algo que ocurra todos los días —Mallory estaba aludiendo a su propia esposa, Morie, por la cual Tank se había mostrado brevemente interesado antes de que descubriera que la hostilidad que su hermano le había profesado escondía una creciente pasión.

—Yo quiero a Morie como a una hermana —se apresuró a asegurarle—. Por si acaso tenías alguna duda...

Mallory le dio unas palmaditas en el hombro.

—Te conozco demasiado bien como para dudarlo.

—La cena fue muy bien —evocó Tank con una sonrisa, cambiando de tema.

—A mí también me gusta la comida de ese restaurante —empezó Mallory.

—Al final fuimos al chino que hay en Powell —le corrigió Tank.

Mallory arqueó las cejas.

—¿Por qué?

Encogiéndose de hombros, señaló con la cabeza el teléfono fijo del escritorio de su hermano, en una esquina del salón.

—Me apetecía variar.

—Entiendo —Mallory, efectivamente, lo había entendido. Era consciente de los micrófonos.

Justo en aquel momento entró Rourke, con un brillo malicioso en su único ojo, ya que un parche le cubría el otro. De pelo rubio bien peinado, vestía unos chinos con muchos bolsillos, una costumbre que había adquirido en África, donde vivía. Tenía una expresión de autosatisfacción.

—Catorce micrófonos —dijo—. Los he saboteado todos. Ahora mismo estarán escuchando, alternativamente, desde partidos de béisbol de San Francisco hasta llamadas de policía de Catelow y silbidos de la estación espacial internacional —sonrió.

Los hermanos se echaron a reír.

—Bueno, es un alivio. Tenía ya miedo de decir algo en voz alta —le confesó Tank—. De hecho, me llevé a mi chica a un restaurante de Powell porque temía que hubieran instalado micrófonos en el de Catelow, dado que lo mencioné por teléfono —vaciló—. Probablemente me esté pasando de paranoico.

—No —le dijo Rourke—. Seguro que tenían a alguien al acecho para adherir un micrófono debajo de vuestra mesa. Alguien que estuviera trabajando de camarero temporal, por ejemplo.

—Eres bueno —reconoció Tank.

Rourke se encogió de hombros.

—Años de práctica. Hace tiempo solía trabajar para la Interpol. Pero la paga era más pequeña de lo que gano en lugares más peligrosos.

—Un trabajo arriesgado —comentó Mallory.

—Pero es lo que mejor sé hacer —suspiró—. Hay una revolución en marcha en un país cercano al mío. Cerca de Kenia. Me dirigía hacia allí cuando me pediste ayuda —sonrió al ver la expresión culpable de Tank.

Tank sabía algo sobre la amiga de Rourke, Tat. Estuvo a punto de mencionarle lo que Merissa le había contado sobre ella, pero se detuvo a tiempo. Merissa le había instado que no dijera nada, ya que ello podría costarle la vida a la fotoperiodista. Así que guardó silencio.

—Lo siento —repuso en voz baja.

Rourke volvió a encogerse de hombros.

—No hay problema. Ya iré allí después. La guerra no va estallar tan pronto. Es un caso triste. El presidente del país es un tipo educado en Harvard, brillante, sinceramente comprometido en política. Su oponente procede de un sucio villorrio y ni siquiera es capaz de escribir su propio nombre —su gesto se volvió sombrío—. Ha ordenado masacrar a mujeres y niños por haberse atrevido a ayudar a las fuerzas del gobierno. Es una guerra tribal como las del siglo XIX, solo que peor —miró a Tank—. Aunque hayáis estado en una guerra de Oriente Medio, no tenéis ni idea de cómo son las cosas en esos lugares. A mí me han disparado niños de ocho años con un AK-47.

—Niños—soldado —la expresión de Tank resultó elocuente—. La gente que los enrola debería ser juzgada y ahorcada.

—Y así será, cuando el presidente haya regresado a su puesto. Y vencerá. Estoy seguro de ello. Tiene el respaldo de la mayoría de las naciones occidentales —esbozó una sonrisa sarcástica—. Resulta que su país está nadando en petróleo. Algunos de sus consejeros son gente de operaciones especiales de un país que no voy a nombrar.

Tank suspiró.

—Al menos cuenta con ayuda.

—Mucha. Pero, mientras tanto, esas aldeas están siendo quemadas y sus poblaciones masacradas. Los cultivos son destruidos antes de la cosecha, de manera que las cifras de gente desplazada crecen día a día. Las fronteras se cierran y hay tiendas de campaña por todas partes. Es la cosa más triste que he visto en mi vida.

—La guerra es triste —convino Tank—. Gracias por haberte ocupado de los micrófonos —añadió, cambiando de tema—. Estaba empezando a tener tics cada vez que miraba el teléfono.

Rourke sonrió.

—Conozco esa sensación.

—Tengo que hablar con nuestro electricista —le dijo Tank a su hermano—. Quiero que vaya a la cabaña de las Baker y arregle el problema que ha causado la ardilla.

—¿Volverá el animal cuando la instalación esté arreglada? —quiso saber Rourke.

—No. Greg la soltará unos cuantos kilómetros más al norte.

Rourke frunció los labios.

—No sé si será posible insertar un GPS en el cuerpo de una ardilla...

Tank soltó una carcajada.

—No lo sé. Quizá Greg debería examinar bien a la alimaña antes de soltarla.

—No es mala idea —añadió Mallory. De repente torció el gesto—. Tengo unas ganas de que vuelvan Morie y mi hijo... Me siento un poco solo.

—Supongo que Cane también —rio Tank—. Echará de menos a Bodie, sobre todo ahora que está embarazada. No hace más que pasear de un lado a otro de la casa, todo preocupado...

—¡Viajes de compras! —exclamó Mallory, sacudiendo la cabeza—. No entiendo por qué no pueden comprar en Catelow.

—Ah. ¿Es que hay boutiques de lencería de París y ropa de bebé de última moda en Catelow? —preguntó Rourke, haciéndose el sorprendido.

—Bueno, esas cosas están sobrevaloradas —replicó Mallory con un brillo malicioso en los ojos.

—Bien dicho —repuso Tank. Pero en aquel momento estaba pensando en cómo le quedaría aquella lencería de París a Merissa, con la figura tan fina y elegante que tenía.

—Un día de estos tienes que traer a Merissa a cenar a casa —le comentó Mallory mientras abandonaban la casa rumbo a los barracones.

El corazón de Tank dio un vuelco. Sonrió.

—Esa es una gran idea.

Por toda respuesta, Mallory soltó una carcajada.

El electricista salió para la cabaña de las Baker, pero, a mitad de camino, topó con algo y se salió de la carretera. Bajó para ver qué era y descubrió, para su sorpresa, una banda de pinchos, como las que utilizaba la policía para impedir la huida de delincuentes, cruzada de lado a lado en la pista de asfalto. Después de recogerla y arrastrarla hasta la cuneta, llamó a Darby Hanes.

—¿No eres capaz de cambiar una rueda? —le preguntó Darby, sorprendido.

—Tengo cuatro pinchazos —masculló Ben, el electricista—. No suelo llevar cuatro neumáticos de repuesto.

—Dios mío, ¿qué te ha pasado? —exclamó Darby.

—Una banda de pinchos —respondió Ben, disgustado—. ¡No puedo imaginarme por qué razón la policía ha puesto una aquí, para molestia de la gente de la localidad!

—¿De qué policía hablas? Estamos en mitad del campo. Y no he sabido por las noticias de ninguna caza al delincuente por esta zona.

—Ya.

—Avisa a la grúa. Voy ahora mismo para allá.

—No hay necesidad, Darby. Esperaré a la grúa y, mientras tanto, telefonearé a las Baker para explicarles lo ocurrido.

—Bueno, está bien. Acuérdate de decirles que te revisen la batería. Cámbiala si es necesario. Últimamente a esa camioneta le está costando arrancar.

—Ya me he dado cuenta. Así lo haré.

Ben suspiró y telefoneó a la grúa. Intentó llamar luego a Merissa para explicarle el retraso, pero al parecer tenía el móvil desconectado. No le dio importancia: ya la llamaría después desde el taller mecánico. Seguro que el técnico no tardaría mucho tiempo en terminar el trabajo.

—Ya está —dijo el electricista con una sonrisa—. Hemos terminado.

Merissa sonrió. El técnico había hecho un trabajo concienzudo. Había revisado todos los teléfonos y el cableado eléctrico, además de cambiar el enchufe cuyo cable alargador había mordido la ardilla causando así el cortocircuito. Había revisado también el ordenador de Merissa, solo para asegurarse. Dado que el ordenador resultaba tan importante para su trabajo, una revisión nunca estaba de más.

—Es usted muy amable —le dijo—. Un millón de gracias. Me gustaría pagarle...

Pero el hombre rechazó su ofrecimiento.

—Es mi trabajo. Estoy contento de ayudar.

Lo acompañó hasta el porche. El técnico conducía un sedán negro. Le extrañó que no hubiera venido en una de las camionetas del rancho; era posible que tuviera que hacer después algún recado personal y no hubiera querido utilizar para ello esa clase de vehículos. Se preguntó asimismo por qué aquel hombre le producía una cierta sensación de incomodidad. Probablemente, razonó, se estaba volviendo paranoica. Era un tipo simpático y parecía muy amable. Y sin embargo...

—Bueno, gracias de nuevo —le dijo.

Él hombre se volvió hacia ella y sonrió. Era alto y esbelto, de cabello castaño y ojos oscuros, muy elegante. No parecía en absoluto un trabajador del rancho.

—Ha sido un placer —repuso antes de subir al coche y alejarse de allí.

—Qué hombre tan amable —le comentó Merissa a su madre.

—Sí. Los Kirk están siendo muy buenos con nosotros —abrazó a su hija—. Me alegro tanto de que estemos tan bien las dos, juntas... Si Bill no se hubiera marchado cuando lo hizo...

—No pienses en ello —fue la respuesta de Merissa, abrazándola a su vez.

Clara suspiró.

—No puedo evitarlo. Ya sabes, San Francisco no está tan lejos y Bill trabaja para una empresa naviera en los muelles,

Meriwether's. Si él supiera que nosotras seguimos aquí, si se le ocurriera volver alguna vez...

—No volverá —le aseguró Merissa con tono suave—. Tú le dijiste a su primo que vivíamos en Billings, ¿no?

—Sí —contestó Clara, y pareció relajarse—. Y sé que él no tiene identificador de llamadas en el teléfono, así que es imposible que pueda localizar el código de zona o el número. Perdona. Lo que pasa es que he vivido durante tantos años con el miedo de que quiera vengarse, de que intente hacernos algo malo...

—No volverá —insistió Merissa—. Te digo yo que no.

Su madre se apartó, sonriendo.

—Tienes razón, por supuesto.

—¡Claro que sí! Vamos a cenar.

—Excelente idea —aceptó Clara, guiándola ya hacia la cocina.

Más tarde, Tank telefoneó a Merissa.

—Lamento que Ben no pudiera llegar —le dijo—. Tuvo que acompañar a la grúa y esperar a que repararan las ruedas de la camioneta. El mecánico estaba hasta arriba de trabajo, así que tardó bastante en terminar. Ben me dijo que intentó llamarte y que no consiguió localizarte.

—Qué raro —comentó ella—. Mi teléfono no sonó.

Aquello resultaba extraño, pero últimamente las ventiscas estaban afectando a la red eléctrica y telefónica.

—Bueno, en cualquier caso, estará allí a primera hora de la mañana.

—¿Ben? —inquirió ella, perpleja—. ¿Quién es Ben?

—Nuestro electricista —respondió—. El que tenía que cambiar vuestro enchufe de pared y revisar el cableado.

—Pero... el electricista vino —vaciló—. Lo estuvo revisando todo, incluso mi ordenador, y cambió el cableado...

—Voy ahora mismo para allá —fue la breve y cortante respuesta de Tank, antes de colgar.

Merissa se quedó mirando el teléfono con consternada expresión. Se preguntó por qué la voz de Tank había sonado tan alterada, hasta que de repente recordó lo que le había dicho. ¿Su electricista no había venido? ¿Pero entonces quién era el hombre tan amable que les había arreglado la instalación?

CAPÍTULO 5

Merissa fue a recibir a Tank al porche. Vio que se bajaba de la camioneta en compañía de otro hombre, un tipo alto y rubio, con un parche en un ojo.

—Pero él ya arregló la instalación... —empezó a decir.

Tank se llevó un dedo a los labios. Miró a su acompañante y asintió con la cabeza. El tuerto sonrió a Merissa y entró en la casa.

—No digas una sola palabra —le advirtió Tank en voz baja—. Pero acompáñanos y cuéntale a Rourke todo lo que estuvo haciendo ese hombre.

Se quedó pálida.

—Era el mismo que andaba detrás de ti, ¿verdad? Sabía que había algo extraño en él. ¡Y ni siquiera me di cuenta de...!

Se sentía enferma. Anonadada.

Tank la atrajo entonces hacia sí y la abrazó con fuerza.

—Tranquila —le dijo con ternura—. No te preocupes. Todo saldrá bien. Vamos, cariño.

Sin soltarla, entró con ella en la casa. Clara ya estaba en el vestíbulo, con Rourke.

Merissa los fue guiando por las habitaciones, señalando con el dedo todos los lugares donde su visitante había estado. Rourke tardó su tiempo en hacer su trabajo, sirviéndose de un extraño instrumental para identificar cada pequeño, casi imperceptible cambio. Retiró varios componentes, uno incluso de la torre de ordenador de Merissa, un pen driver que a ella le había pasado desapercibido, oculto en la parte trasera, en un puerto que nunca usaba.

Finalmente Rourke guardó todos los micrófonos en una bolsa pequeña, que dejó en el asiento trasero de la camioneta.

Volvió luego a entrar en la casa, sonriendo.

—Un tipo eficiente —comentó—. Pero el trabajo ha sido un poquitín apresurado. Supongo que temía que tu técnico pudiera aparecer antes de lo esperado —le dijo a Tank.

—Menos mal que no lo hizo. Habría podido haber problemas.

—Justo lo que estaba pensando —añadió Rourke, y sonrió a Merissa—. Todo está perfecto ahora —le aseguró al ver su expresión—. La mayoría de la gente no habría sospechado de ese tipo. Parece que es muy bueno disfrazándose.

—Era muy educado y tenía unas maneras impecables —reconoció Merissa, sentándose ante su escritorio—. A mí ni siquiera se me pasó por la cabeza...

—Espera —le dijo de pronto Rourke. En la mano tenía un pequeño objeto que estaba luciendo de manera intermitente. Indicó por señas a Merissa que se levantara de la silla. Arrodillándose, miró debajo del escritorio y extrajo un minúsculo artilugio—. Hola, amigo —dijo, como si estuviera hablando con él—. Siento el dolor de oídos que pueda producirte esto... —lo aplastó bajo su zapato y soltó una risita—. Se me había escapado este. Espero haberle roto los tímpanos.

Merissa apretó los dientes con fuerza. No estaba acostumbrada a que la espiaran, y eso la perturbaba. Aquel hombre le había producido una sensación de incomodidad, pero no la clase de intuición que siempre la alertaba de que algo andaba mal. Aquello era algo ciertamente insólito. Aunque, a fin de cuentas, su don era algo esporádico, razón por la cual les resultaba tan difícil a los científicos aceptar la validez de capacidades tan poco habituales.

—Debería haberlo visto —insistió.

—No eres infalible —le recordó Tank con ternura, sonriente—. No importa. Eso te acerca un poco más a nosotros. Nosotros cometemos errores, también.

—¿Ver el qué? —inquirió Rourke, frunciendo el ceño. Tank pareció vacilar.

—Ella ve cosas. Ve y sabe cosas antes de que lleguen a suceder —explicó, reacio.

—Ah, ya —lejos de mostrarse extrañado, Rourke simplemente sonrió—. Ese tipo que trabaja para mí, allá en Sudáfrica... él tiene un don así. Hace mucho tiempo que aprendí a prestar mucha atención a sus advertencias.

Merissa estaba fascinada.

—¿Tú no crees que agrio la leche, entonces?

Él soltó una carcajada.

—En absoluto. Estoy acostumbrado a los fenómenos paranormales. África es la tierra de lo sobrenatural, ya sabes. Estamos inmersos en lo sobrenatural. Buena parte de la población nativa sigue aferrándose a sus antiguas creencias y ritos. Son más sabios que nosotros. Nosotros creemos poseer el mundo. Ellos saben que eso no es así, que existen fuerzas muchísimo más poderosas que nuestros más modernos aparatos electrónicos.

Merissa estaba fascinada.

—A mí siempre me ha apasionado leer cosas sobre África. Existen páginas web que te permiten conectarte y ver la fauna salvaje de allí a tiempo real —al ver que asentía, añadió—: Eso está muy bien para los que no podemos viajar allí —una expresión soñadora se dibujó en su rostro—. Y siempre está YouTube. Yo he visto toda clase de lugares fascinantes gracias a las cámaras de la gente que graba imágenes y las cuelga.

—¿Por qué ese tipo habría de querer instalar micrófonos aquí? —preguntó Tank de pronto.

Rourke se volvió para mirarlo.

—Porque él sabe que tú tienes un interés especial... aquí.

Tank se sintió enfermo. Miró a las dos mujeres, recordando la angustia que habían sufrido a manos del brutal padre de Merissa. Y en aquel momento era él quien las estaba poniendo en peligro, debido a su amistad con ellas.

Merissa se acercó a él y lo miró a los ojos.

—Hay cosas que suceden porque forman parte de algún plan. Un plan del que no sabemos nada, que no podemos conocer. La vida es una prueba. La vida son lecciones. La gente entra en nuestras vidas en momento determinados, por razones determinadas.

—Predestinación —reflexionó Rourke en voz alta, asintiendo con la cabeza.

—Bueno, algo parecido —vaciló Merissa—. Lo que quiero decir es que el futuro no está grabado en piedra. Creo que las decisiones que tomamos pueden alterarlo. Pero creo que hay también un plan maestro para nuestras vidas, al que llamamos Dios —dijo, y se volvió hacia su madre—. Otros lo llaman destino, o suerte, o azar. Pero yo creo en ello.

—Y yo —repuso Tank, y se la quedó mirando fijamente a los ojos durante tanto tiempo que ella se ruborizó un poco.

—¿Dijisteis aquí algo que pudo haberle interesado escuchar a ese tipo? —interrumpió Rourke, mirando a Clara y a Merissa.

—Nada en absoluto —rio Clara—. Solo una conversación normal y corriente.

Merissa asintió. No quería recordarle a Clara que habían estado hablando de su padre. Eso era algo en lo que su espía no podía estar interesado. Él querría saber sobre Tank, conocer sus movimientos, dónde estaba y lo que hacía en cada momento. Estaba planeando atentar contra Tank, que no contra ellas. De manera que guardó silencio.

—Será mejor que nos marchemos —dijo Rourke.

Tank asintió. Tocó la mejilla de Merissa con un dedo.

—No te preocupes, todo volverá a estar bien. Ya lo verás.

—Ese tipo hizo un buen trabajo con el cableado eléctrico, por cierto —comentó en ese instante Rourke—. Si no hubiera añadido esos micrófonos al mismo tiempo, yo lo habría calificado de perfecto.

—Supongo que no se esperaba que un experto en seguridad chequeara su trabajo —dijo Tank, y se dirigió a Merissa—. Oh, se me olvidaba. Greg está curando a tu ardilla y la soltará unos kilómetros más al norte —esbozó una sonrisa—. El animalillo se pondrá bien.

—Gracias a Dios —suspiró ella.

Tank levantó el dedo índice, a modo de advertencia.

—Pero nada de salvar serpientes.

Merissa alzó ambas manos y sonrió.

—Estamos en invierno. No hay serpientes que salvar.

—En eso te doy la razón.

Tank siguió a Rourke fuera de la casa, hasta la camioneta. Se despidió con la mano mientras se marchaban.

—¿Salvar serpientes? —quiso saber Rourke.

Tank rio por lo bajo.

—Esa es una gran historia. Déjame que te la cuente —y así lo hizo, durante todo el trayecto hasta casa.

Rourke casi se cayó de la camioneta de la risa.

Merissa estaba preocupada por la conversación que habían tenido su madre y ella... sobre su padre. Sabía que aquellos narcotraficantes no iban a prestarle atención concretamente a ella, pero la inquietaba que hubieran mencionado la empresa para la que estaba trabajando su padre, así como su localización.

—¿Crees que se pondrán en contacto con él? —reflexionó en voz alta después de haberle explicado sus temores a su madre.

—Cariño, ¿por qué habrían de hacerlo? —inquirió a su vez Clara con tono razonable—. Ellos no tienen nada en contra de nosotras.

—Pero instalaron micrófonos en nuestra casa...

—Para conseguir información sobre Dalton —repuso Clara con tono triste—. Lo lamento por él, pero no somos nosotras quienes estamos en el punto de mira. Simplemente están desesperados por rastrear sus movimientos. Eso no nos concierne a nosotras.

—Supongo que tienes razón —reconoció Merissa.

—Por supuesto que tengo razón. ¿Te apetece ver las noticias conmigo?

Merissa negó con la cabeza.

—Creo que trabajaré un rato.

Su madre sonrió.

—Buena idea. Así te distraerás de todo esto.

—Justo lo que estaba pensando.

Fue a su pequeño despacho y se sentó ante su escritorio.

Tank estaba viendo las noticias cuando sonó el timbre. Estaba solo en la casa. Las mujeres habían vuelto al rancho para luego volar a Denver para una feria de ganado. Hacía tiempo que habían planeado aquel viaje, pero era una buena cosa, después de todo. A Tank le había preocupado mucho meter a miembros de su familia de por medio, en caso de que el falso agente hiciera algún movimiento.

Faltaban solamente unos pocos días para Navidad, pero no le importaba pasar las fiestas solo. Rourke andaba cerca, y también muchos de los vaqueros. Solo, realmente, no iba a estar. Ahora que había dejado de nevar, siempre podían abandonar la zona. Al menos temporalmente.

Mavie abrió la puerta y se encontró con dos hombres vestidos de traje negro. Uno era delgado y de tez olivácea, de largo cabello negro recogido en una coleta. El otro, rubio y de ojos oscuros. Ambos tenían una expresión muy seria.

Ella enarcó una ceja, mirándolos con expresión desconfiada.

—No hemos visto platillos volantes por aquí...

Ambos hombres se echaron a reír ante aquella bromista suposición de que fueran «hombres de negro». Mavie sonrió.

—¿En qué puedo ayudarles?

—Hemos venido a ver a Dalton Kirk. ¿Está en casa? —preguntó educadamente el hombre moreno.

—Sí. Entren ya, que hace frío.

Dalton, que había oído voces, salió al vestíbulo. Frunció el ceño. ¿Más falsos federales todavía?

—Soy Jon Blackhawk, agente especial del FBI de San Antonio, Texas —se presentó el hombre de pelo oscuro—. Este... —señaló a su compañero—, es Garon Grier, mi SAC.

Ambos le entregaron sus respectivas credenciales. Tank se las devolvió después de examinarlas.

—¿SAC? —inquirió, frunciendo el ceño.

—Agente especial al cargo —explicó Garon, y sonrió. Parecía que no lo hacía muy a menudo—. Nos hemos enterado de lo de su visitante. Nos gustaría hablar con usted. Somos amigos del sheriff Hayes Carson, del condado Jacobs. Está involucrado en uno de nuestros casos.

—Vengan y tomen asiento —los invitó, guiándolos al

salón. Apagó el televisor—. Mavie, ¿podrías traernos café, por favor?

—Claro que sí. Ahora mismo —respondió.

Los dos hombres se sentaron en el sofá, de cara a Dalton, que se había instalado en su mecedora.

—Hemos hecho algunas averiguaciones —dijo Blackhawk—. Sé que se trata de un recuerdo desagradable, pero necesitamos saber con detalle lo que sucedió cuando estuvo usted trabajando para la patrulla fronteriza en Arizona.

Dalton suspiró y forzó una débil sonrisa.

—No es algo que me guste rememorar —reconoció—. Pero puedo contarles lo que recuerdo.

—Por favor —añadió Grier.

—Había un tipo. Me había olvidado de él hasta que una amistad mía... —no nombró a Merissa ni las circunstancias en las que ella había sabido de aquel hombre— me lo recordó. Todo empezó cuando un agente de la DEA acudió a mí para avisarme de una posible incursión en mi territorio. Me dijo que un cargamento de droga iba a ser introducido por tipos con uniformes paramilitares y que necesitaba de mi ayuda para pararles los pies —entrecerró los ojos, recordando—. Él viajaba en un coche de paisano, yo en un coche patrulla. Lo seguí hasta el lugar en cuestión. Era de noche, pero había luna llena, así que pude detectar un movimiento. Bajé del coche patrulla y, nada más ver a los tipos, me di cuenta de que necesitaba refuerzos. Me dispuse a pedirlos por radio, pero él me detuvo. Me dijo que tenía más agentes en la zona, que yo solo tenía que acompañarlo para darle apoyo.

—¿Le dijo que había más agentes en la zona?

—Sí. Yo no tenía ninguna razón para desconfiar de él. Tenía su credencial en regla. Siempre la reviso —añadió—. Así que desenfundé mi arma reglamentaria y fuimos hacia ellos. Él gritó primero, presentándose como agente de la autoridad, para que se detuvieran y dejaran sus armas en el suelo —parpadeó varias veces—. El resto... sigue siendo un poco nebuloso. Me dispararon, pero no fueron los sospechosos. El disparo vino de detrás. La bala me atravesó el pulmón. Caí al suelo. Recuerdo que levanté la mirada y vi un tipo de aspecto hispano y vestimenta ostentosa. Me estaba apuntando con una pistola automática bañada en oro y sonreía. Me dijo que era una estupidez enredarse con un cártel del tamaño del suyo, y que no volvería a tener la oportunidad de hacerlo. Recuerdo que sentí como si me golpearan con los puños, varias veces. Perdí la conciencia y aparecí en un hospital.

—¿Cómo llegó hasta allí?

Tank forzó una sonrisa. Sintió un sabor a bilis en la garganta. El recuerdo seguía poniéndole enfermo.

—Da la casualidad de que, sinceramente, creo que fue uno de sus cómplices, una «mula», quien avisó a una ambulancia. El hombre se quedó atrás mientras los demás se retiraban. El otro tipo, lo recuerdo vagamente, se puso a maldecir cuando supo que había pedido ayuda. Discutieron. Yo me desmayé antes de que se marcharan. Cuando salí del hospital, hablé con la dirección. El operador del número de emergencias me dijo que el tipo de aspecto hispano se disculpó y añadió que, de haber podido evitar el tiroteo, lo habría hecho. Dijo que también que él y su familia rezarían para que me recuperara —sacudió la cabeza—. Y debieron de hacerlo, porque los médicos me dijeron que nunca habían visto a un hombre en aquellas condiciones vivir para contarlo.

Blackhawk esbozó una mueca.

—Sé bastante de heridas de bala. Mi hermano trabajaba para nosotros y para la CIA. A lo largo de los años le dispararon dos veces, y una de las heridas estuvo a punto de resultar mortal. Fue algo tan duro para la familia como para él.

—Mis hermanos casi se volvieron locos —evocó Tank en voz baja—. Y yo también. No lo llevé muy bien —se encogió de hombros y forzó una sonrisa—. Y todavía ahora sigo sin llevarlo bien del todo —sacudió la cabeza—. Estuve semanas en el hospital.

Los ojos oscuros de Grier adquirieron la dureza del hielo.

—Para esa gente, sus adversarios son como insectos. No les importa matar a quien sea. Mujeres, niños... todos son lo mismo para ellos. Lo único que les importa es el dinero.

Tank lanzó una corta carcajada.

—Ya me he dado cuenta. ¡El tipo tenía una automática bañada en oro, por el amor de Dios!

—¿Le explicó el sheriff Hayes cómo lograron escapar su esposa y él de sus secuestradores? —le preguntó Blackhawk con una sonrisa en sus ojos negros.

—Me dijo algo al respecto, pero no me contó detalles —respondió Tank.

Los dos visitantes cruzaron una mirada.

—Uno de los secuestradores era el dueño de la casa donde estaban retenidos. El tipo tenía un edificio anexo en cuyo lavabo había... agárrese, amigo. Un portarrollos de papel higiénico chapado en oro, con piedras preciosas incrustadas. La mujer del sheriff lo usó para lograr cortar sus ligaduras.

Tank se echó a reír.

—¡No me lo puedo creer!

—Nosotros tampoco —Grier sacudió la cabeza—. Yo creía que lo había visto todo en esta vida. Yo trabajé con nuestro equipo de rescate de rehenes —añadió—. Sé mucho sobre eso. En muchos casos, los rehenes mueren en las primeras veinticuatro horas. Hayes y su esposa tuvieron mucha suerte.

—Lo que nos lleva de nuevo a usted, y al objetivo de

nuestra visita —añadió Blackhawk—. Hayes Carson detuvo a una de los principales elementos del cártel, que había sido fundado por el gran señor de la droga al que llamaban El Ladrón, actualmente muerto. El tipo llevaba todas sus armas bañadas de oro. El caso es que Hayes Carson estaba en compañía de un supuesto agente de la DEA. Cuando los nuestros empezaron a hacer preguntas sobre ese agente, y se pusieron a hurgar en su identidad, saltaron datos nuevos. Una falsa secretaria consiguió un empleo en la oficina de Carson y se las arregló para entrar en su ordenador... y borrar toda evidencia de la presencia del hombre en la detención. Cuando contrataron a un asesor informático para que intentara recuperar la información de los discos duros... lo mataron.

—Suena a un asunto gordo —observó Tank.

—Lo es —convino Grier—. Evidentemente, alguien no quiere que identifiquemos al falso agente. Y nosotros queremos saber por qué.

—Sobre todo teniendo en cuenta que el tipo ha estado suministrando información a los principales cárteles de la droga durante años, como falso agente de la DEA —agregó Blackhawk.

—Si usted puede recordar algo, necesitamos que nos lo diga —intervino Grier—. Tenemos razones para pensar que puede existir una conexión entre el falso agente y un político que aspira a un alto cargo federal.

Tank se los quedó mirando fijamente. Había oído todo aquello, pero tenía una pregunta que hacerles.

—¿Qué tiene que ver eso con los cárteles?

Parece que uno de ellos ha estado financiando su campaña, con la esperanza de conseguir un mejor acceso a lo largo de la frontera con su elección —explicó Blackhawk, muy serio—. Es un asunto muy feo. Y también tenemos motivos para pensar que el falso agente tiene un largo historial de asesinatos.

—Esto está mejorando por momentos —comentó Tank, sacudiendo la cabeza.

—¿Qué puede decirnos usted al respecto? —preguntó Grier.

—Por ejemplo, que ese falso agente se hizo pasar por técnico de una empresa de seguridad para llenarme la casa entera de micrófonos.

Grier miró inmediatamente a su alrededor, preocupado.

—No tenéis nada de qué preocuparos —dijo de repente alguien, desde el umbral—. Yo destruí los micrófonos. El tipo era bueno, pero... ¡dejó un montón de huellas!

Blackhawk lo fulminó con la mirada.

—Rourke. ¿Qué diablos estás haciendo aquí?

—Trabajar —respondió con una sonrisa—. Y vosotros, chicos, estáis muy lejos de casa...

—¿Conocen a Rourke? —preguntó Tank a sus visitantes.

—Sí —contestaron al unísono, no muy contentos.

—Vaya, vaya —Rourke rio por lo bajo—. No es mi intención molestaros. No mucho, al menos —se puso serio—. Estamos hablando de un tipo bastante bueno. Es eficaz y adopta todo tipo de disfraces, en plan camaleón. Si tiene un largo historial de asesinatos, Cy Parks tiene a un hombre trabajando para él que podría saber algo al respecto.

—Carson.

—¿El sheriff? —inquirió Tank.

Blackhawk negó con la cabeza.

—No, otro Carson. Este es un indio Lakota —esbozó una mueca—. Tenemos un primo en común.

—¿Un nativo americano? —inquirió Tank.

Grier asintió.

—Es condenadamente bueno en su trabajo. Durante una temporada estuvo empleado por el gobierno. Pero no se sentía cómodo en una unidad convencional, así que lo transfirieron a Operaciones Especiales. Trabajó con nosotros en una misión —movió la cabeza—. Un tipo inquietante.

—Así es —convino Blackhawk—. La mayoría de los francotiradores yerran ocasionalmente. Este del que estamos hablando... nunca.

—Hablaremos con él cuando volvamos a casa —dijo Blackhawk, y miró a Rourke—. Yo te creía empantanado con aquel trabajo que fuiste a hacer en Sudáfrica.

—Hice algunos enemigos allí —explicó sucintamente Rourke, serio—. Odio a los malditos políticos. Andan armando a niños de ocho años para mandarlos a la guerra con armas automáticas. Niños demasiado drogados para que les importe a quién puedan disparar.

—Métete entonces en el gobierno para poner fin a eso —sugirió Grier.

—En ese país, no. Como regalo de Navidad, lo único que quiero es ver a ese líder rebelde colgado de sus propias tripas.

—Qué sanguinario eres —masculló Blackhawk.

—Tú querrías lo mismo para él si vieras lo que hizo en una aldea cercana a la capital —replicó Rourke.

—¿Cómo es que conoces a Kirk? —quiso saber Grier.

—Estaba de misión especial en la época en la que Tank estuvo sirviendo en Irak.

—¿Tank?

Tank sonrió.

—Destruí un tanque allí, y de ahí el apodo que me pusieron. Abandoné el ejército y conseguí un empleo en la patrulla fronteriza —miró a sus visitantes—. Pero no quiero volver a llevar una placa.

—Bueno, este trabajo nuestro tiene algunos inconvenientes —comentó Blackhawk. Sonriendo, miró a Grier—.

Como que nuestras esposas se olvidan de nuestras caras de cuando en cuando, por ejemplo.

—¿Usted está casado? —le preguntó Grier a Tank.

—Todavía no —se echó a reír—. No he pensado mucho en ello —lo estaba pensando en aquel momento, pero no iba a compartir aquel tipo de intimidades con sus invitados.

—¿Podría describirnos al hombre que lo atrajo a la emboscada del cártel de la droga? —inquirió Grier.

—Sí. Era un tipo alto y rubio, con el pelo negro. Con acento británico y entonación texana. Pelirrojo, hablaba con acento de Massachusetts —recitó de un tirón, bromista.

Sus visitantes se lo quedaron mirando asombrados.

—Siempre de traje negro, pero con el rostro, acento, color de pelo y de tez diferentes cada vez —les informó Tank—. El individuo que vino aquí a instalar las cámaras de videovigilancia tenía la misma estatura, pero en todo lo demás era distinto. Ese hombre es un verdadero camaleón.

—Ya. Eso estoy empezando a pensar yo también —repuso Blackhawk—. Las descripciones que hemos estado obteniendo de él son las mismas. La estatura parece ser la única constante.

—No —lo interrumpió Rourke, hundiendo las manos en los bolsillos de sus chinos—. Hay otra. Se trata de un maestro del disfraz. Incluso en el campo del espionaje, esa habilidad destaca por lo llamativa. Esa es nuestra clave. Es por ahí por donde debemos empezar a investigar. Y Carson podría ser nuestra mejor opción para seguirle el rastro.

—Por no hablar del político que está conchabado con los cárteles de la droga —añadió Tank—. No sería mala idea seguirle la pista.

Blackhawk frunció los labios.

—Desde luego que no.

—Esa es precisamente la razón por la que ya lo hemos hecho —le informó Grier.

—Se me han adelantado —dijo Tank—. ¿Ven ahora por qué no pertenezco ya a las fuerzas de la ley?

—Lo que más me preocupa es por qué ese tipo anda detrás de él —dijo Rourke, señalando a su amigo—. Tank no puede identificarlo. Si pudiera, ese asesino no tendría ningún escrúpulo en matarlo inmediatamente —vaciló, y se dirigió directamente a Tank—. Y, si él estuvo aquí, en esta casa... ¿Cómo es que no te mató en tu propio jardín?

Tank se lo quedó mirando fijamente.

—Mientras estuvo aquí, había testigos. Teníamos a varios vaqueros trabajando dentro y alrededor de la casa, y nuestros hombres siempre van armados en invierno. Por los lobos —explicó.

—Es ilegal matar a un lobo —le recordó Blackhawk.

—Sí que lo es, pero, si uno se me tira al cuello, le dispararé y al diablo con la denuncia —replicó firmemente Tank.

Ambos hombres se echaron a reír.

—Ese tipo también intervino los teléfonos de la cabaña de las Baker —le recordó Rourke a Tank.

—¿Las Baker? —inquirió Grier.

—Ella es... una amiga mía —informó Tank.

—Y con unas habilidades bastante especiales —intervino Rourke.

Tank le lanzó una mirada irritada.

—¿Qué clase de habilidades? —quiso saber Blackhawk.

Tank vaciló.

—Díselo —lo animó su amigo.

—Está bien —suspiró—. Ella es clarividente. Y no me refiero a esa gente de la televisión que cobra por decirle a la gente lo que quiere escuchar. Es una clarividente auténtica. Se presentó aquí en medio de una ventisca para advertirme de que alguien pretendía matarme por algo que yo no lograba recordar. Me describió el tiroteo que sufrí, con todo detalle. Ni siquiera me conocía cuando eso sucedió, y desde luego ella no estuvo presente —añadió con tono firme, y se encogió de hombros—. Me puso los pelos de punta. Le dijo a nuestro capataz, Darby Hanes, que se llevara a alguien consigo para talar un árbol que había derribado una cerca nuestra, e insistió mucho en ello. Él no quería, pero yo lo obligué —se interrumpió—. El árbol se le cayó encima y lo atrapó. Habría muerto si no se hubiera llevado consigo a alguien del rancho.

Blackhawk asintió con la cabeza.

—Nosotros tenemos a gente con ese don en nuestra comunidad de Oklahoma. La ciencia lo pone en duda, pero es algo que existe —añadió en voz baja—. Yo lo he visto. Puede que esa mujer le haya salvado la vida...

—Y, al hacerlo, se ha puesto a sí misma en la línea de fuego —lo interrumpió Grier—. Si ese tipo anda detrás de usted y se entera de que esa mujer tiene ese don, ella también podría estar en peligro.

—Ya me estoy ocupando yo de eso —les informó Rourke—. Nadie le hará el menor daño. Os lo puedo garantizar.

Grier entrecerró los ojos.

—Sigo sin comprender por qué ese tipo anda detrás de usted —comentó, pensativo, dirigiéndose a Tank—. Claro que podría describir su estatura, recordar algo sobre su aspecto o sobre su manera de moverse, pero poca cosa más. Sin embargo, parece que ese tipo es lo suficientemente paranoico como para querer deshacerse de cualquiera que conserve alguna clase de recuerdo sobre él. Hizo matar a un experto en informática en Texas porque intentó recuperar datos de los discos duros borrados en la oficina del sheriff Carson. Y se ha tomado muchas molestias en intentar intervenir su casa —frunció el ceño—. No tiene sentido.

—¿Qué es lo que le dijo su amiga acerca de la razón que él tenía para hacerlo? —le preguntó de pronto Blackhawk a Tank.

—Me dijo que andaba detrás de mí por causa de algo que yo no podía recordar.

Grier se volvió para mirar a su compañero.

—Quizá un hipnotizador...

Blackhawk asintió.

—Yo estaba pensando lo mismo.

Tank frunció el ceño.

—¿Perdón?

—Nosotros lo hemos hecho antes, por pura desesperación, en alguno que otro caso. A veces vemos cosas, pero luego no las recordamos. Como un número de matrícula o alguna señal identificativa. A veces los detalles pequeños son los que resuelven los grandes casos —dijo Blackhawk.

Grier asintió.

—¿Estaría usted dispuesto a someterse a una sesión de hipnosis —le preguntó a Tank— si consiguiéramos un experto?

—Por supuesto —aceptó Tank—. Pero ya le prometí al sheriff Carson que tomaría un avión e iría a hablar personalmente con él.

—Podríamos hacerlo en su despacho —propuso Grier—. De hecho, conozco a un hipnotizador en San Antonio que ha trabajado con nosotros en algunos casos.

—Deme algo de tiempo hasta que mis hermanos vuelvan de esa conferencia que tienen en Denver —le pidió Tank—. No puedo abandonar el rancho sin dejar a alguien al cargo —lo que realmente quería decir era que no podía abandonar a Merissa. Ese falso agente ha estado en su casa. No quería ni imaginarse lo que podría hacer si la sorprendía allí sola, sin protección. Durante su ausencia, Mallory y Cane se asegurarían de que nada le sucediera.

—No hay problema —dijo Grier—. ¿Cree que podrá estar disponible antes de Navidad?

—Sí. Haré los preparativos necesarios y volveré a ponerme en contacto con ustedes a la vuelta —les dijo Tank.

—Trato hecho.

Terminaron su café, felicitaron a Mavie por lo sabroso que estaba, se despidieron de Tank con un apretón de manos y se marcharon.

—¿Está pasando algo que yo no debería saber? —quiso saber Mavie.

Tank se encogió de hombros.

—Mucho, probablemente, pero contigo no tenemos secretos —añadió con una sonrisa—. Quieren que vea a un hipnotizador. Piensan que podría recordar algo sobre el hombre que me disparó.

Mavie se estremeció visiblemente.

—Esa podría ser una mala cosa, jefe. Lo de recordar demasiado, quiero decir.

—Yo estaba pensando en lo mismo —volvió a sonreír—. Me voy al despacho a hacer papeles.

—Y yo a limpiar la cocina. Puede que luego vaya a ver un rato la televisión, antes de la hora de la cena.

—Tú y tus telenovelas... —puso los ojos en blanco.

—Cada vez resulta más difícil ver una buena —suspiró—. Echo de menos las antiguas, las de los viejos tiempos —sacudió la cabeza—. Estas nuevas se entretienen demasiado en las intimidades de los personajes.

—Lo mismo pasa en el cine. ¿Sabes? Los productores de Hollywood nunca parecen darse cuenta de la razón por la que la gente todavía sigue viendo películas como *Sonrisas* y *lágrimas*, *Ultimátum a la Tierra* o *Ben-Hur*. Eso es porque contaban historias potentes sobre la gente, y porque podías llevarte a tus hijos a verlas. Excepto las de dibujos animados, ¿qué clase de películas puedes ir a ver ahora con tus hijos?

—A mí me encantaba *La guerra de las galaxias* —confesó Mavie, suspirando.

—Sí, bueno, corren rumores de que las nuevas entregas van a estar dirigidas a un público fundamentalmente adulto.

Mavie lo miró irritada.

—Ya. Harán versiones de *La guerra de las galaxias* prohibidas para niños.

Tank se echó a reír.

—Eso nunca lo harán. Porque tendrían que renunciar al gran negocio del *merchandising* infantil.

—Bueno, espero que tengas razón —alzó las manos y volvió a la cocina, rezongando sobre el mundo en general y las películas actuales en particular.

CAPÍTULO 6

—¡Te vas a Texas! —exclamó Mallory cuando Tank volvió a casa.

—Sí. Necesito hablar con el sheriff de allí. Quizá ambos vimos algo que no recordamos y, discutiéndolo, salga a la luz.

—Es peligroso —comentó Cane en voz baja—. Que vayas solo, quiero decir.

—No voy a llevarme a Rourke conmigo —informó a sus hermanos. Él es necesario aquí, para echar un ojo a las Baker y a vosotros.

—Pero, Tank... —Mallory empezó a protestar.

—No os preocupéis —lo interrumpió de pronto Rourke, entrando en la habitación—. Perdón, no era mi intención molestar, pero está todo controlado. No se irá solo.

—Tú no vas a acompañarme —le advirtió Tank con tono seco.

—No. Pero tengo a alguien que te estará esperando en el aeropuerto.

—¿Quién? —quiso saber Tank.

—Nadie que conozcas, ni podrás reconocer. Y nadie le reconocerá a él tampoco. Pero estará vigilante. Si surge algún problema, estarás a salvo.

—Gracias, Rourke —dijo Mallory—. Estaba preocupado.

—Y yo también —reconoció Cane.

—Ya soy mayor —protestó Tank.

—Sí, pero también eres nuestro hermano —dijo Mallory—, y por fuerza tenemos que preocuparnos.

Él les sonrió.

—Gracias.

—Nos perderemos las sesiones de piano —dijo Cane con un malicioso brillo en los ojos—. Aunque sean un poco pobres comparadas con las de Mallory.

Mallory sonrió.

—¡Cuánta razón tienes!

Tank le lanzó una servilleta.

Reservó un vuelo en Internet y fue luego a ver a Merissa.

—Me marcho a Texas —anunció mientras tomaban café en la cocina, sentados ante la pequeña mesa blanca.

Clara, discretamente, los dejó solos.

—A ver al sheriff Carson —adivinó ella.

Él soltó una carcajada irónica.

—Nada se te escapa.

—No mucho, la verdad —bebió un sorbo de café.

—¿Ves algo? —le preguntó él.

Ella se lo quedó mirando fijamente. Fue una mirada tan larga e intensa, que ella misma se ruborizó y se echó a reír.

—No. Quiero decir, que no veo nada malo.

Él se inclinó sobre la mesa y le tomó una mano.

—¿Sabes? Creo que podría volverme adicto a ese delicioso rubor tuyo. Hace que me sienta peligroso.

Merissa soltó una carcajada.

—Tú no eres peligroso. Bueno, quizá solo un poco.

Tank le acarició la suave palma con el pulgar. Mientras lo hacía, su expresión se endureció un tanto.

—Sabes que me tirotearon.

—Sí.

Le volvió la mano y se quedó mirando fijamente su palma, en lugar de mirarla a los ojos.

—Tengo cicatrices. Algunas de ellas, horrorosas. Nunca llevo pantalón corto, ni siquiera en verano. Ni voy con el pecho desnudo.

—¿Crees que a mí me importan las cicatrices? —le preguntó con tono suave, y sonrió—. Qué tonto eres.

Alzó rápidamente la mirada hacia ella.

—¿Estás segura? ¿O solo es una suposición?

Merissa se disponía a contestar cuando su madre volvió a la cocina con el bolso en la mano.

—Tengo que irme corriendo a la tienda del pueblo. ¡Se me han acabado las nueces!

Tank se la quedó mirando fijamente, sorprendido.

Clara esbozó una mueca.

—Bueno, estamos en invierno y damos de comer a los pájaros. A muchísimos pájaros —explicó—. Hay un fantástico pájaro picapinos que...

—Sí, se pone a taladrar el muro de casa todas las mañanas hasta que le ponemos una nuez partida por la mitad sobre la valla.

Tank parpadeó perplejo.

—¿Nueces?

Clara se echó a reír.

—Compramos nueces a montones. Al picapinos le encantan. Hay dos parejas. Y, por supuesto, siempre están los pajarillos que se quedan todo el año —suspiró—. Pero se me han acabado las nueces y ahora mismo tengo al picapinos al otro lado de la ventana de mi habitación. ¿No lo oís?

Se pusieron a escuchar. Se oía un fuerte tamborileo,

como si alguien estuviera clavando un clavo en una madera, repetidamente.

—Es él —explicó Clara—. No parará hasta que consiga comida, y no tengo nada que darle. Así que tengo que irme corriendo al supermercado.

—Ten cuidado —le recomendó Merissa.

—Siempre tengo cuidado. No serán más que diez minutos —se despidió con la mano y salió apresurada.

—¡No corras, que hay hielo! —gritó Merissa.

—¡De acuerdo! —respondió Clara. Se oyó el sonido de una puerta al abrirse y cerrarse, y luego el del motor del coche, hasta que arrancó por fin.

Merissa esbozó una mueca.

—Tengo que llevarlo al taller —dijo con tono cansado—. Arranca solo cuando quiere.

—Le diré a mi mecánico que se pase a verlo.

—Oh, no por favor. ¡Ya has hecho tanto por nosotras...!

Él le acarició la mano.

—Tengo que cuidar de mi chica preferida —le dijo en voz baja, y le apretó la mano—. Ven aquí.

La ternura de su voz la derritió por dentro. Se levantó de la silla y dejó que él la sentara delicadamente sobre su regazo.

—Necesitas ver aquello en lo que te estás metiendo... —murmuró él. Desabrochándose la camisa, procedió a descubrir su musculoso y velludo pecho.

Merissa se quedó tan fascinada que, en un primer momento, no advirtió las cicatrices.

Su arrebatada expresión le hizo reír. Había tenido miedo de mostrarle las huellas que las balas habían dejado en su cuerpo, pero ella no parecía encontrar nada desagradable en ello. De hecho, su mirada resultaba hasta halagadora.

Le tomó la mano y la deslizó por sus pectorales cubiertos de vello.

—Aquí —acercó sus dedos a las anchas cicatrices que le habían dejado las balas. Dos habían impactado en un pulmón. Otra le había atravesado el torso debajo de las costillas. Otras dos le habían alcanzado las piernas, en los muslos, y habían sido necesarias varias operaciones quirúrgicas para retirar las astillas de los huesos y reparar los músculos.

—Nunca había tocado a un hombre así —le confesó ella, titubeante.

Tank sonrió.

—A mí me gusta.

—¿De veras? —le preguntó en voz baja—. Temía que... Bueno, ya sabes. A los hombres de ahora les gustan las chicas que circulan de mano en mano y...

—Yo no soy uno de esos. La verdad es que soy bastante anticuado.

Merissa delineó una de las cicatrices con un dedo y esbozó una mueca.

—Debiste de sufrir muchísimo, Dalton.

Le gustaba la manera en que sonaba su nombre en sus labios. Era tan dulce, tan cálida y tan tierna... Bajó la mirada a sus labios y anheló sentirlos bajo los suyos. La forma en que lo estaba tocando era muy excitante.

Inclinó la cabeza y la besó levemente, apenas un roce de sus bocas.

—Sabes a café —susurró, riendo por lo bajo.

Ella sonrió.

—Tú también.

Se la quedó mirando a los ojos con tanta fijeza e intensidad que Merissa no pudo menos que ruborizarse. Ya no sonreía. Y ella tampoco.

Contempló luego su boca, hermosa y ligeramente enrojecida por la anterior presión de sus labios.

—Ha pasado mucho tiempo desde la última vez que he deseado tanto a una mujer —susurró—. Muchísimo.

La besó de nuevo, separándole esa vez suavemente los labios con una lenta y firme presión que a cada segundo se fue volviendo más ávida e intensa.

La apretó contra sí, sintiendo su suave mano deslizándose por el denso vello de su pecho mientras el beso se volvía tan apasionado que consiguió arrancarle un gemido.

Su mano buscó el dobladillo de su camiseta y se internó debajo, subiendo hasta que tropezó con el pequeño sujetador de encaje. Lo desabrochó y sus dedos encontraron el firme seno, de pezón duro.

Ella inspiró profundamente, de golpe, pero no protestó.

—Confía en mí —susurró contra sus labios—. Pero no... no demasiado.

Tank le subió la camiseta y, antes de que ella se diera cuenta de lo que pretendía hacer, presionó la boca abierta contra su seno, acariciándole el endurecido pezón con la lengua.

Ella soltó un pequeño grito que penetró en su aturdido cerebro como si procediera de muy lejos. Sabía a azúcar: el azúcar más dulce que había probado nunca. Su mano libre fue bajando a lo largo de su espalda, hasta la cintura de sus vaqueros. Se entretuvo unos segundos allí, en la suave piel de su cintura, para deslizarse luego hacia el frente, hacia su vientre desnudo.

—¿Dal... ton? —susurró.

—Santo Dios —gruñó él.

Se levantó entonces y la cargó en brazos hasta su dormitorio. Cerró la puerta con el pie, a su espalda.

—Mamá volverá... pronto —pronunció ella con una voz estrangulada que ni siquiera reconoció.

—La oiré —mintió.

La tumbó en la cama y la desnudó hasta la cintura, despojándose de la camisa al mismo tiempo.

Se cernió sobre su cuerpo, separándole las piernas para

poder instalarse entre sus muslos, apretando su velludo pecho contra sus suaves senos.

Deslizó luego una mano bajo sus caderas, levantándola para apretarla contra la súbita dureza de su erección.

—Qué bella eres —musitó, contemplando sus senos mientras se frotaba con fuerza contra sus caderas—. ¡Tan hermosa...!

Le estaba despertando sensaciones que jamás antes había experimentado. El placer era abrumador. Parecía elevar su cuerpo en un arco mientras se esforzaba por apretarse todavía más contra él. Carecía de la voluntad necesaria para resistirse a lo que le estaba haciendo. Le encantaba sentir el peso de su cuerpo sobre el suyo, la sensación de una intimidad tan estrecha.

—Esto es... tan dulce... —jadeó mientras él continuaba lamiéndole los senos.

—Imagina lo que sería sentirme dentro —susurró contra sus labios—. Entrar en ti con fuerza, profundamente...

Soltó un grito. Él lo acalló con su boca devoradora mientras sus caderas se movían insistentemente contra las suyas. Ella podía sentir la creciente dureza de su erección.

—Merissa —gruñó—. ¡Ha pasado tanto tiempo...!

Se desabrochó los vaqueros. Se los estaba bajando por los muslos cuando el sonido de un coche deteniéndose en la puerta de la casa hizo que ambos se detuvieran en seco.

—No —gruñó él de nuevo, estremeciéndose.

Ella lo abrazó con fuerza, besándolo en el cuello.

—No pasa nada —musitó—. No pasa nada.

—Eso es lo que... tú crees.

Se las arregló para rodar fuera de la cama y correr al baño.

Ella se vistió rápidamente, abrió la puerta y se dirigió a la cocina. Se asomó a la ventana y, en el reflejo del cristal, vio su aspecto desarreglado. Bueno, podría parecer que se había estado besando con Tank, pero su madre no sospecharía nada más. O, al menos, eso esperaba. Se humedeció un poco la cara y se secó con el papel de la cocina.

La puerta se abrió en aquel momento.

—Ya estoy de vuelta —gritó Clara.

—Estoy aquí —dijo, y sonrió a su madre—. Dalton está en el baño.

—Ah —dejó las nueces sobre el mostrador—. El coche está haciendo ruidos raros —le informó con tono triste—. No sé qué hacer.

—Pues yo sí —dijo Dalton desde el umbral. Su aspecto no era nada desarreglado. Se había peinado y sonreía—. Mañana enviaré a uno de mis mecánicos para que le eche un vistazo. Pero esta vez vendrá con Darby Hanes. Así que, si se presenta alguien diciendo que lo hemos enviado nosotros, llamad inmediatamente al rancho. ¿De acuerdo?

—De acuerdo. Pero, Dalton, en realidad no deberías... —empezó a protestar Clara, preocupada—. Quiero decir que... Has hecho ya tanto por nosotras...

—Cuidamos de la familia —la interrumpió—. Es lo normal, ¿no? —y miró a Merissa de una manera que la hizo ruborizarse.

Pareció como si Clara fuera a decir algo, pero al final no lo hizo.

Dalton rio por lo bajo.

—Me temo que voy a ser como una plaga para vosotras... —le dijo—. Lo siento, pero tu hija es para mí como las flores a las abejas. No puedo mantenerme alejado de ella —terminó con voz sugerente, mirando a Merissa.

—A mí no me importa —repuso la aludida, en el mismo tono.

Dalton le hizo un guiño. Miró su reloj.

—Tengo que irme. Necesito prepararme para mi viaje a Texas.

—¿Te vas a Texas? —le preguntó Clara.

—Sí. Voy a hablar con el sheriff Carson y con un par de federales sobre mi encontronazo con el cártel de la droga.

—Espero que no vayas solo... —continuó Clara, preocupada.

Tank soltó otra risita.

—Rourke tiene un colega que parece que se va a pegar a mí como una lapa —la tranquilizó—. Estaré bien.

—En ese caso, no me preocuparé —sonrió—. Que tengas un buen viaje —de repente alzó la cabeza y soltó un gruñido—. ¡El picapinos sigue ahí!

Oyeron el picoteo en la madera, justo en la pared del dormitorio de Clara. La mujer recogió la bolsa de nueces y salió inmediatamente hacia la parte trasera de la casa.

Nada más oír el portazo, Tank atrajo a Merissa hacia sí y la besó con renovada ternura. Se apartó luego para mirarla, mientras acariciaba con su mano grande su rubio cabello.

—Vamos a estar muy bien juntos, tú y yo —le susurró.

Ella se sonrojó.

—Escucha, yo soy muy... Quiero decir que yo... no puedo...

La abrazó con mayor fuerza.

—Yo no te pediré que lo hagas. No insistiré. Es una promesa. Tengo en mente algo más duradero.

—¿Más duradero? —le preguntó contra su pecho.

Él sonrió y volvió a apartarse.

—Hablaremos de ello cuando vuelva de Texas. ¿De acuerdo?

La expresión de Merissa pareció iluminarse.

—De acuerdo.

Tank se echó a reír y sacudió la cabeza.

—Ojalá pudiera llevarte conmigo. Escucha una cosa:

ten mucho cuidado, mira bien por dónde vas, estate atenta. Rourke estará vigilante, pero no podrá estar en todas partes —la miró fijamente a los ojos—. No quiero que te pase nada.

—Tranquilo. Estaré bien —le prometió—. Y tú lleva cuidado también —añadió, y se mordió el labio—. Los aviones me dan miedo.

—Yo me he pasado media vida viajando en avión —se echó a reír—. Es más seguro que los coches. De verdad.

—De acuerdo. Que tengas buen viaje.

—Descuida.

La besó de nuevo, ávidamente. Finalmente la soltó y se marchó sin mirar atrás.

Merissa seguía inmóvil cuando su madre volvió a la cocina,

Le pasó un brazo a su hija por los hombros, con gesto reconfortante.

—Es hombre es único.

—Sí — le dio la razón, abrazándola a su vez—. Único.

Tank se había quedado desconcertado por la intensidad de su propia reacción ante Merissa y, especialmente, por la de ella a sus caricias. Verdaderamente lo deseaba; eso resultaba obvio. Sabía que probablemente debería dar algún paso atrás en lugar de apresurarse, pero la cautela era lo último que tenía en mente.

Pensó entonces en Vanessa. Había venido a trabajar para sus hermanos. Los había mimado, había tratado de maravilla a todo el mundo. Tank se había vuelto loco por ella. Hasta que descubrió que en realidad era un ladrona, una mujer sin sentimientos. Había confiado en ella y, al igual que sus hermanos, se había sentido traicionado.

Pero Merissa era distinta. La gente de la localidad la conocía. Podía tener reputación de rara, la gente pensaba que tenía poderes sobrenaturales, pero era una mujer respetada. No era de la clase de personas que podían traicionarlo. Por supuesto que no.

Tenía que dejar de pensar así, Había aprendido, de la peor manera posible, que no se podía confiar en las mujeres. Antes de Vanessa, había sufrido otro desengaño. Se embobaba con una sonrisa dulce: ese era su problema. Pero esa vez era diferente. Muy diferente.

—Pareces pensativo —le comentó Mallory nada más verlo entrar.

Tank esbozó una mueca.

—Creo que me estoy enredando cada vez más...

Mallory sonrió.

—Eso nos pasa a todos. Y luego te encuentras con un bebé y te vuelves loco comprándole ropa, miles de juguetes y...

—¡Oh, para ya, que todavía ni siquiera estoy casado! —rio Tank.

—Ella te considera atractivo —comentó en ese momento Cane, que también se encontraba en la habitación—. Según Mavie, Merissa te mira como si quisiera comerte a cucharadas.

Tank se ruborizó.

—¿De veras ha dicho eso? ¿En serio?

Ambos se echaron a reír.

—Es bonito verte colado por alguien que cuenta con nuestra completa aprobación —comentó Mallory.

—La gente la tiene por bruja —le recordó Tank.

—Tiene unas cualidades excepcionales —replicó su hermano—. Muy poca gente en el mundo las tiene. Tenemos suerte de tenerla por vecina. Bueno, a las dos, a ella y a su madre —añadió Mallory—. ¿Sabéis? —dijo, pensativo—. Habríamos podido perder a Darby si Merissa no hubiera tenido aquella premonición.

Tank asintió.

—Eso fue realmente impresionante. Hasta entonces, nunca había creído en ese rollo de lo paranormal.

—Ni yo, sinceramente —reconoció Mallory—. Pero ella sabía lo de tu agresor, también. Tú también habrías muerto si ella no hubiera intervenido —sacudió la cabeza—. Es toda una mujer.

—Y tampoco es nada fea —agregó Cane, riendo. Alzó ambas manos cuando Tank lo fulminó con la mirada—. Oye, que yo estoy felizmente casado y a punto de ser padre.

Tank se echó a reír.

—Perdona.

Se había producido un conato de rivalidad entre Cane y Tank por causa de Bolinda, la esposa del primero, antes de que se casaran. Había sido una relación difícil, y en cierta ocasión Tank había llegado a flirtear con ella. Pero una vez que supo de los sentimientos de Cane, se retiró a tiempo.

—A mí me cae bien —dijo Cane, sonriendo.

—Cuando estés de vuelta —le dijo Mallory a Tank, Morie quiere que la traigas a cenar una noche, después de Navidad. Sería estupendo que las mujeres la conocieran.

—Estoy de acuerdo —fue la respuesta de Tank, y suspiró—. Bueno, será mejor que me ponga a hacer la maleta. Odio marcharme. Y Merissa estaba inquieta con lo de mi vuelo. Por lo general me gusta el avión, pero la verdad es que estoy algo preocupado.

—En coche se tarda mucho más —le recordó Cane.

—Ya.

—Lo que pasa es que le disgusta no estar a los mandos —intervino Cane, dirigiéndose a Mallory—. Pilotaría el avión si le dejaran.

—Puedo conducir un tanque —protestó Tank—. Si

puedo hacer eso, seguro que podría hacer lo mismo con un avión. Solo necesito unas pocas lecciones —sonrió.

Sacudiendo la cabeza, sus hermanos se marcharon.

Se preguntó a quién habría puesto Rourke a vigilarlo en el aeropuerto. Estaba esperando en la puerta correspondiente del vestíbulo para abordar. Probablemente el hombre en cuestión subiría al avión con él. Pero la mayoría de los pasajeros eran familias. Había un par de ejecutivos con trajes elegantes. Uno de ellos portaba un ordenador en un maletín.

El hombre atrajo la atención de Tank. Era alto, delgado pero musculoso. Caminaba con un paso peculiar. Resultaba curioso que se fijara en ello, pero Tank había trabajado con un grupo de operaciones especiales en Irak al que habían asignado una misión cerca del puesto de su unidad. Había visto antes aquella forma de caminar. Era común entre los hombres que daban caza a otros hombres. Costaba expresarlo con palabras, pero lo reconoció en cuanto lo vio.

El hombre se mantenía perfectamente erguido. Tenía el pelo muy negro, recogido en una coleta. No era feo. Las mujeres parecían encontrarlo interesante. Sonrió a una, una mujer de aspecto sofisticada que parecía absolutamente hipnotizada por él.

El tipo advirtió el disimulado escrutinio de Tank y lo miró con sus ojos negros, bajo las oscuras y espesas cejas. Tenía un rostro enjuto, los ojos hundidos y una boca bien cincelada. Tenía un aspecto peligroso, algo raro en un ejecutivo.

Tank arqueó las cejas, negándose a mostrarse intimidado. El hombre frunció los labios y llegó a esbozar una sonrisa antes de volver a dedicar su atención a la mujer que, en aquel instante, se le estaba acercando con una sonrisa de oreja a oreja.

Ni siquiera en sus mejores momentos de soltero, Tank había sido capaz de atraer a las mujeres de una manera tan eficaz. Bueno, suponía que algunos hombres poseían ese don.

Pensó en Merissa y se sonrió. Él ya no estaba interesado en atraer a las mujeres como antes. Ya tenía a la suya. La suya de verdad. Eso le hacía sentirse a salvo, protegido por dentro. Había sucedido tan de repente que no había tenido tiempo para pensar en el impacto que eso iba a tener en su vida.

Merissa era inocente, una mujer digna de confianza y de altos ideales. No era aficionada a las aventuras rápidas. Y eso, precisamente, le gustaba. Él no era un donjuán. Era consciente de su edad, a pesar de que solo tenía treinta y dos años. Se estaba acostumbrando a la idea de tener a Merissa cerca, de llegar a formar pareja con ella. De tener un hijo con ella, incluso. Un hijo que se le pareciera a él, o una niña que se le pareciera a ella. Recordaba la ardiente y embriagadora intimidad que habían compartido en su cama, y la agonía que había sentido cuando tuvo que separarse de ella. Sí, su relación en la cama iba a ser explosiva. Y ella le gustaba. Esa era la parte más importante de un matrimonio.

¡Matrimonio! Ya estaba. Acababa de pronunciar mentalmente la palabra que había evitado durante años. Pero esa vez no parecía sugerirle el silencioso terror de antaño. Emparejarse de manera estable con Merissa le parecía tan natural como besar sus dulces labios. De hecho, ya lo estaba anhelando.

Le habría encantado habérsela podido llevar a Texas consigo. Pero ella tenía su trabajo. Ya tendrían tiempo para hacer viajes juntos.

Echó a andar por la pasarela, sonriendo a la azafata que estaba esperando en la puerta del avión. La joven revisó su billete y le indicó su asiento. No había tenido intención de viajar en clase ejecutiva, pero sus hermanos habían insistido en ello. Por lo general nunca compraba billetes tan caros. Cuando llegara la primavera tendría que tomar muchos aviones, para asistir a congresos y reuniones, visitar otros ranchos o entrevistarse con congresistas con la idea de sugerir reformas legales que favorecieran la industria del ganado. Para entonces estaría preparando catálogos para las ventas de temporada y planeando la gran subasta de ganado del rancho, la que solía celebrarse dos veces al año. Iba a estar muy ocupado, de manera que aquella excursión a Texas se le antojaba una especie de viaje de vacaciones. Hablaría con el sheriff. Pero también pensaba visitar un rancho de Jacobsville para examinar un ganado de raza Santa Gertrudis que añadir a la cabaña de sus hermanos. Tenían muy pocas cabezas de raza puramente texana y adquirir un buen toro sería una buena idea. Introducir nueva sangre cada dos años mejoraba la calidad del ganado.

Cuando se dispuso a ocupar su asiento, advirtió que el hombre de la coleta se estaba sentando en el de enfrente. La azafata se fue directamente a él para preguntarle si se le ofrecía algo. Le sonreía también de oreja a oreja, como la mujer que había estado flirteando con él en el aeropuerto.

Tank sacudió la cabeza. Verdaderamente aquel hombre tenía un don.

No fue un vuelo largo. Al menos, a Dalton no se le hizo largo. Leyó un par de artículos de revista, sesteó durante una hora o así y escuchó a la azafata contarle su vida entera al ejecutivo que tenía sentado delante. Se sonrió. Aquel tipo tenía efectivamente un don. La azafata era muy guapa.

Cuando aterrizaron, Dalton sacó su equipaje de mano del compartimento y se puso a la cola para salir. Por muy organizada que fuera la tripulación al respecto, desembarcar siempre era un caos: todos querían hacerlo al mismo tiempo.

Mientras se aproximaba a la salida, advirtió que la azafata entregaba disimuladamente un pedazo de papel al ejecutivo de la coleta. Se rio para sí mismo.

Un chófer lo estaba esperando a la entrada del vestíbulo, levantando un cartel con su nombre escrito.

Arqueó una ceja. Cosa de sus hermanos, sin duda. Se preguntó por qué habrían pensado que necesitaba una limusina para trasladarse a su hotel. San Antonio no era una población tan grande, pero, al parecer, sí lo suficiente para poseer un par de agencias de limusinas.

Pero, cuando se disponía a dirigirse hacia el hombre que sostenía el cartel, el ejecutivo de la coleta chocó inesperadamente contra él.

—¡Perdón! —dijo en voz alta, pero añadió rápidamente, por lo bajo—: No se acerque al tipo del cartel. Es una trampa.

—Disculpe usted —repuso Tank.

Siguió caminando, sin mirar siquiera al individuo del cartel. Una vez que estuvieron fuera del aeropuerto, el ejecutivo se lo llevó a un aparte.

—Rourke me envió —informó a Tank. Su expresión era grave—. No me dijo nada sobre que un chófer vendría a esperarlo.

—Pensé que era una sorpresa de mis hermanos —replicó Tank, mirando a su alrededor.

—Si lo hubieran preparado ellos, yo lo habría sabido —repuso Tank—. Tengo mi coche en el aparcamiento. Yo le llevaré a Jacobsville. El jefe le espera. Se quedará con él.

—¿El jefe?

—Cy Parks —respondió el hombre—. Es el propietario de uno de los mayores....

—....ranchos de ganado Santa Gertrudis del sur de Texas —completó Tank por él—. De hecho, figuraba en la lista de la gente a la que quería ver. Quiero hablar con él sobre un nuevo toro —de repente vaciló—. Pero la verdad es que quedé en reportarme primero en la oficina local del FBI...

—Después —dijo el hombre, mirando a su alrededor con ojos entrecerrados—. Si han mandado a alguien a buscarlo, estarán al acecho. Vamos.

Por primera vez, Tank se fijó en el bulto que se advertía bajo su chaqueta.

—¿Está armado? —le preguntó mientras caminaban rápidamente hacia el aparcamiento.

—Sí —no dijo nada más.

Jacobsville estaba a pocos minutos en coche del aeropuerto, en medio de una bonita campiña.

—En primavera esto debe de ponerse precioso —comentó Tank mientras contemplaba el ancho horizonte salpicado de grupos de árboles y de los famosos «saltamontes», los pozos de extracción de petróleo.

—Un paisaje bonito se parece mucho a otro —replicó su compañero. Miró a Tank—. ¿Sabe una cosa? Usted debería haber sospechado de mí. Si ese falso agente está detrás de esto, seguro que sabía que Rourke estaba trabajando para usted y que le dijo que alguien le estaría esperando en el aeropuerto...

Tank se quedó paralizado. Entrecerrando los ojos, miró ceñudo al hombre que estaba conduciendo.

—No se preocupe. Yo soy el bueno —suspiró—. Simplemente pretendía decirle que no debería haber dado por supuesto que yo era ese tipo.

Tank rio por lo bajo.

—Es verdad. Tiene usted razón.

El hombre tomó un desvío y continuó por una larga carretera que atravesaba extensos prados vallados, con pastores eléctricos. Se distinguían grupos de hermosas vacas rojizas, pastando allí donde había heno.

—Bonito ganado —comentó Tank.

—El jefe siempre cría las mejores razas —fue la respuesta del hombre—. Aquí también tuvimos que instalar un sistema de videovigilancia porque alguien se llevó uno de sus mejores toros en mitad de la noche.

—¿Atraparon al ladrón?

El hombre frunció los labios y miró a Tank.

—Lo atrapé yo.

—¿Con el toro?

—Afortunadamente, sí. Aquí, en Texas, el robo de ganado sigue estando severamente castigado, y teníamos pruebas. El tipo está ahora mismo cumpliendo una larga condena.

—Fue usted rastreador en el ejército, ¿verdad? —murmuró Tank, y asintió cuando el hombre lo miró con un fugaz brillo de sorpresa en los ojos—. Yo serví en Irak. Había un grupo de operaciones especiales asignado a mi unidad. Es curioso, las cosas que uno recuerda en una zona de combate... A mí se me quedó grabada la manera que tenía de moverse y caminar uno de aquellos tipos. Una forma de caminar que no es nada común.

—Cash Grier, el jefe de policía local, también la tiene —reconoció el hombre.

—¿Grier? —frunció el ceño—. ¿Ese no era un asesino a sueldo del gobierno?

—Así es —respondió. La mirada de sus ojos oscuros estaba cargada de secretos.

Tank sacudió la cabeza.

—¿Estoy percibiendo acaso una semejanza de la que no debería hablar? —le preguntó.

—Absolutamente.

Aparcó al pie de los escalones de la casa del rancho. Eran unos escalones anchos, de baldosa, que llevaban al porche delantero. Había árboles de mezquite por todo el recinto, un granero enorme en la parte trasera, prados cercados y un garaje. Cerca del granero se distinguían unos establos.

Su compañero bajó del vehículo. Tank lo siguió hasta el porche, donde los esperaba un hombre de ojos verdes y pelo oscuro salpicado de canas.

—Cy Parks —procedió a presentarse, tendiéndole la mano.

—Tank Kirk —se la estrechó.

—¿Tank? —inquirió Parks, divertido.

—Se encogió de hombros.

—Destruí uno en Irak. Se me quedó como mote.

—Entre. Lisa ha preparado café y tarta. Podemos hablar antes de que los niños vuelvan de la fiesta de navidad de una amiguita suya —añadió con una risa ahogada—. Cuando aparezcan por aquí, va a ser difícil que mantengamos una conversación.

—Yo tengo un sobrino nuevo. Los juguetes nos salen por las orejas —rio Tank.

—Nosotros nos hemos tenido que mudar a la planta superior —informó Parks, señalando los cochecitos de pedales y demás juguetes regados por el suelo—. Menos mal que esta es una casa grande.

—¡Me lo vas a decir a mí! —exclamó riendo Lisa Parks, que se había acercado a saludarlos. Tenía los ojos verdes, como su marido, pero era rubia y llevaba gafas. Era una mujer bella, todavía esbelta—. Vamos a tomar el café —de repente miró al hombre alto de la coleta—. Ya lo sé: odias las tartas, no tomas café... Y preferirías tirar de una mula antes de pasarte el día sentado hablando con gente.

El hombre le lanzó una enigmática mirada.

—¿Qué tal si echas un vistazo a esa camioneta que vimos antes? —le propuso Parks—. Llévate a uno de los muchachos. Solo por si acaso.

La expresión del hombre se iluminó.

—Soy muy cuidadoso.

—Ya lo sé. Anda, vete.

—Usted manda —suspiró.

—Ah, se me olvidaba. Llamó Grier —le informó Parks—. Parece que has hecho enfadar a su secretaria. Otra vez.

—No es culpa mía —repuso con tono molesto. Era el primer gesto expresivo que le veía Tank desde que lo conoció. Le brillaban los ojos—. Es ella la que empieza siempre. Y luego va corriendo a quejarse a su jefe cuando no soporta... la tensión.

—Ese no es mi problema —replicó Parks—. Arréglalo tú con Grier.

—Dígale a este hombre —señaló a Tank— que no sea tan confiado. En ningún momento me pidió la credencial.

—¿De qué habría servido eso? —masculló Parks—. La gente como tú nunca la lleva. Lo cual me recuerda que también recibí una llamada de la oficina del sheriff, para decirme que te detuvieron ayer por exceso de velocidad...

—Ya se lo explicaré después —dijo el hombre de la coleta—. Voy a controlar esa camioneta —alzó una mano cuando Parks se disponía a hablar—. Me llevaré a uno de los muchachos conmigo —terminó, irritado, y abandonó la casa.

—Disculpe usted —se dirigió Parks a Tank, sacudiendo la cabeza—. Es el mejor en todo lo que se refiere a operativos de alto riesgo, pero en todo lo demás es un verdadero incordio.

—¿Quién es?

—Carson.

—¿Está relacionado con su sheriff, Hayes Carson? —quiso saber Tank.

—La verdad es que no sabemos si Carson es nombre o apellido —explicó Parks—. De hecho, si usted hackeara los ordenadores del gobierno en busca de su identidad, descubriría que ni siquiera existe.

Tank parpadeó varias veces, perplejo.

—Es una larga historia. Pero, bueno, vamos a comernos esa tarta. Mi esposa... —sonrió a su mujer— hace las mejores tartas de todo el sur de Texas.

—¡Zalamero! —se burló ella mientras servía la tarta en la mesa y repartía platos y cubiertos—. Bueno, basta de ceremonias: a empezar. ¡Ahora mismo traigo el café!

CAPÍTULO 7

A Tank le cayeron muy bien Cy Parks y su mujer. Eran gente sorprendentemente sencilla, pese a los antecedentes nada convencionales de Parks. Él, junto al médico de la localidad Micah Steele y al instructor de contraterrorismo Eb Scott, habían formado una pequeña unidad de mercenarios que operaban por todo el mundo. Habían sido entrenados por un grupo de legendarios luchadores, a la sazón jubilados, con quienes seguían manteniendo contacto.

La «escuela» de Eb Scott atraía alumnos de todo el mundo. Enseñaba todo tipo de materias, incluyendo instrucción de armas, técnicas de conducción de vehículos, rescate de rehenes y demoliciones. Corrían rumores, por supuesto sin fundamento, de que los agentes del gobierno se beneficiaban de las enseñanzas de Scott.

—¿Pero existe algo que no sea capaz de hacer su gente? —le preguntó Tank cuando entraban en las cuadras para examinar algunos de los potros de Parks.

Su interlocutor se encogió de hombros.

—No nos hemos apoderado de ningún país, por ejemplo —se echó a reír—. Pero uno de nuestros socios, Grange, sí. Trabajó para Jason Pendleton, pero ahora se ha establecido por su cuenta. Su suegro dirige su empresa en su nombre. Él ahora es el jefe de estado mayor en Barrera, Sudamérica.

—Entiendo que el presidente de Barrera también tiene familia aquí —comentó Tank.

Parks asintió.

—Su hijo es Rick Márquez. Rick es ahora teniente de la policía de San Antonio, y su madre sigue regentando el Café de Bárbara, en la población. La comida allí es estupenda. Casi tan buena como la que cocina mi mujer.

—La tarta estaba riquísima.

—Es una mujer increíble. ¿Está casado?

Tank negó con la cabeza. Esbozó una leve sonrisa.

—No, pero tengo alguna perspectiva.

Parks rio por lo bajo.

—Me alegro por usted.

—Le agradezco mucho su hospitalidad —añadió Tank—. Yo suelo viajar mucho, por asuntos del rancho. Y los hoteles me cansan, por muy buenos que sean.

—¡Dígamelo a mí!

Tank suspiró.

—Solo espero que su sheriff tenga alguna idea sobre cómo podremos pararle los pies a esa falso agente federal antes de que acabe con alguno de nosotros —comentó, serio.

Cy asintió, comprensivo.

—Está preocupado por su familia.

—Sí. Y no solo por mi familia, sino también por mi... chica —añadió en voz baja, refiriéndose a Merissa—. Fue ella la que me puso sobre aviso. Ese falso agente intervino sus teléfonos, así como los del rancho. Rourke los desactivó todos, pero el asunto no deja de resultar inquietante.

Cy le dio una palmadita en el hombro.

—Sé lo que se siente, créame. Pero tenemos a un montón de gente intentando descubrir su identidad. No podrá esconderse para siempre.

—Espero que tenga razón —le aseguró Tank.

Tank disfrutó mucho con los dos chicos de Cy. Eran como versiones en pequeño de su padre, ambos de pelo oscuro y ojos verdes. Parecían querer saberlo todo sobre su rancho y las razas de ganado con las que trabajaba. Gozó oyéndoles hablar de genética, uno de sus temas preferidos. Resultaba obvio que de mayores serían rancheros.

Temprano a la mañana siguiente, telefoneó a Merissa.

—¿Ha pasado algo de que lo que debería preocuparme?

Ella se echó a reír. No había esperado su llamada, y parecía algo nerviosa de escuchar su voz.

—No mucho —respondió—. Vino tu hombre y nos arregló el coche. Te lo agradezco mucho.

—De nada. ¿Estás seguro de que era nuestro hombre? —inquirió, preocupado.

—Oh, sí. Rourke vino con él —añadió—. Es una persona muy interesante.

Tank apretó los dientes.

—Es amigo mío, pero es un mercenario —empezó.

—¿No estarás... celoso? —preguntó, tímida.

—¿Celoso? —estalló—. ¡Por supuesto que estoy celoso! ¡Eres mi chica!

Se oyó una brusca inspiración al otro lado de la línea. Tank casi pudo escuchar el retumbar de su corazón.

—Oh, eso suena... muy bien.

Tank sonrió de oreja a oreja.

—Rourke me gusta mucho. Pero no de esa manera —dijo ella con tono recatado.

Él rio por lo bajo.

—Eso también suena muy bien —repitió sus palabras.

Merissa se echó a reír,

—Me encanta tu manera de reír —le confesó con tono suave—. Te echo de menos.

—Yo también te echo de menos —volvió a inspirar profundamente—. No te quedarás allí mucho tiempo, ¿verdad?

—No, solamente hoy. Después hablaré con el sheriff... —se interrumpió cuando un vehículo se detuvo en la entrada. Entreabrió las cortinas. Era un coche patrulla—. Hablando del rey de Roma —rio—. Es el sheriff. Tengo que dejarte. Cuídate. Te veré pronto.

—Sí. Cuídate tú también. Adiós.

—Adiós.

Tank colgó y salió al exterior. Cy Parks se reunió con él en el porche.

Un hombre alto y rubio, de uniforme, bajó del vehículo que llevaba el logo del departamento de policía del condado Jacobs. Se dirigió hacia ellos.

—¿Tank Dalton? —preguntó con una sonrisa mientras contemplaba al acompañante de Cy.

Tank sonrió también.

—¿Sheriff Carson?

—Hayes —le estrechó la mano—. Si no es demasiado tarde para usted, había pensado pedirle que se pasara por mi oficina para charlar.

—Adelante —los animó Cy—. Si necesitan un vehículo de vuelta, mandaré a uno de los chicos.

—No hay necesidad —le aseguró Hayes, sonriente—. Yo le traeré.

—Gracias.

—De nada.

Tank subió al coche patrulla con Hayes y partieron para la oficina del sheriff del condado.

—¿Qué tal está su brazo? —le preguntó Tank.

Hayes esbozó una mueca.

—Todavía me duele. Estoy haciendo rehabilitación con la esperanza de recuperar su uso, al menos parcialmente, pero en este momento las cosas están bastante movidas —sacudió la cabeza—. Ya me habían disparado antes, pero nunca con esta clase de consecuencias.

—Sé lo que quiere decir —repuso Tank—. Yo sufrí heridas que requirieron múltiples intervenciones. Fue hace unos meses, pero todavía doy un brinco cuando me petardea el coche...

—Las fuerzas de la ley no constituyen un buen trabajo para aquellos que tienen el corazón débil.

—Totalmente de acuerdo —dijo Tank—. Es por eso por lo que ahora me dedico al ganado.

Hayes se echó a reír. Una vez en la oficina, lo guió hasta su despacho y le ofreció asiento.

—El café me gusta fuerte.

—A mí también —dijo Tank.

—Me alegro, porque aquí no se hace de otra manera —sacó dos vasos y le puso uno delante—. Hay leche y azúcar.

—Lo prefiero así —Tank se recostó en la silla—. ¿Han agarrado al tipo que le disparó?

—Todavía no —respondió Hayes con evidente irritación—. Hemos presionado a toda la gente que hemos podido. He interrogado hasta a mi suegro —se inclinó hacia delante con una sonrisa—. Es una buena muestra de los desesperados que estamos: involucrar a un señor de la droga en las investigaciones. Pero el padre de mi mujer es un hombre de gran corazón. El problema es que está metido en un negocio ilegal —sacudió la cabeza—. No parece que se le hayan agotado los candidatos a entrar a trabajar en su rancho de Jacobsville. Pero, entre usted y yo: creo que un montón de esos solicitantes son narcotraficantes emboscados —rio por lo bajo.

—Eso no sería ninguna sorpresa.

Hayes bebió un sorbo de café.

—Identificamos la vaina del proyectil —dijo—. Por desgracia, la bala sigue dentro de mi cuerpo. El cirujano se negó a retirarla. Para ello habría tenido que meter el bisturí en tejidos muy delicados, lo que habría complicado la recuperación.

—Yo también sigo llevando dentro una —repuso Tank—. Recuerdo haber leído algo sobre el famoso Doc Holliday, el de O.K. Corral. Dijeron que, cuando examinaron su cuerpo, llevaba dentro varias onzas de plomo... balas que los médicos no le habían sacado.

—En aquellos días, finales del siglo XIX, intentar sacarlas habría resultado letal —convino Hayes, y bajó su vaso de café—. No dejo de preguntarme por qué ese tipo, quienquiera que sea, nos eligió a usted y mí como objetivos. Ninguno de los dos es capaz de describir su físico —frunció el ceño—. Destrozaron el ordenador de mi despacho y, cuando llamé a uno de los técnicos informáticos de Eb Scott para que intentara recuperar el disco duro, lo mataron —entrecerró los ojos—. ¿Qué es lo que ese tipo se está esforzando tanto por encubrir?

Tank sacudió la cabeza.

—No tengo ni idea. Pero es bueno en lo que hace. Hice que un amigo mío, Rourke, revisara la casa en busca de cámaras y micrófonos. Resultó que la empresa de seguridad que contraté era una tapadera. Su técnico, el que supuestamente tenía que montar la instalación, intervino todos los aparatos.

—No puedo recordar un caso como este en toda mi vida —confesó Hayes.

—Yo no estuve tanto tiempo como agente de la ley, pero me pasa lo mismo —dijo Tank—. ¿No han vuelto a atentar contra su vida desde entonces?

Hayes negó con la cabeza.

—No, aunque la verdad es que eso no es del todo cierto —añadió, soltando una carcajada—. Parece que El Ladrón, antes de morir, contrató a otro asesino para que me liquidara.

—¿Y?

—Dio la casualidad de que contrató a un tipo que había trabajado brevemente para mi suegro. Se volvió a Houston, pero sigue manteniéndose en contacto con él, por si acaso.

—¿No sabían quién era? —exclamó Tank.

—No.

—¿No sería el empleado del señor Parks, el otro Carson?

—Oh, no. Pero ese es otro caso interesante —reflexionó Hayes en voz alta—. Reventó a El Ladrón con un par de granadas de mano, allá en México. El gobierno mexicano se tomó algún interés por el caso, pero nosotros tenemos un agente de la DEA que está emparentado con el anterior presidente. Hizo un par de llamadas por cuenta nuestra y abandonaron la investigación.

—Un caso muy extraño.

—Desde luego que lo es.

—Entiendo que Carson no porta credencial y que no figura en base de datos alguna —repuso Tank.

—Ese hombre es un enigma. Yo le debo la vida. Y mi mujer también —reconoció Hayes—. Tiene unas habilidades excepcionales. De hecho, nos acompañó en nuestra luna de miel antes de que fuera a buscarlo a usted. En una habitación aparte, por supuesto —añadió con una risita—. Es uña y carne con Cash Grier, lo que me hace sospechar...

—Que trabaja, o trabajaba, para el gobierno en el campo de los asesinatos en operaciones secretas —completó Tank ante la sorpresa de su interlocutor—. Dio la casualidad de que le mencioné que me había fijado en su manera de moverse. Era la misma de un tipo de operaciones especiales con el que coincidí en Irak. Los hombres que cazan a otros hombres caminan así.

Hayes asintió

—Lo sé. Si alguna vez ve moverse y caminar a Cash Grier... eso es una experiencia. Sigue conservando sus habilidades de siempre como francotirador. De hecho, hace un par de años liquidó a un secuestrador que tenía como rehén al hijo de un agente de la DEA. Le disparó desde una distancia impresionante, de noche. Algo increíble.

—Su mujer era una estrella de cine, ¿verdad?

Hayes asintió.

—Tienen una niña pequeña, así que ya no está metido en misiones tan peligrosas como antes. También tienen viviendo con ellos al hermano pequeño de Tippy. Solo tiene catorce años. Cash y él salen a pescar y se divierten juntos con juegos de ordenador. Tienen una relación excelente.

—Me alegro por él. Por los dos.

—Sí.

—Usted dijo que ella ve cosas —empezó Tank.

—Tiene premoniciones —le dijo Hayes—. Es algo asombroso. Eso le ha salvado la vida a Cash un par de veces.

—Mi... amiga —dijo Tank, vacilando— también ve el futuro. Pero nunca está del todo segura de lo que ve. A veces las imágenes están... nubladas. Como la del tipo que anda detrás de mí. Lo vio sentado delante de un espejo, probándose pelucas. Concluimos que era muy bueno disfrazándose.

—Eso me recuerda... Hice que Rick Márquez le pidiera a su suegro que investigara eso.

—¿Su suegro?

Hayes asintió.

—Es un jefazo de la CIA.

Tank soltó un silbido de asombro.

—En cualquier caso, localizó una lista de agentes secretos de varias agencias gubernamentales con una cierta reputación en sus habilidades para el disfraz. Así que me temo que nos va a llevar mucho tiempo reducir ese grupo a unos pocos.

—Otra vía muerta —convino Tank, y añadió con un suspiro—. Siempre puedo colocarme en el centro de mira, delante de todo el mundo, y esperar a que me dispare.

—Por lo que hemos podido averiguar, el tipo evita las multitudes cuando está planeando una acción.

—Lo cual explicaría por qué no me disparó en el patio delantero de mi rancho cuando vino a instalar el sistema de seguridad que en realidad era de espionaje —le dijo Tank—. Pareció desconcertado cuando vio que teníamos a tantos hombres armados en la zona.

—Eso fue una buena cosa —comentó Hayes—. No creo que tengamos que preocuparnos de que vaya a dispararle a usted en un encuentro frontal.

—Yo tampoco lo creo. Pero, si no hubiera sido por Merissa, yo habría estado completamente desprevenido —sacudió la cabeza—. Ella ni siquiera me conocía. Se presentó en mi casa, en medio de una ventisca, porque el coche no le funcionaba, para advertirme de que tuviera cuidado. Me dijo que era por algo que no podía recordar, pero que estaba segura de que me acechaba un grave peligro.

Hayes frunció el ceño.

—¿No fue más específica?

—En realidad, no. Me dijo que sabía algo que no era consciente que sabía, y que eso suponía un riesgo para ese tipo.

—Nebuloso.

—Sí. En cualquier caso, probablemente me salvó la vida.

—¿Qué es lo que recuerda usted sobre el tipo, el falso

agente de la CIA que lo atrajo a la emboscada en Arizona? —le preguntó Hayes.

Tank suspiró.

—Recuerdo que llevaba un traje. Sigue siendo un recuerdo turbio. Era de mediana estatura, sus rasgos no tenían nada de especial. Era la clase de hombre en el que nadie se fijaría en la calle.

Hayes estaba recordando.

—Sí. El tipo que yo recuerdo respondía a esa misma descripción. Y tenía un marcado acento texano.

—Creo que se trataba del mismo hombre que, después de que me dispararan, echó una bronca al «mula» de la droga porque este dio el aviso a emergencias para que me atendieran. Era pelirrojo y tenía acento de Massachusetts. Pero vestía también de traje —sacudió la cabeza—. Yo pensé que se trataba de una alucinación.

—Buen detalle el del otro tipo, el de llamar para pedir ayuda.

—Sí. Inesperado. Ni siquiera sabía quién era. Le debo la vida a ese hombre. Espero que no lo mataran por ello.

—Eso nunca se sabe. Sé de pueblos enteros que han sido arrasados por esa gente solo porque allí residía la persona de la que querían vengarse.

—Y yo.

—Mi esposa y yo salvamos a un hombre de las garras de El Ladrón —recordó Hayes, y se echó a reír—. Mi mujer llegó a apuntarlo con un AK-47 sin saber siquiera si estaba cargada... pero la jugada le salió bien. De todas maneras, el tipo no quería retenernos como rehenes, pero sus jefes conocían a su familia y amenazaron con matarlos si los desobedecía. Carson, que trabaja para Cy Parks, sacó a su familia de México.

—¿Así que Carson tiene al menos un lado sensible?

—No estoy seguro de ello —reconoció Hayes—. No

parece preocuparle mucho. Aunque tiene alguna reputación con las mujeres.

—Merecida —Tank se echó a reír—. Lo vi en acción en el aeropuerto. Las atrae como la miel a las moscas.

—Sí que las atrae, sí. Pero no es un hombre sentimental.

—Yo tampoco lo esperaba.

—¿Qué hay de sus hermanos? —le preguntó Hayes—. Todo esto debe de estar resultando duro para ellos, también.

—Se preocupan. Mi hermano mayor, Mallory, acaba de tener un hijo.

Hayes sonrió.

—A mí me gustan los críos. Mi mujer tiene un chico y una chica pequeños que viven con nosotros. Es como si iluminaran la casa. Esperamos tener uno nosotros.

—Dijo usted algo sobre que la secretaria de Cash Grier tenía una gran memoria fotográfica, y que ella vio al falso agente —dijo Tank—. ¿Su testimonio fue de alguna ayuda?

El sheriff negó con la cabeza, soltando un profundo suspiro.

—Encargué a un dibujante de la policía que hiciera un boceto según su descripción. Pero la nariz era diferente, la línea del pelo distinta... —esbozó una mueca—. Lo único familiar eran las orejas.

—La forma de las orejas es un buen rasgo de identificación —replicó Tank—. Habitualmente nadie intenta cambiárselas, ni siquiera aunque use maquillaje o peluca.

—Eso es verdad —convino Hayes—. Quizá deberíamos rastrearlo utilizando eso como detalle principal.

—No es algo tan descabellado —le aseguró Tank—. Me gustaría mucho echar un vistazo a ese boceto.

—Esa es una de las razones por las que le pedí que viniera. Espere un momento —el sheriff descolgó el teléfono y llamó a Cash Grier. Tras una breve conversación, volvió a colgar—. Dispone de unos minutos libres. Vamos a su despacho a ver ese dibujo.

Tank sonrió.

—¡Gracias!

La secretaria de Cash, Carlie Blair, tenía una melena oscura y ondulada, los ojos verdes y una sonrisa vivaz. Saludó a Tank como si fuera su vecina de toda la vida. Sacó el boceto de un archivador cercano y se lo entregó.

—Es todo lo que pudo hacer el dibujante —explicó—. No es perfecto. Creo que la nariz es un poco más larga y delgada, y el mentón algo más cuadrado.

—¿Qué hay de las orejas? —preguntó Tank.

Parpadeó sorprendida.

—¿Las orejas? —miró el boceto y asintió lentamente—. Sí, el dibujante las sacó bien. Lo recuerdo porque tenía una especie de hendidura o muesca en una, como si le hubieran hecho un corte y la herida hubiera curado dejando una cicatriz.

Tank estaba apretando la mandíbula.

—Sí —dijo—. Ahora lo recuerdo. Y llevaba también un pendiente, un pequeño arete dorado.

—¡Sí! —secundó la joven.

—Yo también me acuerdo del arete —dijo Hayes, y frunció el ceño—. Qué curioso, me había olvidado de ello —se rascó la cabeza—. El recuerdo quedó como oscurecido por la camisa que llevaba. Era de cachemira, creo.

—Yo también recuerdo esa camisa —rio Tank—. Debía de estar muy encariñado con ella, si es que todavía la llevaba cuando usted lo vio.

Carlie estaba frunciendo el ceño.

—Era de cachemira, color dorado —hizo memoria, cerrando los ojos para poder concentrarse mejor—. El estampado era beige y marrón.

—Sí —convino Tank. El recuerdo se presentó acompañado del dolor. Había estado mirando aquella camisa cuando las balas impactaron en su cuerpo.

—Bueno, yo tengo una camisa favorita —confesó Carlie—. Me la pongo al menos dos veces por semana. Por supuesto, no es de cachemira. En realidad es una camiseta negra con la cara verde de un extraterrestre y debajo esta frase: *¡Cuidado que vienen!* —sonrió.

—Le gusta llevarla cuando recibimos visita de los federales —comentó Cash Grier cuando se reunió con ellos, mirando sonriente a su secretaria—. Es un poco rara.

—Pero sé mecanografía, soy amable por teléfono y encuentro todo lo que usted pierde, jefe —sonrió de oreja a oreja.

El hombre sacudió la cabeza.

—Sí, y además escribes bien. Lástima que esa boca tuya...

—¿Qué quiere decir? —preguntó Tank.

Carlie desvió entonces la mirada hacia la puerta y adoptó una expresión sarcástica.

—Vaya, miren quién acaba de entrar. Voy a tener que encender un fuego para espantar a esta visita. ¿Alguien tiene un par de granadas de mano de sobra?

El recién llegado era Carson, el guardaespaldas de Tank en el avión. Fulminó a Carlie con la mirada.

—¿Tienes algún problema con las cerillas? —le preguntó—. ¿O es que no sabes usarlas? —añadió con una sonrisa irónica.

—Sé usar una pistola —replicó—. ¿Quiere verlo?

—No sabe usarla —intervino Cash Grier—. La última vez que lo intentó, las balas impactaron en dos parabrisas y un neumático. Y eso que los coches no estaban en la línea de tiro.

—Fue un lamentable accidente —se defendió la joven.

—Sí que lo fue. El hecho de que empuñaras un arma, quiero decir.

—Mañana su café tendrá sal en lugar de azúcar —advirtió Carlie a su jefe.

—Si te despido, tu padre me convertirá en tema de sus dos próximos sermones —masculló Cash—. Pero me arriesgaré.

—¿Sermones? —inquirió Carson, frunciendo el ceño.

—Su padre es pastor metodista —explicó Cash.

La expresión de Carson era inescrutable. Entrecerró los ojos mientras miraba a Carlie, que estaba contemplando de nuevo el boceto que tenía encima del escritorio.

—No se preocupe, la religión no es contagiosa —le dijo a Carson sin dignarse mirarlo siquiera.

—Gracias a Dios —murmuró el hombre, y se dirigió a Tank—. ¿Reconoció el rostro del dibujo?

—No mucho —respondió Tank—. Pero hemos convenido en que lo único que todos recordamos sobre él son sus orejas —miró a Hayes—. Debería avisar a esos dos federales, John Blackhawk y Garon Grier... —de repente frunció el ceño y se volvió hacia Cash—. ¿Grier?

—Es mi hermano —explicó Cash—. Siempre ha trabajado para el FBI. Yo trabajaba en... bueno, digamos que en agencias del gobierno más informales.

—Operaciones encubiertas —dijo Carson, burlón.

—Mira quién habla de operaciones encubiertas... —fue el comentario de Cash.

—Se necesita a uno para reconocer a otro —replicó Carson. Pero se sonrió. Y también Cash.

—Ya he hablado con Blackhawk y con el hermano de Cash —le aseguró Hayes a Tank—. Lo cual me recuerda que me encargaron le dijera que no habían podido contratar los servicios del hipnotizador. Parece que al hombre le ha surgido una emergencia y está fuera de la ciudad. Quizá en otra ocasión.

—Claro —repuso Tank, secretamente aliviado.

—Da la casualidad de que aquí el amigo Carson trabajó con un socio mío de Brooklyn, Nueva York —dijo Cash.

—¿Podemos preguntar en qué clase de trabajo? —quiso saber Hayes.

—Sería preferible que no —fue la respuesta del jefe de policía.

Tank sacudió la cabeza.

—Nunca había estado en un lugar con tantos exfederales por metro cuadrado.

—O exmercenarios —añadió Cash—. Hay un montón.

—Es un buen lugar para retirarse. Eso es al menos lo que Cy Parks siempre dice —rio Hayes por lo bajo.

—Es un gran tipo —comentó Tank—. No habría tenido ningún problema en alojarme en un hotel, pero él insistió en acogerme en su casa.

—Sabe que está usted pensando en adquirir un nuevo toro —le recordó Cash con una gran sonrisa.

—Bueno, eso es cierto —reconoció Tank.

Volvió a acercarse al escritorio de Carlie y lanzó otra mirada al dibujo.

—Realmente ese tipo es un camaleón —comentó—. ¿Pero cómo es que le preocupa tanto lo que yo pueda recordar? Yo sería incapaz de reconocerlo si me lo encontrara en la calle. Bueno, quizá esa oreja con cicatriz pueda llegar a delatarlo algún día, pero, aparte de eso, no hay nada especial que recuerde sobre él.

—Tal vez se trate de algún detalle secreto —observó Carson, reuniéndose con él—. O quizá simplemente esté paranoico perdido.

Hayes negó con la cabeza.

—Mató a un técnico de informática que intentó recuperar los archivos de mi ordenador que pudieran contener alguna información suya.

Carson entrecerró sus ojos oscuros.

—Sí. Era amigo mío —pronunció, tenso—. Un gran muchacho. Incapaz de matar a una mosca. Lo sabía todo sobre ordenadores. Me encantaría conocer al hombre que le metió una bala en el cuerpo.

—Una vez alimentó a un cocodrilo con un tipo —susurró Cash, señalando a Carson con la cabeza.

Carson lo fulminó con la mirada.

—Tenía hambre. Hacía días que no había comido nada, el pobrecito.

—Vaya, así que se trató de un acto de caridad —comentó Hayes.

Carson se encogió de hombros. Su expresión se volvió aún más feroz.

—El tipo en cuestión torturó a una amiga de Rourke, una fotógrafa que cubrió la toma de Barrera. Lucirá las cicatrices durante el resto de su vida.

—Seguro que Rourke te ayudó a alimentar al cocodrilo —repuso Cash.

Carson clavó en él sus ojos negros.

—A veces simplemente tienes que hacer lo que tienes que hacer, aunque no sea legal.

—Bueno, el incidente no tuvo lugar en mi jurisdicción, así que no es asunto mío —le aseguró Cash y, acto seguido, agitó un dedo ante sus narices—. Pero, si alimentas a un cocodrilo con carne humana en mi ciudad, te aseguro que terminarás entre rejas.

—No hay problema —repuso Carson.

—Y estaría bien que dejaras de lucir ese maldito cuchillo en público —le reprochó Cash, señalando el enorme cuchillo de montaña que llevaba a la cintura—. Eso pone nerviosa a la gente.

—La pone nerviosa a ella, querrás decir —replicó Carson, señalando con la cabeza a Carlie.

—No me gustan los cuchillos —masculló la joven.

—Por aquí circulan durante todo el tiempo hombres con armas de fuego, y a ti no te importa —le recordó Carson.

—Yo nunca he visto una herida de arma de fuego. Pero sí que he visto los resultados de una pelea a cuchillo —le lanzó una larga mirada—. Tuve pesadillas...

Carson frunció el ceño.

—¿Cuándo sucedió eso?

Ella desvió la vista.

—Hace meses, mi padre fue atacado por un hombre armado con un cuchillo. No sabemos por qué. Tuvo suerte, porque la herida la recibió en la cintura y no afectó ningún órgano vital.

—¿A quién se le ocurriría atacar a un pastor metodista? —inquirió Hayes, consternado.

—No lo sabemos —respondió Carlie, triste—. Suponemos que fue un trastornado. A veces pienso que el mundo se ha vuelto loco de remate.

—Sí que lo parece, de cuando en cuando —por fuerza Tank tenía que darle la razón—. ¿Agarraron al tipo?

—Aún no —contestó Cash por ella—. Pero seguimos buscándolo.

—El caso es que no me gustan los cuchillos —reiteró Carlie—. Sobre todo los de esa clase —señaló el de Carson—. Dan miedo.

—Empezaré a llevar traje para esconderlo. Así no lo verás —le prometió Carson, irónico.

—¿Por qué tienes que llevar uno tan grande? —quiso saber Hayes.

—Por las serpientes —contestó Carson, impávido.

—Pues le deseo a usted suerte si se encuentra con un crótalo cornudo, esa pequeña serpiente de cascabel que abunda en el desierto —le dijo Tank—. Le morderá antes de que pueda cortarla con eso.

—No esté tan seguro de ello —fue la respuesta de Carson. Parecía tan extremadamente confiado que los demás se encogieron de hombros y dejaron en paz el tema.

—¿Recuerda alguna otra cosa sobre el hombre? —preguntó Tank a Carlie mientras estudiaba el boceto—. ¿Quizá algo que no le dijo al dibujante de la policía?

La joven se esforzó por hacer memoria.

—No estoy segura. Ese era básicamente su aspecto —añadió, señalando el retrato—. Era un tipo de aspecto afable. Simpático. Recuerdo que me habló de los tiburones.

—¿Los tiburones? —inquirió Tank.

—Me dijo que la gente no los entendía, ya que los tenía por animales peligrosos, cuando en realidad no lo eran. Que lo que les pasaba era que simplemente tenían hambre, y que por eso mataban.

—Qué comentario tan extraño —observó Hayes.

—Lo mismo me pareció a mí —señaló Carlie—. Dijo que le gustaba nadar con ellos en el Caribe, en las Bahamas.

—Eso sí que podría ser interesante —dijo Hayes.

Carlie rio por lo bajo.

—Me había olvidado de ello, hasta ahora —de repente fulminó a Carson con la mirada—. Él me recuerda a un tiburón. Es por eso por lo que me he acordado.

Carson arqueó las cejas.

—¿Un tiburón? ¿Yo?

—Oscuro, ágil, siempre vigilante y peligroso —explicó ella—. Que ataca cuando uno menos se lo espera, por la espalda.

—Una descripción muy adecuada. Del tiburón, quiero decir... que no de usted —le dijo Tank a Carson con una sonrisa—. Pero sí que encajaría con ese falso agente de la DEA —su expresión se tornó sombría—. Ese tipo me atrajo a una emboscada que por poco me costó la vida. Y lo hizo con tanta facilidad, con tanta elegancia, que en ningún momento sospeché nada. Ella tiene razón con lo de su personalidad —añadió, refiriéndose a Carlie—. Me sentí cómodo con él desde el momento en que lo vi entrar en mi oficina. Me pareció simplemente uno de los nuestros.

—Yo también tuve esa impresión —dijo Hayes—. De repente me encontré en medio de una redada de narcotraficantes, gracias a él —frunció el ceño—. Recuerdo algo más. Había dos agentes armados. Se presentaron inesperadamente cuando escucharon la llamada por la radio alertando de la redada antinarcóticos —miró a Tank—. Me quedé sorprendido al verlos. Fue antes de que aparecieran los otros federales.

—Quizá había planeado para usted la misma emboscada que me había tendido a mí —sugirió Tank.

—Sí, pero no había razón alguna por la que ese hombre me quisiera muerto —Hayes se estaba esforzando por encontrar algún sentido a lo ocurrido—. Estuvo en la detención. Fue a mi despacho conmigo y se quedó esperando mientras yo redactaba el expediente de denuncia y archivaba la foto que mi agente tomó en el escenario de la detención, con los detalles del alijo de droga y las armas confiscadas, las bañadas en oro. Yo no era la única autoridad implicada en el caso.

—No creo que tuviera intención de matarte. No en aquel entonces, al menos —intervino Carson, entrecerrando los ojos. Se sentó en una esquina del escritorio de Carlie, para evidente disgusto de la secretaria—. Creo que la clave se encuentra en algo que sucedió después de ambos tiroteos. Algo relacionado con ellos, aunque no de una manera directa.

—Obviamente, el tipo estaba colaborando con el cártel de la droga —observó Hayes, asintiendo lentamente—. Intentando librar a su gente de la detención. En mi caso no tuvo éxito, pero sí en el suyo —miró a Tank.

—Sí, pero en este momento no tiene ningún motivo para ir a por mí —pronunció lentamente Tank—. No he vuelto a mencionar el caso desde que recibí el último informe, justo antes de dimitir de mi puesto.

Cash Grier se apoyó en la pared con los brazos cruzados, profundamente pensativo.

—Intento de homicidio —dijo, señalando a Hayes—. Secuestro, sin ningún móvil aparente. Agresión armada —miró a Tank—, seguida, mucho tiempo después, de espionaje y vigilancia. Ese tipo anda detrás de algo que sucedió como resultado de ambos tiroteos. Quizá no de los tiroteos en sí mismos.

—Sí, pero... ¿qué? —inquirió Hayes.

Cash sacudió la cabeza.

—No lo sé. Pero en este momento estamos en plena campaña electoral por una vacante en el Congreso, debido al inesperado fallecimiento de un veterano senador de Texas. Se han convocado elecciones de carácter extraordinario, aunque se nombrará a alguien para que lo sustituya por lo que queda de legislatura, que acabará a finales de este año. Corren rumores de que el principal candidato tiene vínculos con el cártel del otro lado de la frontera, y que al menos uno de los rivales ha sido chantajeado para que se retire de la carrera electoral.

—Yo también lo he oído —dijo Tank—. ¿Cree que puede haber alguna relación?

—Podría ser —dijo Hayes—. Sobre todo si el hombre que recordamos formaba parte del cártel de la droga.

—Sabemos con seguridad que sí —replicó Cash— El problema reside en demostrar la conexión. Si el tipo está próximo al candidato, eso podría constituir estímulo suficiente para que se desembarazara de cualquier testigo. Y se trata además de un falso agente de la DEA, un topo. Seguro que ha estado pasando información sensible a sus compinches.

—Quizá alguien lo descubrió —sugirió Tank.

—Sí —convino Cash—. Pero quién pueda ser ese tipo… ese es el corazón del problema. Si averiguamos su identidad, y lo ligamos con el cártel y con el candidato al Senado…

—Ese podría ser el móvil para asesinar a cualquiera —confirmó Hayes—. Un móvil muy bueno.

CAPÍTULO 8

—Tengo la extraña sensación de que todo esto está conectado de alguna manera con esas elecciones extraordinarias para el Senado —afirmó Carson, entrecerrando los ojos.
—Y yo —intervino Carlie.
Carson le lanzó una mirada burlona.
—¿Tú también tienes poderes paranormales?
La joven esbozó una alegre sonrisa.
—Si los tuviera, ahora mismo la empuñadura de ese enorme cuchillo le estaría saliendo por la boca —le dijo con tono dulce.
Carson arqueó una ceja y la miró de una forma que la hizo ruborizarse. La hostilidad que la chica le profesaba no podía irritarle más y por eso la atacaba a su vez.
—Perdona —le dijo—. Pero, si estás flirteando conmigo, lo siento pero no funciona. A mí me gustan las mujeres... —le lanzó una mirada fría— más guapas. Físicamente más perfectas.
La expresión de Carlie pareció desmoronarse, aunque no por ello bajó la mirada. Se lo quedó mirando con actitud beligerante.
—Eso ha sido una impertinencia —le echó en cara

Cash Grier a Carson—. Discúlpate con ella. Ahora mismo.

Carson pareció darse cuenta de que se había pasado de la raya.

—Lo siento —le dijo a Carlie con expresión pétrea—. Él tiene razón. Eso ha estado de más.

La joven secretaria desvió la vista. Era dolorosamente consciente de su falta de atractivo. Su sentido de la moralidad no la permitía flirtear con los hombres y era más pudorosa que la mayoría de las mujeres, por razones que nunca compartía con nadie. No debería haberle molestado que aquel donjuán no se sintiese atraído por ella. De hecho, debería haberse alegrado de que no constituyera un objetivo para él. Aun así, le dolía que se airearan sus deficiencias, sobre todo delante de hombres. Murmuró algo y se disculpó para ir a preparar el café.

—¡Maldita sea! —le espetó Cash a Carson con una chispa de furia en los ojos.

Tank reconoció inmediatamente la peligrosa agresividad que acechaba detrás de aquel exterior tan afable. Aquella furia parecía desproporcionadamente exagerada en comparación con lo que había dicho Carson.

—¿En qué diablos estabas pensando?

Carson se removió, inquieto.

—No estaba pensando —reconoció con los dientes apretados. Era una reprimenda que no habría tolerado de ningún otro hombre. Pero a Grier lo respetaba mucho.

—Evidentemente —Cash entrecerró los ojos—. Hay muchas cosas que no sabes. Vuelve a decirle algo así y te las verás conmigo. ¿Entendido?

Carson asintió con la cabeza.

—¿Cuándo son esas elecciones extraordinarias? —aprovechó para preguntar Tank, con el objetivo de romper la tensión.

—En primavera —respondió Hayes.

—Eso nos deja algo de tiempo para investigar —comentó Cash, aparentemente superado el ataque de furia—. Pero no mucho.

—Yo intervendría los teléfonos de todos los agentes de la DEA que hay en Texas. Del primero hasta el último —afirmó Carson con expresión helada.

—Una idea estupenda —replicó Cash, irónico—. En cuanto encuentres a un juez que firme la orden, nos avisas.

Carson suspiró.

—Está bien. Ya lo he pillado.

—Aparte de eso, no sabemos si todavía continúa trabajando con la agencia en algún tipo de oficina satélite de la central —añadió Hayes—. Últimamente hay un gran revuelo en las agencias por culpa de los ajustes de presupuesto. Quizá incluso la abandonó cuando descubrió que teníamos una foto suya en nuestros archivos informáticos.

—Tiene que haber alguna manera de que podamos atrapar a ese camaleón —declaró Tank—. Sabemos que me ha puesto en su punto de mira, aunque ignoramos el motivo. Sabemos que usted también lo está —señaló a Hayes—. Pero usted tiene contactos muy poderosos. Quizá no esté interesado en enfrentarse con su suegro. Yo, sin embargo, estoy solo. No tengo red alguna que me respalde.

—La tiene ahora —le recordó Cash.

—Así es —confirmó Hayes.

—Gracias —repuso Tank, sonriendo.

Carson se dirigió entonces a Hayes.

—Se olvida usted de que los hombres del difunto El Ladrón contrataron al trabajador temporal de su suegro para que lo asesinaran. Si están planeando algo, él será el primero en saberlo.

—Suponiendo que no lo hayan liquidado ya —replicó

Cash—. No hay que subestimar nunca a una red criminal organizada.

—Es un buen consejo —reconoció Hayes.

—Pero el caso es —intervino Tank— que actualmente soy yo su primer objetivo. Rourke me apoya. Aunque nunca estaría de más contar con alguna otra ayuda. ¿Conocemos a alguien en el FBI o en el grupo de Eb Scott que esté liberado de tiempo y con ganas de que le contraten como vaquero en Wyoming?

Los hombres se miraron divertidos.

—Yo sé montar a caballo —se ofreció Carson para sorpresa de los demás.

—Necesitará comentárselo antes a Cy Parks —le recordó Hayes.

—Como si el señor Parks fuera a echarle de menos —murmuró por lo bajo Carlie, sin mirar a Carson—. El café ya está listo —añadió mientras se sentaba ante su escritorio.

—¿Por qué no te vas tú a Wyoming? —le espetó Carson, avergonzado de su anterior estallido de furia, que le había hecho quedar como un imbécil delante de los demás—. Cualquiera diría que tú lo sabes hacer bien todo. ¿Sabes montar a caballo? —inquirió sarcástico.

La joven lo fulminó con la mirada.

—Sí que sé —respondió——. Y usar el lazo e incluso disparar con rifle si tengo que hacerlo.

—Basta ya de hablar de armas de fuego, por favor —gruñó Cash—. Primero tendrás que aprender a manejar una —le recordó a Carlie—, sobre todo después del desastre del último tiroteo.

Ella lo miró ceñuda.

—¡Podría aprender si me enseñara alguien!

—A mí no me mires —masculló Carson—. Yo no pienso enseñarte nada.

—Señor Carson... o como quiera que se apellide, no estaba hablando con usted —le espetó con tono helado.

—De todas formas, no serías capaz de pronunciar mi apellido —replicó con un tono todavía más venenoso—. Lakota.

La joven se ruborizó y desvió la mirada.

Carson se la quedó mirando con el ceño fruncido, preguntándose por qué el conocimiento de sus orígenes indígenas le había provocado aquella reacción.

—¿Lakota? —inquirió Tank.

—Sí. Crecí en una reserva en Kyle, Dakota del Sur —explicó.

—No me extraña que sea usted tan bueno rastreando —comentó Hayes.

Carson lo fulminó con la mirada.

El sheriff alzó ambas manos.

—No le estaba etiquetando. No se trata de un estereotipo. Quiero decir que la gente que se cría en ambientes relativamente rurales, como Jacobsville, o como Dakota del Sur, aprende a utilizar mejor sus sentidos. La mayoría de la gente de campo sabe cazar y seguir un rastro.

—Entiendo —Carson se relajó un tanto.

—Un tipo susceptible —comentó Cash Grier, entrecerrando los ojos.

—Usted no me conoce —replicó Carson con tono tranquilo—, así que no puede entender por qué lo soy —de repente se volvió hacia Tank—. Podría contratarme por unas cuantas semanas. Mientras tanto, haré algunas averiguaciones. En Wyoming yo no llamaría demasiado la atención. Está llena de comunidades de gente nativa.

—No tantas como imagina... —protestó Tank.

Carson se sonrió.

—Eso es porque usted no sabe dónde están. Yo sí. Tengo primos de la tribu cheyenne.

—En ese caso, me encantaría ofrecerle un caballo propio y un lazo nuevo —rio Tank.

—¿Nuevo? Vaya, gracias —repuso Carson con tono sarcástico.

—Podrá tensarlo entre un tronco de árbol y el parachoques trasero de una camioneta. Así funcionará de maravilla —le aseguró Tank.

Todos los hombres se echaron a reír.

—Hablaré con el señor Parks sobre ello esta misma noche —dijo Carson—. No creo que se oponga. Tiene otros muchos empleados encargándose de todo. Y dentro de tres días será Navidad. Podrá considerarlo unas vacaciones.

—Será mejor que vuelva a la casa. Es tarde —dijo Tank, mirando su reloj.

—Yo le llevaré —se ofreció Hayes.

—Volveremos a hablar —le aseguró Cash, estrechándole la mano.

Todos se desearon unas felices fiestas navideñas. Cash sonrió y volvió a meterse en su despacho. Tank y Hayes se despidieron de Carlie y se marcharon.

Eso dejó a una vergonzosa y enamoradiza Carlie sentada ante su escritorio... en compañía de un lobo hambriento.

Carson se acercó el escritorio, mirándola fijamente.

—Bien hecho —le dijo con tono helado—. Me he sentido como un solomillo asándose en una parrilla.

Ella alzó la mirada sin su habitual aspereza. Sus ojos traicionaban todavía el dolor que había sentido antes.

—¿No tiene nada más importante que hacer en alguna otra parte? —le preguntó con tono apagado mientras sacaba un expediente del cajón inferior de la mesa. El temblor de sus dedos resultaba humillante.

Él vio aquello y se sintió todavía peor. La odiaba, Era algo muy extraño: no solía despreciar a las mujeres, ni siquiera a las menos atractivas. Pero aquella mujer le atacaba. Lo confundía, lo inquietaba. Y no le gustaba perder su tranquilidad habitual. Aparte de eso, se parecía un poco a Jessie…

Su expresión se tornó hermética. Entrecerró los ojos, fulminándola con la mirada.

—¿Le importa? —inquirió ella—. Tengo trabajo.

—Siempre puedes llamar al jefe para que te proteja —murmuró él.

Se lo quedó mirando con una actitud de sereno orgullo.

—Puedo defenderme sola, gracias.

Tenía una mirada aguzada, penetrante. Estaba acostumbrado a lidiar con situaciones imprevisibles, con gente peligrosa. Veía siempre más de lo que veía la gente normal. Bajó la vista a su hombro, donde la camiseta se le tensaba un poco. Era extraño. La tela formaba un pliegue, como si la piel que escondía debajo estuviera…

Ella se llevó entonces una mano a ese hombro, en un gesto defensivo.

—¿Quería usted algo más? —le preguntó con tono áspero.

Carson arqueó una ceja.

—No hay nada que yo quiera aquí, ni que vaya a querer nunca —sonrió, frío. Se giró y abandonó la oficina.

Carlie se estremeció. Había visto dónde había fijado la mirada. Se frotó la cicatriz. Debería volver a las camisas de botones. O asegurarse de que sus camisetas y suéteres fueran lo suficientemente holgados como para no llamar la atención sobre ciertas cosas.

Volviéndose hacia el ordenador, se concentró en la tarea que tenía entre manos.

A la mañana siguiente, Tank ya estaba volando hacia Wyoming. No le gustaba alejarse del rancho. Más específicamente, no le gustaba estar lejos de Merissa. La había echado de menos con locura. No podía esperar para llegar a casa, para verla, tocarla, besarla...

En el avión, Carson había conseguido otra admiradora: una rubia azafata que le sonreía continuamente de oreja a oreja. Aquel tipo sabía realmente atraer a las mujeres. Pero era una vergüenza que hubiera tratado de una manera tan cruel a la joven secretaria de Cash Grier. Tal vez no fuera una belleza, pero tenía chispa y un gran sentido del humor, además de que parecía una persona religiosa. Solamente eso ya era una rareza en un mundo tan insensible. Se preguntó por qué Carson le manifestaba tanta hostilidad. Los crueles comentarios que le había dirigido no habían tenido excusa alguna.

Carson era un tipo muy raro. No parecía encajar en ningún sitio. Era un inconformista que detestaba someterse a la autoridad. Pero a Tank le había divertido ver el enorme respeto que parecía profesar a Cash Grier. Una sola palabra del jefe de policía y Carson se había callado inmediatamente.

Aquellos dos tenían algo en común, probablemente un pasado de actividades secretas que les servía de punto de referencia y de base para un respeto mutuo. Tank tenía también la sensación de que a Carson no le había molestado nada la idea de ausentarse de Texas por un tiempo. No podía menos que preguntarse si aquello no tendría algo que ver con la secretaria de Cash...

Rourke fue a recibirlos al aeropuerto. Arqueó una rubia ceja sobre el parche que le cubría un ojo, al tiempo que un brillo de malicia aparecía en el otro.

—¿Qué diablos estás haciendo tú aquí? —preguntó a Carson al tiempo que estrechaba la mano de Tank.

—De caza —sonrió Carson.

Rourke soltó una risita.

—Bienvenido, entonces. Tu ayuda nos vendrá bien.

—Es mi último fichaje como trabajador contratado —explicó Tank—. Tengo mucho que contarte.

—Vamos al rancho. Yo también tengo que contarte algunas cosas —dijo Rourke con un tono que no resultaba precisamente muy agradable.

—¿Qué pasa? —inquirió Tank una vez dentro de la camioneta de doble cabina, de camino ya hacia el rancho.

—Se trata de Merissa Baker —dijo Rourke.

—¿Qué diablos....? —estalló Tank—. ¿Le ha pasado algo? ¿Se encuentra bien?

—No.

—¿Entonces qué...?

Rourke metió la camioneta en el aparcamiento de un supermercado, apagó el motor y se volvió hacia él.

—Han pasado algunas cosas desde que te fuiste. El exmarido de Clara se ha presentado en su cabaña. Dice que es suya y que tiene los papeles que lo demuestran.

—¿Y es eso cierto? —preguntó Tank fríamente.

—Le corresponde a ella demostrar que no es el propietario —dijo Rourke—. Y parece que una buena parte de los papeles más importantes que conservaba han desaparecido.

—Ese tipo estuvo ausente durante años. ¿Cómo es que ha vuelto precisamente ahora?

—Esa es una muy buena pregunta —fue la respuesta de Rourke—. No lo sé. Se ha trasladado a la cabaña con ellas. Clara está aterrada. Merissa hace todo lo posible por evitarlo. Yo me pasé a verla y el tipo bloqueó literalmente la puerta, prohibiéndome que hablara con ella.

—Vamos directamente a la cabaña —ordenó Tank. Su tono de voz era el más duro que Rourke le había oído nunca.

—Qué curioso —dijo Rourke mientras abandonaba el aparcamiento y enfilaba hacia la autovía—. Es exactamente lo que iba a aconsejarte.

—¿Vas armado? —le preguntó Tank.

—Siempre.

—Yo también —terció Carson, sentado atrás.

—El cuchillo de cazador no cuenta —se burló Rourke.

—Cuenta si sabes usarlo bien —repuso Carson, altivo.

Tank estaba preocupado. Sabía lo que aquel hombre había hecho con su esposa y con su hija, y le horrorizaba pensar que en aquel momento las dos se encontraban a su merced. Pero eso era algo que estaba dispuesto a solucionar. Inmediatamente.

La camioneta se detuvo delante de la cabaña y los tres bajaron rápidamente. Mientras se aproximaban, un hombre corpulento de pelo negro que ya empezaba a escasear y maligna expresión se dirigió a su encuentro.

—He venido a ver a Merissa —empezó Tank con tono agradable.

—Me temo que no está disponible —contestó el hombre con gesto arrogante.

Tank se le encaró directamente.

—Usted no me conoce —le dijo con una fría sonrisa—. Me llamo Dalton Kirk. Mis hermanos y yo somos los propietarios del Rancho Real. Disponemos de un equipo completo de abogados. Si no me permite entrar en la cabaña ahora mismo, ordenaré a mi detective privado que empiece a hacer investigaciones. Usted afirma ser el dueño de la propiedad, ¿no? ¡Demuéstrelo!

A esas alturas, el hombre había perdido parte de su agresividad. De hecho, abandonó su postura beligerante y perdió su arrogancia.

—Oiga, no hay problema, puede verla si usted quiere. No hay necesidad de llamar a abogados, por el amor de Dios. ¡Merissa, sal!

El tono de su voz irritó a Tank. Refrenó su rabia y esperó, no con mucha paciencia, hasta que una sumisa, apagada y preocupada Merissa salió al porche. Tenía unas profundas ojeras y parecía evidentemente angustiada.

—Ven aquí, cariño —le dijo Tank en voz baja a la vez que le tendía la mano.

Merissa corrió hacia él, sollozando, para terminar refugiándose en sus brazos.

—Tranquila —susurró él—. Todo va a salir bien.

Lo abrazó con mayor fuerza.

—¿Qué diablos es todo esto? —gruñó el hombre del porche—. ¡Yo no te he hecho ningún daño!

—Haz que mamá salga también —musitó ella con tono urgente al oído de Tank, para que su padre no la oyera—. ¡Por favor, Dalton!

Tank le acarició el cabello y la besó en la frente.

—No te preocupes —la soltó—. Quiero hablar con Clara —pronunció en voz alta.

Esa vez, el hombre pareció inquietarse.

—Está indispuesta.

—Rourke —dijo Tank, haciendo un gesto a su amigo.

Rourke se abrió la chaqueta de lana, descubriendo la pistola automática de calibre cuarenta y cinco que llevaba enfundada a la cintura. Al mismo tiempo, Carson se movió a su derecha y se abrió también la chaqueta, mostrando su enorme cuchillo de caza.

—¿Me están... amenazando? —balbuceó el hombre.

—Quiero ver a Clara —le espetó Tank—. Que esto sea

o no una amenaza depende que ella salga ahora mismo —sacó su móvil—. Nuestro sheriff, Cody Banks, es un buen amigo mío. Tengo registrado su número en el botón de emergencias.

Para entonces, el hombre estaba ya más que preocupado. Tragó saliva.

—Se cayó —se apresuró a asegurarles—. Tiene algunos moratones. ¡No es culpa mía!

—¡Clara! —llamó Tank.

La puerta se abrió. La mujer, toda nerviosa y temblando, apareció en el umbral. Efectivamente, tenía la cara llena de moratones.

—Ven aquí —le pidió Tank en voz baja—. Tranquila —añadió al advertir el evidente miedo con que miraba a su exmarido—. Vamos. ¡No va a tocarte! —fulminó con la mirada al hombre mientras lo decía.

Clara bajó los escalones, casi tambaleándose. Tank le pasó un brazo por los hombros.

—¿Estás bien? —le preguntó con tono dulce.

La mujer soltó un sollozo.

—Ahora sí, gracias.

Le dio un rápido abrazo antes de soltarla. Pulsó el botón de emergencias de su móvil.

—¿Cody? —inquirió cuando respondió su amigo—. Tenemos una situación crítica aquí. Necesitamos que vengas.

—¡Oiga, no hay necesidad de eso! —gritó el hombre—. ¡Ninguna en absoluta!

Rourke se dirigió hacia el porche. Plantándose ante el tipo, se volvió para mirar a Clara.

—¿Le ha pegado, señora Baker? Por favor, no tenga miedo de responderme. Este hombre no volverá a tocarla. Tiene usted mi palabra.

Clara exhaló un tembloroso suspiro.

—Sí. Me pegó porque le pedí que se marchara —respondió con tono derrotado.

—¡Eso es una maldita mentira! —gritó el hombre—. ¡Se cayó! ¡Di que te caíste, Clara, o te arrepentirás!

—Agresión física y amenazas —dijo Rourke en voz baja—. Vaya, vaya... Vas a tener problemas.

—¡Y un cuerno! —exclamó el hombre, nervioso, e intentó huir. Pero Rourke lo derribó en seguida y procedió a esposarlo.

—¿Lleva siempre un juego de esposas encima? —le preguntó Carson, sorprendido.

—Nunca sabes cuándo podrían venirte bien —respondió Rourke—. De todas maneras, las compré la semana pasada... con otras intenciones en mente.

—¡Suéltenme! ¡Quiero irme! —gruñó el hombre—. Yo ni siquiera tenía idea de venir aquí... ¡lo que pasa es que tenía una orden judicial pendiente y él amenazó con denunciarme! ¡Habría perdido la libertad condicional!

—Él... ¿quién? —quiso saber Rourke, levantándolo del suelo.

El hombretón vaciló. Parecía temeroso.

Tank se reunió con ellos en el porche.

—¿Quién?

—No conozco su nombre —respondió Baker, triste—. Llevaba un traje. Me dijo que era agente federal y que podía encerrarme por diez años. Me ordenó que viniera aquí y reclamara la cabaña. Me pagó el billete de avión. Escuchen... ¡yo no quiero más problemas! ¡Yo solo quiero irme a casa!

—Aún no —replicó Tank, furioso—. Primero hay un pequeño asunto que resolver. Agresión física, amenazas y robo de documentación.

—Los malditos papeles están debajo del colchón del cuarto de invitados —rezongó—. Siento haberle pegado, pero ella me dijo que me marchara de aquí —explicó furioso—. ¡Y ninguna mujer me habla así en mi propia casa!

—Esta no es tu casa —le recordó en ese momento Merissa. Estaba temblando, pero su voz era casi firme—. Es la nuestra. Y ojalá no volviéramos a verte más.

—No lo verás —le aseguró Tank antes de mirar a Baker con expresión helada—. Porque va a pasar encerrado mucho, mucho tiempo.

—Él me conseguirá un abogado —dijo Baker—. Me lo pagará. Dirá que las mujeres mintieron.

—¿Quieres mirar ahora mismo a Clara a la cara y repetir esa frase para mí? —le amenazó Tank.

—¡Yo no voy a ir a la cárcel!

Liberándose bruscamente, echó a correr hacia la parte trasera de la cabaña.

—Carson, tú eres más rápido que yo —le dijo Rourke.

Carson había empezado a moverse cuando oyeron un ruido.

Tank soltó una maldición.

—Quédate con Clara y con Merissa —ordenó a Rourke.

Carson y él corrieron en la misma dirección. Justo al final del sendero distinguieron un cuerpo inerte.

Carson clavó una rodilla en tierra. Buscó el pulso del hombre sabiendo que no lo iba a encontrar y volvió a levantarse en seguida.

—Mejor llame al forense —le dijo a Tank, plantándose deliberadamente ante él para protegerlo con su cuerpo—. A juzgar por el tamaño del orificio de salida, lo han matado con un rifle de alto calibre. ¡Váyase de aquí, rápido! —se apresuró a añadir—. ¡Recuerde que yo no soy el objetivo!

Tank volvió a rodear la cabaña y subió de nuevo al porche.

—Será mejor que entremos dentro.

—¿Bill? —inquirió Clara, preocupada.

—Está muerto —respondió, rotundo—. Lo siento.

Clara soltó un sollozo.

—Si lo siento, es solo porque una vez fue mi marido. Era el hombre más cruel que he conocido nunca.

—Puedo entender por qué —dijo Tank, mirando su rostro magullado—. Ojalá hubiera estado yo aquí para protegeros —le pasó un brazo por los hombros a Merissa, que estaba temblando, y con el otro brazo atrajo a Clara hacia sí—. Todo va a salir bien —les dijo con tono suave—. Nadie volverá a hacer nunca el menor daño a mis chicas.

Ambas se echaron a llorar. Y Tank las abrazó con fuerza.

El sheriff acudió primero, seguido de los paramédicos. Un agente montó guardia junto al cadáver hasta que se personó el forense.

El sheriff Cody Banks se puso furioso cuando vio el rostro de Clara.

—Cualquier hombre que le hace esto a una mujer debería pagarlo caro —masculló.

—Es por eso por lo que te llamé —dijo Tank—. Mi intención era que los arrestaras, pero él intentó huir, y alguien lo liquidó. La misma persona —añadió— que creo que anda detrás de mí.

—¿Quieres repetir eso en una declaración oficial? —le preguntó Cody.

Tank asintió,

—Puedes venir a cenar con nosotros. Te contaremos todo lo que sabemos —señaló a Rourke y a Carson—. Están pasando muchas cosas.

—Es una buena idea —aceptó Cody con una sonrisa—. Estoy harto de huevos quemados y beicon mal frito.

—¿No está casado? —le preguntó Rourke.

Cody sacudió la cabeza con expresión triste.

—Conoce esa nueva gripe que se ha extendido últimamente por aquí, la de los efectos mortales, ¿verdad? Mi mujer estuvo tratando a un paciente en un hospital de Boulder. Murió.

—Lo siento —dijo Rourke con tono suave.

—Yo también —repuso Cody—. Ocurrió hace un año, pero a uno le cuesta acostumbrarse a eso. Solo llevábamos dos años casados.

Tank miró a Merissa y en seguida se imaginó lo que habría sentido él mismo en la situación de Cody. Era algo devastador.

—¿Qué hay de Clara y de Merissa? —preguntó tanto al sheriff como a sus compañeros—. ¿Estarán seguras aquí?

—Si quieres una respuesta rotunda, no —contestó bruscamente Rourke—. Si ese tipo ha tenido tan pocos escrúpulos como para asesinar a uno de sus cómplices, será capaz de matar a cualquiera. Trajo hasta aquí al ex de Clara por alguna razón que desconocemos. Pero eso significa que las ha señalado como objetivo. Quizá conocía el pasado del tipo y esperaba que el tipo acabara con ellas —sacudió la cabeza—. Sea cual sea la razón, corren tanto peligro como tú.

—Pueden trasladarse al rancho con nosotros —dijo Tank—. Tenemos tres habitaciones de invitados. Es una casa muy grande.

—Pero nosotras no queremos ser una molestia... —protestó Clara.

—Lo mismo digo —añadió Merissa, preocupada.

Tank sonrió.

—Mucho espacio y buena compañía. Y también podréis jugar con el bebé de Mallory.

Clara y Merissa se ablandaron al oír aquello.

—¿El pequeño? —inquirió Merissa, y sus ojos se iluminaron—. Adoro los bebés.

Tank la miraba absolutamente embelesado. Soltó un suspiro y se sonrió.

—¡Bebés! —la expresión de Carson era más dura que una roca. Girando sobre sus talones, se marchó. Fue una reacción tan extraña que Tank y Rourke cruzaron una mirada de curiosidad.

—Bueno, si quieren saber lo que opino yo —añadió Cody—, creo que es una buena idea sacar a las mujeres de aquí. Este lugar está demasiado aislado.

—No lo sé —confesó Merissa al cabo de un minuto—. Quiero decir, nosotras hemos estado aquí todo el tiempo solas y ese hombre no nos ha hecho nada. Intervino los teléfonos, sí, pero no intentó hacernos daño.

—Es cierto —secundó Clara—. Lo que pasa es que sigo sin entender lo que quiere de nosotras...

—Torturar a este hombre —respondió Rourke, señalando a Tank con la cabeza—. Ponerlo nervioso, angustiarlo, tomarlo desprevenido. Evitar quizá que recuerde algo que el enemigo no quiere que salga a la luz.

—Enemigo —rio Cody por lo bajo—. Ese es un término de guerra. Militar.

Rourke se encogió de hombros.

—Me he pasado la vida entera librando pequeñas guerras por todo el mundo, dentro y fuera del Ejército. Es la costumbre.

—Pero entonces, si lo que está intentando ese hombre con nosotras no es más que ponernos nerviosas... no importará que nos quedemos aquí —dijo Merissa con tono suave—. Lo siento, es una oferta generosa, de verdad que sí. Pero yo me siento inquieta rodeada de otra gente. No soy... no soy muy buena socializando. Y, si estoy inquieta, como lo estaré, seguro que no funcionará.

Tank se quedó decepcionado. Y preocupado.

—Tendrías una habitación para ti sola.

—Sí, pero tú tienes una gran familia. Sois todos muy buenos —añadió, alzando una mano—. Pero yo soy una persona muy solitaria —parecía muy preocupada—. Yo soy una mujer rara, ya lo sabes. No encajo bien con los demás.

—Conmigo encajas muy bien —le recordó Tank, y sonrió.

Ella le devolvió la sonrisa.

—Claro que sí. Pero...

—No la presiones —le aconsejó Clara con tono suave—. Ambas hemos tenido que sufrir mucha violencia en nuestras vidas, tanto física como verbal.

—Está bien —se apresuró a ceder Tank—. No la presionaré —miró a Merissa con una expresión más que elocuente—. Pero me voy a preocupar.

Merissa sonrió.

—Estaremos bien.

—Eso es verdad —intervino Carson, que había vuelto al porche—. Porque yo voy a trasladarme aquí.

—¿Qué? —exclamaron las tres voces al unísono.

Carson fulminó con la mirada a los dos hombres.

—Rourke no puede quedarse aquí a vigilarlas —le dijo a Tank—. Además, ¿cómo crees que ese falso agente sabía lo de su ex? —señaló a Clara.

—Intervino los teléfonos —repuso Tank—. Pero localizamos los micrófonos, ¿no? —preguntó a Rourke, que era quien había hecho el barrido.

—Estuvimos hablando de Bill antes de que los encontrarais —confesó Clara, triste—. Y mencionamos incluso el lugar donde trabajaba. Lo siento. Fue culpa mía.

Tank le pasó un brazo por los hombros.

—Tú no tienes la culpa de nada —le aseguró con tono dulce—. Ese hombre era un canalla. Solo siento la manera en que lo liquidaron.

—También yo —dijo Clara—. Abatido como un animal… y justo antes de Navidad —tenía los ojos llenos de lágrimas.

—Todo saldrá bien, mamá —la consoló Merissa, abrazándola con fuerza—. Las dos tenemos que enfrentarnos con lo que hizo. Y también hizo daño a otra gente. Su final fue como su vida, un reflejo del dolor que siempre causó —cerró los ojos—. Yo también lo siento. A pesar de todo, seguía siendo mi padre. Pero al menos ya no tendremos que seguir viviendo en el miedo.

—Es que la manera en que murió… —empezó de nuevo Clara, y se pasó una mano por los ojos—. Tenía una novia, ¿no? ¿No deberíamos intentar localizarla?

Tank y Cody Banks cruzaron una mirada significativa. Quizá podrían encontrar alguna pista sobre la identidad del falso agente en el círculo de amistades de Bill Blake en California.

—No es una mala idea —opinó Tank.

Cody asintió.

—Tengo un amigo en San Diego —informó Rourke—. Le llamaré. Si usted tiene algún contacto en la oficina del sheriff de esa localidad —le dijo a Cody—, eso sería de gran ayuda. Sus amigos y conocidos quizá podrían aportarnos alguna pista que nos permitiera identificar a ese falso agente.

—Estoy de acuerdo —aceptó Cody—. Bien pensado. Me pondré manos a la obra.

Una furgoneta aparcó en aquel momento frente a la casa. Un hombre vestido con tejanos y camiseta se bajó de la misma, mientras otro algo más joven se quedaba dentro. El forense era alto, de pelo cada vez más escaso y expresión taciturna.

—El forense —anunció Cody—. Mack Hollis.

—Hola —los saludó el recién llegado—. Entiendo que se ha producido una muerte.

Cody asintió.

—Mi agente está junto al cuerpo. Yo le acompaño.

Los dos hombres dieron la vuelta a la casa. El joven de la furgoneta bajó también y los siguió.

Clara estaba muy pálida.

—Yo no quiero estar aquí cuando lo traigan...

—Lo meterán en un saco —le explicó Tank con tono suave—. No tendrás que verlo. Pero podemos entrar dentro, si quieres.

—Lo prefiero —respondió Clara.

Carson siguió a Tank y a las dos mujeres al interior de la casa. Las dos lo miraban con curiosidad y una cierta inquietud.

—Les aseguro que seré un huésped modelo —les dijo Carson con tono educado—. Estaré fuera la mayor parte del tiempo, observando y recorriendo el perímetro de la finca. Solo necesito un cuarto para dormir por las noches.

Merissa estaba nerviosa. Se le notaba.

Carson esbozó una sonrisa.

—Nunca en toda mi vida le he hecho el menor daño a una mujer.

Merissa se relajó un tanto y sonrió levemente a su vez.

—Está bien.

—Puede quedarse en la habitación de invitados —le ofreció Clara, amable—. Aunque está un poco llena de cosas...

—Déjela así. No me importa. Y ahora, si me disculpan, me pondré a trabajar —se despidió de Tank y de Rourke con una inclinación de cabeza y abandonó la cabaña.

—Bueno —le dijo Rourke a Tank, que parecía molesto—, él tiene razón. Ahora eres tú el imán del peligro. Si te quedas aquí, ellas correrán un riesgo aún mayor.

—Ya lo sé —repuso Tank con los dientes apretados—. Pero eso no significa que me guste.

Merissa se acercó a él.

—No sentiremos más seguras con un hombre aquí, sobre todo después de lo que acaba de pasar —le dijo—. Tranquilo.

Tank pareció relajarse. Le acarició con ternura el pelo.

Ella sonrió. Un brillo de cariño asomaba a sus ojos.

—¿Sabes? Me gusta que hagas eso.

Él se rio por lo bajo.

Cody regresó a la cabaña pocos minutos después. Las mujeres habían preparado café, y Rourke y Tank estaban compartiendo una taza con ellas.

—¿Café? —le ofreció Merissa al sheriff.

—Lo siento, pero no tengo tiempo —replicó—. Ya hemos cargado el cadáver y nuestro detective está ahí fuera examinando el escenario del crimen con un técnico. Tardarán todavía algún tiempo en acabar, pero no las molestarán —aseguró a las mujeres—. El detective necesita hablar con ustedes. Y yo tendré que hacer un informe. Si les entrego ahora los cuestionarios, ¿podrán rellenarlos y dejarlos después en mi oficina?

—Por supuesto —respondió Clara por las dos. De repente se emocionó de nuevo; tenía los ojos llenos de lágrimas—. Era un hombre malo. Pero cuando nos casamos era tan dulce y amable... —sacudió la cabeza—. Nunca entendí cómo pudo cambiar tanto.

—Son cosas que pasan —repuso Cody con voz suave—. Lo lamento mucho.

—Gracias —dijo Merissa.

Cody se volvió hacia Tank.

—¿A qué hora es la cena?

—A las seis en punto. No hace falta que te pongas elegante —rio—. En mi familia somos más bien informales.

Cody esbozó una sonrisa.

—De acuerdo. Hasta luego.

Tank y Rourke se quedaron hasta que el detective hubo acabado su trabajo, tras recibir la información correspondiente de las mujeres. Los técnicos de la escena del crimen recogieron sus cosas y se marcharon con él, con todas las pruebas y evidencias fotográficas en su poder.

—Me voy a casa —anunció Tank—. Detesto tener que dejaros a las dos aquí —suspiró—. Pero Carson tiene razón. No quiero convertiros en un objetivo. Es de mí de quien va detrás ese hombre.

Merissa lo abrazó.

—Gracias por preocuparte tanto.

—Qué tonta eres —se burló. Se inclinó hacia ella y le dio un beso suave, delante de todo el mundo—. Tengo que ocuparme de mi chica.

Merissa lo miró con expresión radiante.

—No salgas del rancho solo.

—Nunca —sonrió, y miró a Rourke—. Él no me dejaría.

—Tienes toda la razón —repuso su amigo, para luego añadir con tono suave, dirigiéndose a las mujeres—: No tengáis miedo de Carson. No es lo que parece. Es un buen hombre. Cuidará bien de vosotras.

—Es muy... —Clara intentó buscar la palabra adecuada, y no la encontró.

—Ya sé —rio Rourke—. Ese hombre es muchas cosas. Pero no os fallará.

—Está bien —dijo Merissa.

—Os llamaré después —advirtió Tank a Merissa. Le dio otro beso y abandonó la cabaña con Rourke.

De camino a casa, se detuvo en una joyería de la localidad. Las navidades estaban ya encima, y quería regalarle a Merissa algo muy especial. Sabía que le gustaban los rubíes. Sonrió mientras escogía un juego de anillos.

CAPÍTULO 9

A Merissa le resultó incómodo tener a Carson como huésped. El hombre no decía una palabra. Sin abrir la boca, las saludó con la cabeza nada más levantarse por la mañana, y se pasó el día entrando y saliendo de la casa. Revisó todas las habitaciones. También tenían un ático, pero Merissa le aseguró que era minúsculo y que necesitaban una escalera para acceder. Ellas ni siquiera tenían una.

Al segundo día, Merissa se atrevió a preguntarle si le apetecía un café cuando lo vio salir de la habitación de invitados.

Él se detuvo, observando su expresión recelosa. Era mucho más alto que ella, más o menos de la misma estatura que Dalton. Pero rígido y sombrío.

—No hay problema, si no le apetece —se apresuró a añadir ella—. Era un ofrecimiento cortés. Quiero decir que si no quiere comer con nosotras, no... Aunque a nosotras no nos importaría, siempre tenemos comida de sobra.

Carson pensó que le gustaba su timidez. No era algo muy habitual. Bueno, la pequeña y perversa secretaria de Grier también se mostraba tímida cuando no lo estaba atacando verbalmente. Detestaba pensar en ella. Y detestaba haberle hecho daño...

Merissa tragó saliva al ver su expresión súbitamente furiosa. Tenía terror a los hombres furiosos: era algo que había aprendido a una edad muy temprana con su padre.

Carson, que se dio cuenta, se obligó a relajar el gesto.

—Agradezco su ofrecimiento, pero me dan de comer en el rancho Kirk. Así de paso, vigilo a Dalton —sonrió—. Está muy encariñado con usted.

Ella le devolvió la sonrisa, y su rostro se iluminó.

—Yo también estoy muy encariñada con él... —le confesó—. Es un hombre... muy especial.

—Él siente lo mismo por usted —pareció vacilar—. La verdad es que ahora me apetecería un café.

La expresión de Merissa volvió a iluminarse.

—Acabo de preparar una cafetera. Es bastante fuerte —dijo, titubeando un poco.

—Me gusta el café que se puede cortar con un cuchillo.

Se quedó sorprendida de la diferencia que se operaba en su rostro cuando sonreía. Era un hombre muy extraño, reservado e introvertido. Pero podía sentir la tragedia en su alma. Una tragedia enorme.

La mirada de Merissa se volvió de repente opaca: era la señal de que estaba viendo cosas muy alejadas en el tiempo. Le sirvió una taza y se la puso delante. Luego se sentó con la suya, frente a él, con gesto preocupado.

Carson era perspicaz. Estaba al tanto de su don.

—Usted sabe cosas sobre mí —pronunció en voz baja.

—Sí —le confesó ella.

—Y no de fuentes de información convencionales.

—Eso también es verdad —lo miró con sincera compasión—. Lamento mucho lo que le sucedió.

La expresión de Carson se endureció por un instante y, de pronto, volvió a relajarse. Se quedó mirando fijamente la taza de café.

—Nunca he hablado de esto con nadie —confesó en

voz baja—. Mis padres murieron, los dos. No tengo hermanos. Solo tengo un par de primos repartidos entre las reservas de Lakotas y Cheyennes del norte. Nadie especialmente cercano. Ya no.

—Perder al niño fue lo peor —adivinó Merissa con tono monocorde, la mirada distante—. Ella le engañó —su rostro se tensó—. Pero usted no tuvo la culpa —dijo de pronto, clavando la mirada en sus ojos sorprendidos—. Él había bebido aquella noche...

Carson inspiró profundamente, de golpe.

—Eso no lo sabía usted, ¿verdad? —continuó ella, asintiendo—. Debería consultar el informe policial. Fue por eso por lo que tuvieron el accidente. Él no pretendía matarla a ella, ni tampoco a sí mismo.

—Yo los perseguí —pronunció él con los dientes apretados.

—Claro que lo hizo. Usted era joven y estaba enamorado, y ella le había hecho daño. Es no es algo bueno, pero es humano. Fue un error. Aun así, usted sigue castigándose por ello. ¿Qué clase de vida es esa? —le preguntó con voz tierna.

Él se mordió el labio con tanta fuerza que casi se hizo sangre.

—Lo sé —añadió Merissa—. Usted no habla de estas cosas con nadie. Pero yo... yo no soy como el resto de la gente —se interrumpió, tragando saliva—. Yo sé cosas. Veo cosas. Yo no pertenezco en realidad a este mundo. Soy una proscrita. Una especie de paria. Como usted —añadió con una triste sonrisa.

Él la estaba mirando con su verdadero rostro, aquel que ocultaba a todo el mundo. Un rostro triste y vulnerable.

—Un pariente de mi mujer me dijo que el niño era mío. Estaba embarazada de siete meses, pero no me quería a mí. Le quería a él. Él le pegaba, la maltrataba... la trataba como si fuera un trapo. Pero eso no importaba. Ella no pensaba dejarlo. Yo no podía hacerla entrar en razón. Él se presentó en su casa y me vio. Le ordenó que subiera al coche. La metió en el vehículo a la fuerza, sin ninguna consideración hacia su estado, y se marcharon a toda prisa. Yo pensé... que iba a hacerle daño. Ella llevaba a mi hijo en sus entrañas. Los perseguí, intentando salvarla —cerró los ojos—. Él chocó contra un lateral del puente. Era de madera y el coche lo atravesó. Cayeron al río, desde mucha altura. Encontraron los cadáveres aguas abajo, al día siguiente.

—Lo siento tanto... —le dijo ella, sincera—. Aquello le destrozó la vida.

—Sí —reconoció, tenso—. Desde entonces, decidí que la variedad era mejor que el compromiso —parecía terriblemente cansado—. Pero no lo es. Al final del día, sigo estando solo.

—Todos estamos solos, por dentro —comentó ella con tono dulce y sereno—. Yo también he vivido así. Bueno, no lo digo por lo de la variedad... —se echó a reír—. Mi madre y yo somos creyentes. Gente anticuada. Poco aficionada al mundo moderno.

Carson ladeó la cabeza y se la quedó mirando. Inocencia. Estaba tan claro como el agua. Lo cual le recordó el rostro de Carlie, tan ingenuo e inocente como el de una niña. Recordó también lo que le había dicho a la joven, y eso lo llenó de vergüenza. Una vez más.

De repente Merissa frunció el ceño.

—Hubo una agresión —pronunció con tono monótono—. Con un cuchillo. Ella intentó salvarlo...

—¿Ella? ¿Quién?

—Ella trabaja para un hombre de uniforme —dijo, y parpadeó varias veces—. Lo siento. No puedo ver más. Pero hay secretos, secretos terribles. Ella no conoce ni la mínima parte. Su padre... —se aclaró la garganta—. Lo siento. Ya no puedo ver más.

Carson sabía lo que había estado viendo. A Carlie. Recordaba el extraño pliegue que había visto en su camiseta, a la altura del hombro, y el miedo cerval que le daban los cuchillos. Recordó lo que ella le había dicho sobre que su padre había sido atacado con un cuchillo. Quizá ella hubiese sufrido alguna herida durante aquel ataque. ¡Y él le había dicho que le gustaban las mujeres bonitas y físicamente perfectas! Casi gruñó en voz alta.

—Usted posee un don extraordinario —logró pronunciar al cabo de un momento.

—Un don y una maldición —lo corrigió ella—. Detesto la mayor parte de las cosas que veo. Aunque eso fue lo que salvó a Dalton. Yo le dije que su vida estaba amenazada por causa de algo que no lograba recordar. Él no tenía la menor idea.

Carson asintió.

—Ese hombre probablemente habría matado a Dalton si usted no lo hubiera alertado —vaciló por un instante—. ¿Qué es lo que ve en mi futuro, si no le importa que se lo pregunte?

Ella lo estudió durante un buen rato. Sus ojos volvieron a adquirir aquella mirada opaca.

—Su pasado empañará su futuro —pronunció en voz baja—. Es como una pared que se interpone entre usted y algo que desea. Algo que tiene miedo de desear.

Carson frunció el ceño.

—¿Sabe lo que es, exactamente?

Ella inspiró profundo.

—Lo siento. Esto no funciona así. Es como ver el contorno general de las cosas, pero no el contenido. Como un esqueleto sin carne.

Él sonrió.

—Bueno, supongo que preferiría mentir sobre mi pasado cuando llegue lo que tenga que venir —dijo, frunciendo los labios.

—Mentir nunca es bueno —señaló ella—. Aunque resulte dolorosa, la verdad es el mejor camino.

—Quizá —reconoció él. Terminó su café y se levantó—. Gracias —dijo con tono solemne.

—¿Por qué? —le preguntó ella.

Sonrió.

—Por haberme escuchado.

Ella le devolvió la sonrisa.

—Podría añadir que nunca hablo de asuntos personales con gente que no está directamente relacionada con ellos. No le contaré a nadie lo que sé de usted —apretó los labios—. Ni siquiera lo del cocodrilo.

—Eso no fue cosa mía, sino de Rourke. Yo solamente lo ayudé.

—¿Por qué Rourke echó a ese hombre a ese cocodrilo? —inquirió, curiosa.

La expresión de Carson se endureció.

—Ese hombre torturó a una joven, una amiga personal que es reportera gráfica. Utilizó un cuchillo. La chica conservará de por vida esas cicatrices, a no ser que recurra a la cirugía plástica, Ahora mismo, se niega a hablar de ellas. Las llama sus medallas del valor.

—Qué mujer tan valiente —comentó Merissa.

—Mucho. Rourke la conoce desde que era niño. La detesta la mayor parte del tiempo, sin embargo. Solo Dios sabe por qué. Pero se puso como un loco cuando la secuestraron.

—Sí. Yo la vi —replicó ella—. Y le conté a Rourke lo que vi.

Él arqueó las cejas.

Merissa se limitó a sonreír.

Carson sacudió la cabeza. Lo había captado. Ella no compartía lo que veía. Solo con la gente implicada directamente.

—Me voy a trabajar. Deme una voz si me necesita.

—Así lo haré. Gracias —añadió ella con tono suave—. Por cuidar de nosotras.

—Solo estoy controlando el perímetro de la finca —rio—. No creo que estén realmente en peligro, ninguna de las dos. Creo que ese tipo solo está intentando poner nervioso a Dalton, hacerle bailar —su mirada se tornó fría—. Es peligroso ese sujeto, quienquiera que sea.

—Ojalá supiéramos por qué ha fijado su objetivo en Dalton —señaló, preocupada.

—¿Alguna idea? —le preguntó él.

Merissa negó con la cabeza.

—No puedo ver las cosas con tanta precisión. ¡Ojalá pudiera!

Carson asintió. Se marchó, dejándola sumida en sus reflexiones.

Más tarde, aquel mismo día, Merissa recibió una llamada de teléfono.

—Mala suerte. Lo de tu padre, quiero decir —pronunció una voz con un fuerte acento *cockney*.

—¿Quién es? —preguntó, aunque ya lo sabía. Era obvio—. ¿Por qué envió a mi padre aquí?

—Si tu novio se hubiera mantenido al margen, tu padre me habría resuelto un problema.

—¿Qué problema? —estaba mirando por la ventana, deseosa de que entrara Carson.

—No quiero que le digas a Dalton nada más. No quiero que le pongas sobre aviso, bruja —añadió con un tono helado, implacable.

—No puede detenerme a no ser que me mate —replicó furiosa.

—No tengo por qué amenazarte a ti. Siempre está tu mamá.

El corazón se le detuvo. Clara había ido al pueblo a comprar.

—¿Qué es lo que le ha hecho? —exigió saber, aterrada.

—Relájate. Está a salvo. Al menos por hoy —se interrumpió—. Quiero que dejes de leerle el futuro a Kirk. Dile cualquier otra cosa sobre mí, sobre el pasado, y tu madre pagará por ello, ¿me entiendes?

Merissa tragó saliva.

—Sí.

—Yo me enteraré. Puede que tu chico haya retirado los micrófonos, pero tengo un par de ellos que no encontrará.

—Hay alguien más —dijo de repente ella con el tono de voz que empleaba cuando estaba leyendo a alguien, cuando tomaba contacto con una especie de nebulosa fuerza que le proporcionaba una inteligencia de origen ignoto—. Alguien que lo sabe todo sobre usted. Usted cree que está muerto, pero no lo está, está... —se interrumpió rápidamente—. Aunque mate a Dalton, esa otra persona lo contará todo. Hay hombres buscándolo ahora mismo.

—¿Qué hombres? ¿Dónde?

Merissa parpadeó sorprendida.

—No lo sé —dijo. Tenía la voz desgarrada de dolor—. Esto no es como leer un libro o ver una película. Solo son sensaciones, impresiones —titubeó—. Debería usted marcharse lejos ahora mismo, mientras todavía esté a tiempo —pronunció con voz ronca—. Puedo ver su futuro. Si yo fuera su amiga, y le estuviera leyendo el porvenir, ni siquiera se lo contaría, de lo horrible que es...

—Esto es simplemente patético —le espetó él—. ¿Te crees que yo me trago esas cosas? ¡Te las estás inventando!

—Si de verdad piensa usted eso, ¿por qué entonces quiere que deje de decírselas a Dalton? —inquirió con lógica.

Se hizo un silencio. Carson entró justo en aquel momento y ella se puso a señalar frenéticamente el teléfono, esperando que comprendiera.

No tardó en hacerlo. Fue directamente al despacho de Merissa.

—No me lo creo —respondió al fin el hombre, irritado.

—Dalton tampoco —le aseguró ella.

—Ya. Pero tú le advertiste de que yo andaba detrás de él —replicó—. Tú lo sabías.

—¡Sí, lo sabía, pero lo que no sé es el motivo, y Dalton tampoco! ¿Qué es lo que quiere?

Siguió otro silencio, como si ella lo hubiera sorprendido con la sinceridad de su tono.

—¿Y bien? —insistió—. Está tomando como objetivo a un hombre que ni siquiera sabe por qué —le espetó, furiosa—. Es del otro hombre de quien debería preocuparse. Él sabe que usted...

Esa vez escuchó una profunda inspiración al otro lado de la línea.

—Bueno, al diablo —pareció decirse a sí mismo—. Sé de quién estás hablando. Gracias por el aviso, chica. ¡Me ocuparé de ese pequeño problema ahora mismo!

Y colgó.

Merissa se quedó mirando el teléfono, horrorizada. Al revelarle su futuro, había empujado a aquel hombre a matar a otro. Ella no sabía quién era aquel otro hombre, de manera que no podía alertarlo. ¡Quienquiera que fuera iba a morir por su culpa!

Carson se reunió nuevamente con ella, vacilando.

Ella lo miró aterrada mientras colgaba el teléfono.

—He podido rastrear la llamada —le informó—. ¿Qué le ha dicho él?

—Yo le he dicho que tenía que preocuparse de otro hombre y no de Dalton, un hombre que lo conocía y que contaría lo que había visto. ¡No sé quién es, pero morirá por culpa mía! —gimió—. ¡Lo he matado yo!

Carson se le acercó.

—No lo ha hecho —le aseguró. Entrecerró sus ojos negros—. ¿La ha amenazado?

—Ha amenazado a mi madre —explicó, deprimida—. Dice que, si le cuento a Dalton algo más, él se enterará. Dice que Rourke no localizó todos los micrófonos...

Él alzó rápidamente una mano y empezó a guiarla fuera de la casa.

—Rourke retiró todos los micrófonos —comentó en caso de que los estuvieran espiando—. Ese hombre le ha mentido. Él no puede escuchar lo que estamos hablando aquí. Este lugar es perfectamente seguro.

—¿De veras? —le preguntó ella, siguiéndole la corriente.

—Totalmente. Venga aquí un momento, quiero enseñarle algo.

Merissa lo siguió fuera del porche, hacia el jardín.

—Me encargaré de que Rourke venga a hacer otro barrido —le aseguró Carson.

—¿Pero qué pasa con el hombre...?

—Intentaremos encontrarlo. Haré algunas llamadas. No es culpa suya. Usted estaba intentando salvar a su madre.

Parecía terriblemente agotada.

—Estoy tan cansada de todo esto... ¿terminará alguna vez?

—Sí que terminará. Se lo prometo.

Sonrió con expresión triste. No estaba nada convencida.

Clara volvió a casa y Merissa estuvo hablando con ella en el jardín, contándole lo que había sucedido durante su ausencia.

—Quizá deberíamos trasladarnos a casa de los Kirk —sugirió Clara, preocupada.

—Pasado mañana es Navidad —repuso Merissa con tono suave—. No quiero molestar a su familia de esa manera. Estaremos bien, seguro —le prometió—. Ya sé que da un poco de miedo, pero confío en Carson. Es un hombre bueno.

—Es muy raro —Clara se echó a reír—. Pero si tú confías en él, yo también —le aseguró, abrazándola—. Pobrecita mía. Han sido unas semanas tan traumáticas... Deberíamos recuperarnos. Quiero decir, siempre hemos vivido nuestros momentos buenos después de los malos, ¿no?

Merissa asintió, suspirando.

—Eso espero.

—No diré nada en la casa que se refiera a Dalton, o a los espías, micrófonos y demás —le prometió Clara. De repente se puso seria—. La gente del pueblo está hablando de la muerte de Bill. Otra vez vamos a ser el tema de todos los rumores. ¿Y qué vamos a hacer con el funeral, cariño?

—¿Nos corresponderá enterrarlo a nosotras, o querrá esa novia suya hacerse cargo de todo? Podríamos pedirle al sheriff Banks que la llamara.

—Sí —aceptó Clara—. Qué hombre más malo, ese desconocido que envió a Bill aquí para que volviera a maltratarnos horriblemente... —cerró los ojos—. Fue él quien mató a Bill.

—Y puede que yo le haya ayudado a matar a otra persona —le confesó Merissa, angustiada, y procedió a explicarse.

—Quizá yo podría ayudarte si me esforzara por leer el futuro, como tú —caviló Clara.

—¿Lo harías? En ciertas cosas eres mejor que yo. Sí, eso podría ayudar. Lo que descubrieras se lo contaríamos a Dalton —Merissa sacudió la cabeza—. Me temo que el sheriff piensa que llevamos sombreros puntiagudos y bailamos desnudas en torno a fogatas en el corazón del bosque.

—Es un hombre bueno —señaló Clara—. Lo que es pasa es que es muy normal. Muy convencional. Los fenómenos paranormales no tienen ningún lugar en su vida.

—En eso, es como la mayoría de la gente.

—Oh, me encontré con el doctor Harrison —informó Clara—. Me preguntó por tus dolores de cabeza.

—Van mejor —dijo Merissa—. Aunque ojalá desaparecieran de una vez... —gruñó mientras entraban en la cocina—. Ayer compré más medicinas y las guardé en la mesilla de noche. No sé lo que haría sin esas píldoras.

—Al menos ahora estás tomando algo que funciona. Carson dijo que quería acercarse a ver a Dalton —frunció los labios—. ¿Te gustaría acompañarlo? —le preguntó, risueña.

La expresión de Merissa se iluminó.

—¿Puedo? ¡Voy a por mi abrigo! —se dirigió a la puerta—. Carson, ¿podría ir con usted?

Él alzó una mano y señaló el coche que acababa de arrancar.

—¡Solo será un momento! —recogió el abrigo, besó a su madre y corrió hacia el coche.

Carson le abrió la puerta y sonrió ante la cara de sorpresa que puso Merissa.

—Mi madre tiene unos modales exquisitos —explicó mientras se dirigían al rancho Kirk—. Ella me los transmitió a mí.

—Ese es un detalle bonito en un hombre —observó ella.

—Y con las mujeres obra maravillas —bromeó él.

Ella se lo quedó mirando fijamente, en silencio.

—Las mujeres serán su ruina —le dijo de pronto—.

Perdone, no era mi intención decírselo así... —se ruborizó.

—No se preocupe —le aseguró, volviéndose para mirarla—. Pero... ¿qué ha querido decir?

—Que su pasado afectará a su futuro —repitió lo que le había dicho antes.

—¿Quiere decir que voy a encontrar a alguna deliciosa e inocente ricura que pensará que soy un libertino y me evitará precisamente por ello? —se echó a reír.

En realidad, la visión que acababa de tener Merissa no era nada divertida. Pero quizá fuera preferible no describírsela con detalle.

—Algo parecido, me temo —respondió sin comprometerse. Sin embargo, aquello iba a resultar mucho más serio que lo que él se imaginaba. No parecía considerar su alocado estilo de vida como un problema. Y precisamente ese se convertiría en el peor de todos.

Llegaron al rancho Kirk y Dalton interrumpió la conversación que estaba teniendo con uno de sus hombres. Para cuando Merissa bajó del vehículo, sonreía de oreja a oreja mientras se dirigía a recibirla.

—¡Qué agradable sorpresa! —exclamó, y la abrazó—. Pensaba ir a verte después. Me has ahorrado un viaje.

Ella sonrió.

—He tenido un pequeño incidente.

Tank miró inmediatamente a Carson.

—¡Hey! —protestó Carson, indignado—. Yo no estoy cazando en zona vedada...

Tank pareció avergonzarse.

—Perdona.

Carson se limitó a reír por lo bajo.

—Necesito hablar con Rourke.

—Está en casa. Adelante.

Asintió y los dejó solos.

—No es nada de eso —le dijo Merissa en voz baja—. Carson... no es lo que parece. Me llamó el otro hombre, el que anda detrás de ti.

—¿Qué te dijo? —le preguntó de inmediato Dalton, preocupado.

—Que si te contaba algo más sobre él, se enteraría y haría pagar a mi madre por ello —apretó los dientes—. Luego yo cometí un descuido y le dije que había otra persona, alguien a quien él creía muerto, que sabía mucho más que tú y que estaba dispuesto a contarlo —se le llenaron los ojos de lágrimas—. Él matará a ese hombre, y yo ni siquiera sé quién es ni cómo ponerle sobre aviso —alzó la mirada hacia Tank—. No quiero que ningún inocente muera por mi culpa.

Él la acercó hacia sí y la abrazó.

—Descubriremos su identidad y le avisaremos. No te lo tomes tan a pecho. Puede que te hayas equivocado, por una vez.

—No lo creo.

—Te preocupas mucho.

Ella esbozó una mueca.

—No lo creas. Agoté mis nervios contigo, pensando que ese hombre podía matarte...

Él le tocó los labios con la punta de los dedos.

—Soy un tipo duro de matar. En serio —aquello le arrancó una sonrisa—. Vamos dentro.

—No podré quedarme mucho tiempo —le informó, preocupada—. Mamá está sola. Tengo miedo por ella...

Mientras ella hablaba, Carson bajó los escalones del porche y se dirigió a su coche.

—Me vuelvo a la cabaña. ¿Te encargarás tú de llevar a Merissa a casa? —le preguntó a Tank.

—Por supuesto —sonrió.
—Gracias. Hasta luego.
Y se marchó, despidiéndose con la mano.

Tank hizo entrar a Merissa en la casa. La familia al completo se encontraba en el salón, jugando con Mallory y con el pequeñín de Morie en la alfombra. Incluso Bolinda, ya en avanzado estado de gestación, estaba sentada en el suelo junto a su marido, Cane. Todos parecían absolutamente fascinados.

Había un árbol enorme y profusamente decorado en una esquina de la habitación, con paquetes de alegres colores apilados al pie, formando un montón que llegaba hasta la segunda rama. Tank le había explicado que el árbol era artificial porque Morie padecía alergias que les impedían tener uno de verdad.

—El árbol es precioso —susurró.

Él se echó a reír.

—Morie siempre lo pone la víspera de Acción de Gracias. Y ya se queda hasta Año Nuevo.

—Nosotras siempre ponemos el nuestro tarde. Pero, por lo general, lo quitamos al día siguiente de Navidad.

—Yo podría acercarme a tu casa para ayudarte a quitarlo —le ofreció él con una sonrisa—. Puedo llegar a la copa sin escalera para descolgar la estrella.

Ella se echó a reír.

—No tenemos estrella. Pero eso sería estupendo.

Tank sonrió de oreja a oreja.

De repente Merissa alzó la mirada hacia él, preocupada.

—No pasa nada. Tranquila —le dijo en voz baja, pasándole un brazo por los hombros. Se dirigió con ella hacia el sofá.

Cuatro personas y un bebé se volvieron para mirarla.

Ella se ruborizó, pegándose más a Tank.

—Toma asiento, elige un feo y nada biodegradable juguete de plástico, pero funcional y muy vistoso, y súmate a la diversión —la invitó Mallory con una sonrisa, tendiéndole un sonajero.

Aquello consiguió romper el hielo. Merissa soltó una carcajada mientras aceptaba el juguete.

—Siéntate —le pidió Morie, sonriendo también—. No mordemos. Te lo aseguro.

Así lo hizo Merissa, y Tank se dejó caer en el sofá, a su lado.

—Tú siempre fuiste muy buena conmigo en el colegio, cuando los demás no lo eran —le comentó Merissa a Bolinda—. Al final tuve que dejar que me sacaran de allí porque ya no podía soportarlo más.

Bolinda se estiró para palmearle el brazo.

—Las diferencias entre la gente no son malas: al contrario. Tú posees un verdadero don. Todos te estamos muy agradecidos por haber advertido a Tank a tiempo de que salvara la vida.

—Amén —secundó Mallory, y Cane asintió—. Ya nos hemos acostumbrado a él. Pese a que yo toco el piano mucho mejor —añadió, irónico.

—¡Desafío, desafío! —gritó Cane.

—Así es. Si te consideras mejor que yo, eso tienes que demostrarlo —le provocó Mallory con actitud prepotente.

Tank flexionó los dedos y sonrió a Merissa, que se estaba riendo.

—De acuerdo —fue hacia el piano—. ¿Alguna petición?

—Lo que sea excepto el tercero de Rachmaninoff —dijo Mallory con amargura, aludiendo al tercer concierto para piano del gran compositor ruso, casi imposible de interpretar.

—Es un envidioso —le dijo Tank a Merissa en un murmullo previsto para que lo oyera todo el mundo—. Es que yo sé tocarla y él no.

—Podría hacerlo si quisiera —masculló Mallory.

—A mí me encanta *Send in the Clowns* —dijo Merissa con tono soñador.

Tank arqueó las cejas.

—¿He dicho algo malo? —inquirió, preocupada.

—Es su favorita —dijo Cane, y se echó a reír.

—¡Oh! —se ruborizó cuando se encontró con la tierna y penetrante mirada de Tank.

—Gustos similares en música —bromeó él—. No es una mala cosa, ni mucho menos. Allá va.

Empezó a tocar. Merissa cerró los ojos para embeberse de la dulce belleza de la música. Fue algo mágico, maravilloso, intemporal. Su madre tenía un disco de Judy Collins con la canción, herencia a su vez de la abuela de Merissa, a la que le encantaba. Se había enamorado de aquella canción mucho tiempo atrás. Aun sin la letra, la melodía era exquisita.

Tank terminó. Al ver que se estaba enjugando las lágrimas, sonrió,

—De acuerdo —invitó a Mallory, que sonreía con su hijo en los brazos—. Te toca.

Mallory besó al pequeño y lo dejó en manos de Morie.

—Voy.

Tank se levantó de la banqueta del piano y volvió a sentarse en el sofá, junto a Merissa. Mallory flexionó los dedos, lanzó a Tank una engreída sonrisa y atacó su pieza favorita, la rapsodia de la película *August Rush*.

Merissa lo contempló fascinada. Cuando acabó, rompió a aplaudir.

—Lo siento —le dijo a Tank.

Él se echó a reír.

—No hay necesidad. En realidad, él es mejor que yo. Lo que pasa es que de cuando en cuando me gusta provocarlo. ¡Bravo, Mallory! —exclamó, y se puso a aplaudir también—. Me rindo a un maestro.

Mallory hizo una burlona reverencia y fue a buscar al bebé para seguir jugando con él.

—¿Un café? —preguntó Morie, levantándose al tiempo que entregaba al niño a su padre.

—Gracias, me encantaría —respondió Merissa.

—Ven conmigo —la invitó, sonriente.

Merissa sonrió a Tank y fue a reunirse con la mujer en la cocina.

—Puedes encargarte de las tazas —rio Morie—. Están en aquel armario.

Merissa fue a buscarlas. Eran tazas toscas y blancas. Las miró sorprendida. El rancho Kirk era enorme. Había esperado porcelana fina, como poco.

Morie advirtió su expresión y se sonrió.

—Solo usamos la porcelana en la cena de navidad —explicó—. A nadie le gusta tener que fregar esas piezas tan delicadas. Estas, sin embargo —señaló las tazas— se acoplan bien en el lavavajillas y no se rompen nunca.

—La verdad es que no sois para nada como me esperaba —le confesó Merissa, tímida—. Quiero decir que yo conocía a Bolinda del colegio y ella siempre fue muy amable conmigo. Pero la gente dice que tú perteneces a una importante familia ranchera de Texas. Yo creía…

En un impulso, Morie le pasó un brazo por los hombros y la abrazó.

—Somos gente normal y corriente —señaló—. Mi padre se siente tan cómodo conduciendo una baqueteada camioneta con la tapicería destrozada como en un Jaguar. Mi madre y él nos educaron a mi hermano y a mí para que no fuéramos un par de esnobs —añadió, riendo.

—No era mi intención expresarlo así —repuso Merissa con tono suave, y sonrió.

—Ya lo sé —Morie cortó el pastel y lo sirvió en una bandeja. La miró—. Todos estamos al tanto de lo que sucedió en vuestra cabaña. Lo siento mucho. Y justo antes de Navidad, para colmo.

—Sigo sin comprender por qué ese hombre hizo algo tan horrible. Envió a mi padre para que nos aterrorizara a las dos —cerró los ojos, estremecida—. No puedes ni imaginarte lo que nos hizo, a mi madre y a mí, antes de que viniera Dalton con los demás y nos rescatara. Dijo que me iba a matar...

Morie la abrazó entonces con fuerza, meciéndola delicadamente.

—Tranquila. Ya no volverá a hacerte daño.

Merissa se estremeció de nuevo.

—Ese hombre lo mató, en el jardín trasero de nuestra propia casa —apartándose, se secó los ojos con el pañuelo de papel que le ofreció Morie—. ¿Por qué lo mató?

—Porque eso, al parecer, servía a sus propósitos —repuso la mujer—. O por algún motivo que solo él conocía. La gente así no está en sus cabales, creo yo.

Merissa asintió.

—Es peligroso. La persona más peligrosa que he conocido nunca. Me dijo que estaría al acecho, escuchando, y que, si le contaba a Dalton algo más sobre él, mataría a mi madre.

Morie esbozó una mueca.

—Si esto te sirve de consuelo, estas cosas siempre terminan resolviéndose. De una manera o de otra —su mirada era triste—. Habrás oído hablar de Joe Bascomb, ¿verdad?

—Todo el mundo ha oído hablar de él. Qué valentía la tuya cuando fuiste a buscar a Mallory después de que Bascomb lo hubiera secuestrado con la intención de dejarlo morir... Pudo haberte matado.

—Y yo era consciente de ello —explicó Morie—. Pero yo no habría tenido vida sin Mallory.

Lo había dicho con el tono más pragmático posible. Cuando vio que desviaba la mirada hacia el umbral de la cocina, en la dirección del salón, donde Mallory seguía jugando en la alfombra con su hijo, pudo leer en sus ojos el inmenso amor que profesaba a su marido.

La mujer volvió a mirar a Merissa.

—Tú habrías hecho lo mismo, si se hubiera tratado de Tank —observó, perspicaz.

—Por supuesto —respondió sin dudarlo. Inspiró profundo—. En este momento, Tank lo es todo para mí. No puedo imaginarme la vida sin él.

Morie sonrió.

—No tendrás que hacerlo, a juzgar por lo que he oído —le dijo—. Ten cuidado, que puede entrar por esa puerta en cualquier momento. No puede permanecer mucho tiempo separado de ti. Se ha pasado todo el día en la luna, intentando encontrar un pretexto para ir a verte... ¿Lo ves? —le preguntó en un susurro.

Tank apareció de repente en el umbral, con las manos en los bolsillos de los tejanos, arqueando las cejas.

—¿Vamos a tomar ese café alguna vez?

Las dos mujeres se echaron a reír.

—Acabamos de llenar la bandeja con las tazas y el pastel —le dijo Morie—. ¿Quieres llevarla tú?

Él sonrió.

—Será un placer —lanzó a Merissa una mirada que la hizo derretirse por dentro.

Dejó la bandeja en la mesa del salón y sentó a Merissa en el sofá, a su lado.

—A mí me gusta el café solo —le informó, sonriente.

Ella se echó a reír.

—Y a mí con leche y azúcar.

—No importa. Te gusta la canción *Send in the Clowns* —bromeó—. Ya iremos descubriendo más cosas en común.

—Sí —y se inclinó para servirle el café.

Demasiado pronto, Merissa tuvo que marcharse. Tank la llevó de vuelta a casa, pero se detuvo a corta distancia de la cabaña, puso la camioneta en punto muerto y soltó sus respectivos cinturones de seguridad. Cuando ella se estaba preguntando por el motivo, él la sentó sobre su regazo y empezó a besarla con pasión devoradora.

Merissa reaccionó al momento, echándole los brazos al cuello, apretándose todo lo posible contra su cuerpo.

Tank deslizó entonces una mano bajo su blusa, buscando explorar su carne suave. Continuó besándola hasta que consiguió excitarla. Fue el beso más profundo, moroso y ávido que habían compartido hasta el momento. Soltó un gruñido.

—Lo siento —susurró ella, percibiendo su angustia.

—Deberíamos casarnos —le espetó él.

CAPÍTULO 10

Merissa se apartó con un leve jadeo.
—¿Qué? —balbuceó.
Tank apretó los dientes. La veía tan perpleja que se avergonzó, y de repente su confianza en los sentimientos de Merissa se vino abajo. El juego de anillos que llevaba en el bolsillo le quemaba tanto que tenía la sensación de que iba a hacerle un agujero en el abrigo.
—Perdona. No era mi intención decirte eso —mintió—. Lo siento. Estaba fantaseando.
—No... pasa nada —dijo ella, apartándose de él y volviendo a su asiento. Se abrochó el cinturón para tener algo que hacer—. No hay problema —intentó sonreír. Por un instante había pensado que lo había dicho en serio, con lo que su corazón había dado un brinco hasta el cielo. En aquel momento, sin embargo, él estaba demasiado ocupado dando marcha atrás.
—Lo lamento de verdad...
—Oh, no tienes por qué disculparte —se apresuró a asegurarle ella—. Sé que a veces los hombres dicen cosas que no quieren decir realmente cuando... bueno, ya sabes —se sonrojó. Tank parecía realmente avergonzado por lo que acababa de decir. Ella solo pretendía aliviar su azoro—.

En cualquier caso, yo no estoy preparada para casarme —mintió—. Así que no pasa nada. De verdad.

Aquello no pareció consolarlo, sin embargo. De hecho, tenía un aspecto desconcertado y casi humillado. Volvió a abrocharse el cinturón de seguridad, metió una marcha y continuó hasta detenerse frente a la cabaña.

Apagó el motor.

—Te acompaño dentro —le dijo en voz baja—. Quiero asegurarme de que Carson está en la casa.

—Está bien.

Entraron en silencio, sin tocarse, sin hablar. Merissa estaba preocupada. Tank debía de seguir terriblemente avergonzado por haberle soltado de golpe una propuesta de matrimonio. Se había mostrado vago acerca del futuro, pero hasta entonces nunca había hablado de boda. Ella estaba loca por él, y él parecía albergar sentimientos por ella. Pero una cosa era sentir pasión por alguien y otra muy distinta considerar la idea de pasar el resto de su vida a su lado. Quería que Tank estuviese seguro. Y anhelaba que le pidiera matrimonio cuando su mente no estuviera obnubilada por el deseo.

Así que no volvió a decir nada sobre su anterior conversación.

—¡Ya estoy en casa! —anunció Merissa.

Clara salió de la cocina.

—Ya lo veo. Hola, Dalton —lo saludó con una sonrisa.

Él asintió con la cabeza, pero no sonrió.

—Solo quería asegurarme de que todo está bien —dijo a las mujeres—. Volveré mañana. Que paséis una buena noche —y se marchó sin mirar siquiera a Merissa.

—¿Qué ha pasado? —quiso saber Clara, preocupada.

Merissa inspiró profundo.

—No estoy segura. Y no puedo hablar de ello ahora mismo —añadió en voz baja—. Perdona.

Clara la abrazó,

—Tómate una buena taza de chocolate caliente mientras yo pelo las patatas para la cena. Carson está fuera, trabajando en algún proyecto suyo. No me ha dicho de qué se trata.

—¿Está cerca de la casa? —le preguntó Merissa, curiosa.

—En realidad, no —contestó su madre—. Iba a instalar algunos aparatos de vigilancia en el perímetro de la finca. ¿Por qué?

—Solo preguntaba —tenía una sensación inquietante, pero no podía expresarla con palabras. Volvió a suspirar y se frotó las sienes.

—¿No será otro dolor de cabeza? —le preguntó Clara, preocupada.

—No —respondió—. Por el momento no, al menos.

—¿Sabes dónde dejaste la medicina que te prescribieron?

—Por supuesto —dijo Merissa, y sonrió débilmente—. Está en mi mesilla de noche, donde siempre la guardo —ladeó la cabeza—. Crees que debería tomarme una píldora, ¿verdad?

—Pareces preocupada y Dalton parecía... no sé, raro.

Merissa desvió la mirada.

—Hemos tenido un pequeño... malentendido.

Clara le palmeó un hombro, cariñosa.

—Todavía es muy temprano —le dijo con tono suave—. En realidad no os conocéis tan bien el uno al otro. El tiempo se encargará de solucionar eso.

—Eso espero —se encogió de hombros.

—Las cosas suelen ser algo difíciles al principio. Pero él está muy encariñado contigo. Y no lo oculta.

Merissa asintió. Miró a su madre. Clara le había preparado un tazón de chocolate caliente. Se lo puso delante, en la mesa. Luego llenó una gran fuente de patatas, sacó un cuchillo y se sentó a pelarlas.

—Lleva tiempo que las personas se acostumbren a estar juntas y a confiar las unas en las otras —le dijo a Merissa—. Tank ha estado solo durante mucho tiempo.

—Y es muy rico —murmuró Merissa.

—Y tú tienes miedo de que él te considere una cazafortunas —rio Clara—. Eres la persona menos interesada que he conocido nunca.

—Aun así, su estilo de vida es muy diferente del nuestro.

—Es un ranchero. Adora a los animales. Adora la tierra. En ese sentido, es como nosotras. Y lo mismo sus hermanos y sus esposas.

Merissa esbozó una mueca. Bebió un sorbo de chocolate caliente y suspiró de puro placer.

—Nadie hace el chocolate como tú.

—Gracias, querida.

De repente Clara se quedó callada.

—Estás pensando en mi padre, ¿verdad? —le preguntó Merissa.

—Sí. Al principio le quise mucho —confesó—. Tuvo una muerte horrible. Y fue horrible que lo empujaran a venir aquí para luego sacrificarlo —alzó la mirada—. Era un hombre malvado. Pero ni un perro se merecería morir así.

—Lo sé —Merissa se quedó mirando fijamente el tazón de chocolate—. Quien debería haber muerto así es el otro hombre. El que envió aquí a mi padre. El que está intentando matar a Dalton.

Clara se interrumpió de golpe, con el cuchillo en el aire.

—No debes hablar así —la reprochó con tono suave.

—Lo sé —reconoció Merissa—. ¿Sabes? He visto su muerte. Y es más horrible de lo que podrías imaginar nunca —se estremeció.

—Hablemos de algo más agradable.

—Tengo entendido que un hombre fabulosamente rico está organizando una misión tripulada a Marte y quiere voluntarios —dijo Merissa con una sonrisa—. Lo único que necesito es un traje espacial.

—No puedes ir.

—¿Por qué no?

Clara se echó a reír.

—Tienes un fantástico futuro por delante aquí mismo, en Wyoming. Y no, no voy a decirte yo cuál es.

Merissa esbozó una mueca.

—Bueno, desde luego Dalton no está en ese futuro, eso te lo puedo asegurar. Casi dejó un rastro de fuego cuando se marchó de aquí a toda velocidad.

Clara no dijo una palabra. Simplemente sonrió.

Fue casi inevitable: la migraña. Sobrevino una hora o dos después de la extraña conversación que había tenido con Tank.

Estaba sentada en el salón viendo las noticias con su madre cuando empezó a sentir los efectos.

Se frotó las sienes con un gesto de evidente dolor. Era como si le estuvieran clavando un cuchillo en el ojo derecho. Cuando volvió a abrirlo, su campo de visión se parecía a la pantalla de una televisión con interferencias.

—Oh, Dios mío... —exclamó, sintiendo el principio de la náusea.

—Será mejor que te tomes algo mientras todavía puedes —le aconsejó su madre, preocupada.

—Lo haré ahora mismo.

Fue rápidamente a su habitación y localizó el frasco con las píldoras que estaba tomando para los dolores de cabeza. Debería haberle extrañado que no estuviera en el cajón de la mesilla, donde solía guardarlo. Estaba sobre la propia mesilla, bajo la lámpara. Pero la migraña era tan fuerte que le impidió prestar atención a ese detalle.

Se llevó una píldora a la boca y bebió un poco de agua para tragarla. Le habían dicho que tomara dos, pero confiaba en que, si la tomaba suficientemente temprano, no tendría necesidad de otra.

Mientras bebía agua de la botella que había encontrado en la mesilla, junto a las píldoras, desvió la mirada hacia la ventana, distraída. La persiana estaba torcida. La enderezó antes de tumbarse en la cama. Clara se presentó con una toalla húmeda y se la puso sobre los ojos.

—Quédate quieta, cariño —le sugirió—. Pasará pronto. ¿Quieres que te traiga algo?

—No, estaré… bien. Solo he tomado una píldora. Quizá con eso sea suficiente. Apaga la luz y corre las cortinas, ¿quieres? —susurró.

—Ahora mismo.

Así lo hizo, y salió de puntillas, cerrando la espalda a su espalda.

El teléfono sonó en el rancho Kirk. Fue Mallory quien respondió.

—¿Diga?

Escuchó una sarta de palabras atropelladas de Clara, en tono histérico. Mientras escuchaba, la expresión de Mallory se tornó súbitamente grave.

—Sí, se lo diré. ¿Está Carson con vosotras? —escuchó y asintió—. Está bien. ¿Llamasteis a urgencias? Sí, ahora mismo vamos para allá. Intenta tranquilizarte.

—¿Qué pasa? —preguntaron los demás, al unísono.

—Merissa está en el hospital. Parece que tomó una pastilla para el dolor de cabeza y sufrió una mala reacción. Vamos a recoger a Clara de camino para allá.

Antes de que su hermano pudiera terminar la frase, Tank ya estaba corriendo hacia la puerta trasera de la casa.

Mallory llamó a Darby por el móvil.

—Llévalo tú, aunque proteste —ordenó al capataz después de ponerle brevemente al tanto de la situación—. Se matará si se empeña en conducir él solo. No te preocupes por Clara: nosotros la recogeremos y la llevaremos al hospital —se interrumpió de golpe—. Ella dijo que Carson había salido a instalar unos dispositivos en la finca, con lo que debió de perderlas de vista por un rato... Pero ya nos ocuparemos de eso después. Llévate a Tank al hospital. ¡Y date prisa! —cortó la comunicación y se volvió hacia su familia—. Darby lo llevará al hospital del pueblo.

—Yo también debería ir —dijo Cane.

—Sí. Morie, tú quédate aquí con el bebé. Y tú deberías quedarte también —añadió, sonriendo a Bolinda—. Sí, ya lo sé, pero el tiempo es bastante malo y tú estás delicada. Morie necesita que alguien se quede con ella —mintió.

—Así es —aseveró Morie.

—Está bien, pero dadle muchos besos a Merissa de mi padre —les encomendó Bodie, resignada.

Cane lanzó a su hermano una mirada agradecida.

—Lo mismo digo —encargó Morie a su marido.

Él asintió, la besó con ternura y dejó que Cane se despidiera breve aunque apasionadamente de su esposa. Salieron rápidamente para recoger a Clara y dirigirse al hospital.

Tank estaba paseando nervioso por la sala de espera.

—¿Cómo está? —preguntó Mallory cuando Clara, Cane y él se le acercaron.

—Mal —respondió con voz temblorosa—. No me quieren decir nada más porque no soy pariente —añadió, furioso.

—Tranquilo —dijo Clara. Había estado llorando, pero en aquel momento tenía una actitud mucho más positiva—. Averiguaré lo que está pasando.

—Entregaste a los sanitarios las píldoras que ella había estado tomando, ¿verdad? —inquirió Mallory.

—Sí. Lo primero que pensé fue que se trataba de una reacción alérgica. Ella solo tomó una, así que tal vez la reacción no sea tan grave. Me aseguré de que se llevaran el frasco. Veré si puedo averiguar algo más —y se dirigió al mostrador de urgencias.

—Antes me dijeron que le estaban haciendo pruebas —explicó Tank a sus hermanos—. ¡Pruebas! Y no me permiten verla —gruñó.

—Tranquilo —le dijo Cane con tono suave—. Respira hondo. Pronto sabremos algo, ¿de acuerdo?

Tank intentó serenarse. Asintió con la cabeza.

Mallory le puso una mano en el hombro.

—La primera regla de los médicos es no hacer daño —le recordó—. Si empiezan a tratarla sin saber realmente lo que tiene, eso podría matarla. Si no estuvieras tan alterado, lo sabrías tú mismo.

Tank alzó la mirada hacia su hermano con un brillo de terror en los ojos. El terror a que Merissa no se recuperara, a que la ambulancia no hubiera llegado a tiempo...

La médica, una mujer pequeña y morena, con bata, se acercó a donde estaban los hermanos. La acompañaba Clara, visiblemente aliviada.

—Todo está bien. Ahora sabemos cómo tratarla —explicó, sonriendo—. Lo curioso es que, después de hacer el análisis toxicológico de las píldoras y de las muestras de sangre, seguíamos sin entender cómo había podido confundir una sustancia así con un remedio para la jaqueca. No había más rastros: ni en la boca, ni en la ropa...

—¿Qué era? —inquirió Tank,

—Podría darle el nombre técnico, pero probablemente reconozcan este: Malathion. Se usa...

—Como pesticida —se le adelantó Tank—. Sí, nosotros lo utilizamos en el rancho. Está considerado como uno de los métodos más seguros de...

—Las píldoras fueron manipuladas —la interrumpió la médica con tono suave—. Alguien sustituyó el contenido de la medicación para la migraña por Malathion. Fue un trabajo muy meticuloso. Aunque en una sola cápsula no había suficiente cantidad para matarla, sí que la había para ponerla muy enferma. Las demás píldoras del frasco también estaban rellenadas con pesticida, en una forma muy pura. He avisado a las autoridades. Mi opinión como médica es que fue deliberadamente envenenada.

—¡Dios mío! —exclamó Tank, tenso y desesperado—. ¿Vivirá?

—Eso creo —respondió la médica, con un tono de cautela—. La mantendremos con asistencia cardiovascular, le suministraremos antídotos, la tendremos sedada. Mientras tanto, necesitarán ustedes hablar con el sheriff —añadió—. Este es un asunto muy feo. Que alguien le haya hecho eso a una mujer tan joven... Es algo monstruoso.

—Sí, que lo es —le dio la razón Tank—. ¿Puedo verla? —preguntó—. ¿Por favor?

—¿Y yo? —suplicó Clara.

La médica era una mujer amable, pero firme.

—Me encantaría decirles que sí, pero ahora debemos trabajar para salvarle la vida. Si hubiera ingerido más cápsulas, o la ambulancia hubiera tardado algo más, ahora mismo estaría muerta.

—¿Cuándo podremos verla? —insistió Tank.

—Vuelvan dentro de algunas horas. Ya veremos entonces —prometió—. Mientras tanto, intenten no preocuparse demasiado. Creo que el pronóstico es bueno, sobre todo teniendo en cuenta la rapidez con la que ha sido atendida.

—De acuerdo entonces —forzó una sonrisa—. Gracias.

La médica sonrió a su vez.

—La cuidaremos bien.

Tank no quería marcharse. Quería sentarse junto a Merissa, reconfortarla, aferrarse a ella. Cuando pensaba en que la habían envenenado deliberadamente, y de manera tan traicionera, se moría de ganas de matar al hombre que lo había tomado a él como objetivo.

—Tenemos que encontrar a ese canalla —dijo a sus hermanos cuando se dirigían a casa de Clara—. ¡Tenemos que encontrarlo ya, antes de que la mate. ¿Por qué no me mata a mí y ya está? —exclamó angustiado.

—Es una tortura. Está jugando contigo —señaló Cane con tono suave—. Si ese tipo hubiera puesto más cantidad de Malathion en esas cápsulas, ahora mismo ella estaría muerta. Quería asustarte.

—Bueno, pues lo ha conseguido —masculló Tank, apretando los dientes.

Nadie hizo comentario alguno. Mallory, que era quien conducía, aparcó frente a la cabaña. Bajaron los tres, junto con Clara.

—Cody todavía no ha venido —advirtió Mallory, mirando a su alrededor y refiriéndose al sheriff—. Le llamé antes de salir del hospital.

—¿Podemos ver su habitación? —le preguntó Tank a Clara.

—Claro…

—No —se opuso Mallory, deteniéndolo—. Ahora mismo es el escenario de un crimen. Dejemos que primero lo analice el detective de Cody.

—El escenario de un crimen... —repitió Tank, aturdido.

—Intento de homicidio —precisó Mallory, tenso—. Si lo atrapamos ahora, lo encerrarán por bastante tiempo. Solo tenemos que demostrar que fue él.

Carson apareció por un lateral de la casa.

—He instalado cámaras encima de cámaras... —se detuvo de repente en seco, mirando sin comprender a los demás—. ¿Qué ha pasado?

—¿No has oído la ambulancia? —le preguntó Tank, perplejo.

—¿Qué ambulancia? —frunció el ceño—. No, he estado por toda la finca instalando sensores —se los quedó mirando fijamente—. Oh, Dios mío. ¿Merissa?

—Se pondrá bien, al menos eso es lo que dice la doctora —respondió Tank con gesto hosco y preocupado. Cuando miró a Clara, que estaba sonriendo y asentía, se relajó un tanto.

—Solo he estado ausente media hora... —gruñó Carson—. No imaginé que me llevaría tanto tiempo. ¡Dios, lo siento! —se dirigió a Clara.

—No pasa nada —dijo ella—. Se va a poner bien.

—El sheriff está en camino —informó Tank a Carson—. Con su detective. No toques nada.

Carson entrecerró los ojos.

—Yo acompañaré al detective si el culpable dejó algún rastro. Soy capaz de rastrear a una hormiga —se acercó a Tank—. Puedes pegarme un puñetazo, si quieres. Me lo merezco.

—Se suponía que te habías quedado aquí para protegerlas —le reprochó Tank—. Yo habría podido hacer lo mismo. Menos mal que no ha muerto.

—¿Qué le ha pasado? —quiso saber Carson, todavía ceñudo.

—Se tomó lo que ella pensaba era su medicación para las migrañas —explicó Clara—, pero resultó que alguien había sustituido la sustancia de la cápsulas por Malathion. Es un milagro que eso no la matara. Solo se tomó una cápsula, gracias a Dios.

—No creo que ese fuera su propósito en absoluto —insistió Mallory—. Dudo que él pretendiera matarla. Está jugando con Tank.

—Yo conocí a un tipo así una vez, uno que trabajaba en operaciones especiales —dijo Carson, frunciendo el ceño—. Eb lo conocía. Participó en una misión especial al otro lado del Atlántico. Se trataba de un independiente contratado por el gobierno, como nosotros. Su especialidad eran las ejecuciones extrajudiciales, pero no con armamento militar. Le encargaron acabar con un analista militar, pero lo hizo a lo largo del tiempo, usando cada día un veneno diferente para atormentar al tipo hasta que le suministró la dosis final. A ninguno de nosotros nos gustaba la manera en que trabajaba. Le encantaba matar.

Los hermanos se miraron entre sí, como si repente hubieran tenido la misma idea.

—¿Qué aspecto tenía? —le preguntó Tank.

—No llamaba la atención —respondió—. Estatura media, voz nasal. Lo único destacable de su físico era su pelo. Era de un color naranja fuerte.

—Seguro que eso le serviría para camuflarse bien —comentó Cane, irónico.

—Se escondía el pelo incluso cuando salía de misión por las noches, cuando no había mucho riesgo de que alguien lo descubriera. Trabajaba con cuchillos. En una ocasión se jactó de uno de sus «trabajos», pero cuando vio nuestra reacción, se calló de golpe —la expresión de Carson se endureció—. Cualquiera que disfrute matando necesita ayuda médica. Yo lo hacía por razones ideológicas, para ayudar a salvar a gente inocente. Él lo hacía por diversión.

—Ese hombre... —masculló Tank—. ¿Tenía una muesca en una oreja?

Carson parpadeó perplejo.

—¿Una qué?

—¿Un corte en una oreja, como una cicatriz en forma de hendidura?

—No lo recuerdo. Si lo vi, no me fijé —sonrió levemente—. Estaba demasiado ocupado mirando aquella mata de pelo que parecía una llama.

El teléfono de Tank sonó en ese momento. Era del hospital. De hecho, era la doctora, a quien había dado su número de teléfono.

—Está despierta —le informó la médica— y ya se siente algo mejor.

—Voy para allá —anunció Tank.

—Ve —le dijo Mallory al ver que dudaba, porque habían ido en un solo vehículo—. Toma —le lanzó las llaves—. Llamaré a Darby para que venga a buscarnos.

—De acuerdo. ¡Gracias! —echó a correr hacia la camioneta.

—¡No corras mucho! —gritó Cane—. ¡Con una tragedia por día ya es suficiente!

—¡No subiré de ciento veinte! —les aseguró Tank.

Cane gruñó. Antes de casarse con Bolinda, había sufrido un grave accidente. Era muy prudente con la velocidad.

—Lamento que todo esto haya sucedido mientras yo estaba de guardia —dijo Carson—. Me despisté. No volverá a ocurrir.

—Todos cometemos errores de cuando en cuando —le aseguró Mallory.

Dos vehículos se aproximaron a la cabaña mientras Tank se alejaba. Eran el sheriff Banks y su detective.

Saludaron a los hombres, hicieron algunas preguntas a Clara y empezaron a analizar la habitación de Merissa. No tardó en resultar obvio que la ventana se había quedado abierta y que alguien había entrado por ella recientemente. En el alféizar había un resto de nieve derretida y, al otro lado de la ventana, media huella de bota, entre las hojas. Sacaron un molde de la huella.

Cuando el detective hubo recogido todas las pruebas que pudo encontrar, y otro agente fue despachado al hospital para hacerse con el frasco de cápsulas, Carson y el propio técnico se internaron en el bosque para seguir el rastro de la huella.

Mallory y Cane volvieron al rancho para poner a sus mujeres al tanto de lo sucedido.

En el hospital, Tank se sentó junto a la camilla de Merissa en la unidad de cuidados intensivos, sosteniéndole la mano.

—Me has dado un susto de muerte, cariño —le dijo con voz tierna.

Ella logró esbozar una débil sonrisa.

—Me siento fatal.

—Te vas a poner bien —le aseguró con firmeza—. Nadie volverá a tocarte ni a acercarse a ti. Haré lo que sea para mantenerte a salvo.

—Tengo náuseas... —se quejó.

—Seguro que te están dando algo para calmarlas.

—Sí. Eso me han dicho. ¿Cómo está mamá? —preguntó de pronto—. ¡Estaba tan asustada!

—Se encuentra bien —respondió—. Vino con nosotros para hablar con la doctora.

—¿Sabes lo que me pasó? —le preguntó ella.

Él le volvió la mano y le acarició la palma.

—Alguien manipuló las cápsulas de medicación que te habían prescrito para los dolores de cabeza —explicó, sombrío—. Todavía no sabemos cómo lo hizo, pero sí sabemos al cien por cien quién fue.

Ella inspiró profundo, esforzándose por combatir la náusea.

—Guau. Y eso que solo me tomé una cápsula —susurró—. Recuerdo que mamá me lo preguntó cuando vino la ambulancia.

Tank le apretó la mano.

—Gracias a Dios que solo te tomaste una.

—¿Qué puso ese hombre dentro?

—Malathion —masculló—. Insecticida. Una sustancia muy peligrosa. Solemos tomar muchas precauciones cuando la usamos en el rancho. Una vez, uno de nuestros trabajadores quedó cubierto de Malathion. Tuvimos que mandar descontaminarlo y avisar, por supuesto, a los paramédicos. Pero eso fue un accidente: lo que te sucedió a ti, no. El técnico del sheriff probablemente querrá hablar contigo, también.

—Le contaré todo lo que pueda —alzó la mirada hasta su rostro—. Recuerdo que las persianas de la ventana estaban algo torcidas. No se me ocurrió pensar en ello… simplemente las puse derechas y me acosté. La cabeza me dolía mucho. Ah, y las cápsulas no estaban en mi cajón. ¿Por qué no dije nada? Nunca las dejo fuera de su sitio… y además tenían un olor extraño, pero pensé que era la migraña lo que me estaba haciendo oler cosas raras.

—Normal. Te dolía mucho la cabeza —sonrió con ternura—. Menudo susto nos has dado.

—Lo siento —le devolvió la sonrisa.

La expresión de Tank se volvió sombría.

—Tenemos que atrapar a ese tipo, antes de que haga algo peor.

—Estoy totalmente de acuerdo Por desgracia, yo no voy a ser capaz de ayudarte a perseguirlo y echarle el lazo —bromeó—. A juzgar por lo que me ha dicho la doctora, voy a pasarme varios días en el hospital.

—Aquí estás a salvo.

—Sí —suspiró—. Pero mañana es Nochebuena —se quejó—. Mamá estará sola.

—No te preocupes por Clara —añadió Tank antes de que ella pudiera continuar—. Tenemos gente vigilándola.

—Está bien.

—Carson se ofreció a que le propinara un puñetazo —le contó—. Le remordía la conciencia por haber estado ausente de la cabaña cuando pasó todo esto.

—Estaba intentando protegernos —lo defendió ella—. No te enfades con él.

Tank frunció el ceño.

—¡No me digas que está obrando esa magia suya también contigo!

—¿Perdón?

Desvió la mirada. No había pensado en Carson como en un rival. Pero en aquel momento, recordando el éxito de aquel hombre con las mujeres, estaba consternado. Merissa había estado a punto de ser suya antes de que Carson apareciera en escena. Y a partir de aquel momento se había mostrado más bien retraída con él. ¿Por culpa de Carson?

La miró.

—Carson y tú... habéis estado hablando, ¿verdad?

Merissa asintió.

—Él no es lo que parece —le aseguró con tono suave. Sonrió—. Ha tenido una vida muy dura.

—¿Te lo contó él?

—Sí. No es la clase de hombre que va hablando por ahí

de su vida privada. Pero me contó mucho. Y me dio mucha pena.

—Entiendo.

—Así que no lo culpes —le pidió con voz dulce—. Sé que se estará sintiendo muy mal, como si me hubiera fallado. Pero esto habría podido suceder en cualquier momento. Ese hombre parece saber muy bien cómo sorprender a la gente —añadió en voz baja—. Es como una serpiente. Puede infiltrarse en cualquier parte sin que lo vean.

—Lo encontraremos.

Merissa volvió a apoyar la cabeza en la almohada.

—Tienes que tener mucho cuidado —le aconsejó ella—. Si tomas medicinas, revísalas antes de ingerirlas...

—En eso te llevo ventaja —le aseguró él—. Pero es imposible que alguien se cuele en mi casa sin que lo descubramos.

—No des eso por supuesto. Yo hice lo mismo y mira dónde estoy.

Tank esbozó una mueca.

—Pudiste haber muerto.

—Sí. Pero ese hombre falló —dijo ella—. Y eso dañará su autoconfianza. Le obligará a pararse y a replantearse sus métodos. Y eso te dará a ti la oportunidad de descubrir su identidad —le apretó la mano—. Dalton, ese hombre ha hecho esto antes. No exactamente de esta forma, pero ha matado a alguien. Alguien importante. Esa es tu pista, la que tienes que seguir para... —tragó saliva y le soltó la mano—. Lo siento. Tengo tanto... sueño.

—No pasa nada. Descansa. Volveré a verte mañana.

—Gracias.

Tank sonrió, pese a que nunca había tenido tan pocas ganas de hacerlo.

—Hey, ¿para qué están los amigos? —le preguntó con ternura.

Ella abrió los ojos y lo miró. Algo relumbró en ellos, algo extraño. Pero, al final, simplemente sonrió y dijo:

—Está bien —y volvió a cerrarlos.

La dejó. Su mente estaba trabajando a toda velocidad. Quería propinar a Carson una buena paliza. Aquel hombre era el diablo en persona. Recordaba cómo había encandilado a la bella azafata, todo sonrisas y zalamerías. Con aquella mujer, una desconocida, no le había importado. Pero ahora se trataba de Merissa. Y Merissa era suya.

Si no se hubiera equivocado tanto cuando le soltó su propuesta de matrimonio a bocajarro... Hasta había llevado el juego de anillos en el bolsillo. Había estado a punto de ponerle uno en la mano y declararse. Y no era así como había querido hacer las cosas. Él quería cortejarla. Enviarle flores, hacerle regalos, dar paseos con ella a la luz de la luna. Pero había perdido la partida cuando la sintió tan cálida y tan dispuesta en sus brazos.

A ella le encantaba besarlo, estaba seguro de ello. Pero se estaba retrayendo, y justo cuando él quería acercarse más, mucho más.

¿Los estaría separando Carson? ¿Era acaso un rival? Y si lo era, ¿cómo podía él, que no era ningún mujeriego, competir? El pensamiento lo atormentaba.

—¿Qué es lo que sabes de Carson? —preguntó a Rourke poco después, cuando estaban tomando nuevas precauciones en el rancho.

Rourke enarcó las cejas.

—No mucho. ¿Por qué?

—Le contó cosas a Merissa.

—¿Oh? —un brillo de curiosidad había empezado a

asomar en el único ojo de Rourke—. ¿Qué clase de cosas?

—Diablos, no lo sé —masculló. Se pasó una mano por el pelo—. Es un tipo muy sutil. Cuando despliega sus encantos, las mujeres caen rendidas a sus pies.

—Bueno, sí, eso es verdad. Pero es hombre de aventuras de una sola noche, si eso te consuela.

—¿Qué quieres decir? —preguntó Tank.

—Quiero decir que nunca sale dos veces con la misma mujer. No tiene poder para retenerlas. De hecho, si quieres saber mi sincera opinión —añadió—, él odia a las mujeres.

Tank le lanzó una mirada incrédula.

—No, no estoy de broma —continuó Rourke mientras terminaba de conectar dos cables a un monitor—. Una vez incluso me lo llegó a confesar: dijo que las mujeres no eran buenas para nada. Que eran capaces de arrastrarse por el hombre que las trataba como un trapo, mientras daban la espalda al que estaba dispuesto a morir por ellas.

—Lo contrario de eso es a menudo cierto —comentó Tank.

—Lo sé.

—Yo también lo he visto en acción —agregó Rourke—. Y no puedo decir que no sienta un punto de envidia. Yo nunca tuve esa suerte con las damas.

—Pues no es eso lo que he oído de ti —repuso Tank.

Rourke se encogió de hombros.

—Yo soy como Carson. Me gusta la variedad.

Tank apretó los labios.

—Tengo entendido que ayudaste a Carson a alimentar a un cocodrilo con carne humana… por una mujer.

La expresión de Rourke se endureció de golpe. Desvió la vista y no volvió a pronunciar una palabra más.

—Disculpa —dijo Tank.

Rourke seguía sin mirarlo.

—Hay cosas de las que nunca hablo. Tat es una de ellas —giró la cabeza. Su único ojo parecía arder—. Y otra es K.C. Kantor.

Tank alzó ambas manos.

—Yo no he dicho una palabra.

Rourke se encogió de hombros.

—Perdona —sintonizó el micrófono en el que estaba trabajando—. Últimamente me altero con facilidad.

—Todos tenemos nuestras debilidades. La mía está ahora mismo en una cama de hospital, suspirando por su maldito compañero mujeriego.

Rourke arqueó tanto las cejas que casi se le juntaron con la línea de nacimiento de su cabello rubio.

—¿Que ella qué?

CAPÍTULO 11

Tank se sintió avergonzado. Cambió de postura.
—Él le cuenta cosas.
Rourke se rio por lo bajo.
—Ella es de la clase de mujeres dispuestas a escuchar. Pero eso no quiere decir que esté encandilada con él —señaló.
—Bueno, yo creo...
Su móvil sonó en ese momento. Se lo desenganchó del cinturón y contestó.
—Kirk.
—¿Puedes traerte a Rourke y reunirte conmigo en el aparcamiento del Custom Kitchen? —le preguntó Carson.
—¿Para qué diablos? ¿Tienes hambre? —replicó Tank, sarcástico.
—Te lo diré cuando te vea allí —y colgó.
Transmitió el mensaje a Rourke.
—Ha encontrado algo y no quiere hablar en la casa —adivinó Rourke, muy serio.
—¿Y ha dejado a Clara sola en la cabaña? —inquirió Tank, preocupado.
—Seguro que no. Puede que sea un mujeriego, pero en su trabajo no hay nadie mejor que él.

—No estaba en la cabaña cuando Merissa estuvo a punto de morir envenenada —le recordó fríamente Tank.

—Ninguno de nosotros esperaba que ese canalla fuera a colarse en la casa para manipular su medicación —repuso Rourke. De repente frunció el ceño—. ¿No dijiste que había dejado huellas?

—Sí.

—Vaya, eso sí que es interesante —Rourke ladeó la cabeza—. ¿Es lo suficientemente hábil como para manipular una medicación con tanta eficacia y luego deja huellas?

—Necesitamos respuestas —Tank se adelantó para dirigirse a la camioneta más cercana.

—Pues creo que vamos a conseguirlas —predijo su amigo.

Clara estaba con Carson. Fue él quien le pidió que entrara en el local, con una amable sonrisa, para que se tomara un café mientras él hablaba con sus colegas.

Tank se mostraba frío y adusto. O Carson no lo notó, o no le importó. Estaba concentrado en lo que el detective del sheriff y él habían descubierto.

—Las huellas llevaban a la carretera, a un kilómetro detrás de la casa —informó Carson, apoyado con despreocupación en la camioneta, de brazos cruzados—. Allí desaparecían. Suponemos que un coche o algún otro vehículo estuvo aparcado allí. Encontramos una huella parcial de neumático en la nieve de la cuneta. No pudimos seguir el rastreo a pie, pero la oficina del sheriff dispone de perros. Marcaron el lugar con GPS y traerán sabuesos por la mañana —suspiró—. Pero, si queréis saber mi opinión, seguirán el rastro hasta una casa desierta o algún aparcamiento: otro callejón sin salida, en suma —entrecerró sus ojos negros—. Está jugando con nosotros. Eso es todo.

—Jugando. ¡Ha estado a punto de matar a una mujer! —estalló Tank.

—Para él, esto no es más que un juego —replicó Carson con tono calmado—. El del gato y el ratón. Está jugando contigo.

La expresión de Tank se volvió amenazadora, mientras que la de Carson se suavizó un tanto.

—Sé lo que ella significa para ti. No estoy minimizando la gravedad de lo que habría podido ocurrir si Merissa hubiera tomado más de una de aquellas cápsulas manipuladas con Malathion. Te estoy diciendo lo que creo que él está haciendo con todo esto.

—¿Cómo es que sabes tanto? —le preguntó Tank.

—La gente trabaja con pautas. Patrones. En la universidad, yo era un genio de las matemáticas —confesó, sorprendiéndolos—. Tengo una gran memoria fotográfica, que me vino muy bien cuando estudié la especialidad de Historia, durante mis años de estudiante. La Historia, como bien sabéis, está muy relacionada con el Derecho. Tenía en mente convertirme en un nuevo F. Lee Bailey, el gran abogado criminalista —añadió—. Pero abandoné la facultad justo antes de licenciarme, debido a... asuntos personales —se irguió—. Lo que quiero decir es que la gente contrae hábitos que los vuelve previsibles, como las ecuaciones. Ese hombre expresa unos pocos patrones básicos que pueden ayudarnos a localizarlo.

—¿Como cuáles? —inquirió Tank, ya más calmado.

—Es un maestro del disfraz, Eso ya lo sabemos. Es decidido, metódico, cuidadoso y sabe manipular medicamentos sin que lo descubran —sacudió la cabeza—. Entonces, ¿cómo es que un hombre tan meticuloso y metódico deja un rastro que hasta un niño podría seguir?

Rourke y Tank cruzaron una mirada de extrañeza.

—Precisamente estábamos hablando de ello.

—Pretende desorientaros, desequilibraros, al poner a Clara y a Merissa en peligro —continuó Carson.

—¿Y?

—Tiene miedo de que puedas recordar algo que lo perjudique, delatándolo ante las autoridades. Le gustaría matarte, pero no puede acercarse lo suficiente a ti. Así que está haciendo que te concentres en las mujeres para que así dejes de pensar en el pasado.

—Puede que tenga razón —dijo Rourke, dirigiéndose a Tank.

—Hay otra cosa —añadió Carson—. ¿Recordáis lo que os dije acerca del hombre con quien estuve trabajando, el tipo que era un experto en manipular medicamentos?

—Sí —respondió Tank.

—Tú coincidiste una vez con él, creo —le dijo Carson a Rourke—. El tipo pelirrojo que siempre estaba hablando de tiburones.

—¡Tiburones! —exclamó Tank.

—¿Qué pasa? —le preguntó Rourke, distraído.

—Tiburones —se puso a caminar de un lado a otro, frotándose la frente—. ¿Por qué no puedo recordarlo? Alguien estuvo hablando de un hombre que hablaba de los tiburones...

—Carlie —dijo Carson en voz baja—. En el despacho de Cash Grier.

—¡Sí! —Tank se volvió hacia él—. Ella dijo que el falso agente que se coló en el despacho de Cash le estuvo hablando de los tiburones, de lo incomprendidos que eran. Según ella... ¡ese tipo le contó que le gustaba nadar entre ellos en las Bahamas!

—Tiburones. Disfraces. Venenos. Las Bahamas —Carson entrecerró los ojos—. Necesito hacer un par de llamadas de teléfono.

—¿Por qué nos citaste aquí? —preguntó Rourke mientras Carson sacaba su móvil.

—El hombre que estamos buscando sabía que Merissa guardaba su medicación en la mesilla de noche y que estaba empezando a tener dolores de la cabeza. ¿Cómo lo supo?

Rourke y Tank intercambiaron una mirada de sorpresa.

—Se me pasó un micrófono. Se nos pasó a todos —le dijo Carson a Rourke.

—¡Imposible! —exclamó Rourke, furioso—. ¡Revisé las habitaciones cuatro veces, solo para estar al cien por cien seguro!

—Ayer estuviste fuera de la cabaña —señaló Tank— cuando Merissa tomó la medicina.

—Solo durante media hora.

—Entretanto, yo estaba llevando a Merissa a su casa. ¿Dónde estaba Clara?

—No lo sé, pero se lo podemos preguntar —dijo Rourke, dirigiéndose hacia el restaurante—. Si ella estuvo fuera de la cabaña durante ese lapso, eso le permitió a ese canalla colarse dentro e instalar otro micrófono.

—¿Qué pasa con las cápsulas? —inquirió Tank—. Eso habría llevado más tiempo. La doctora dijo que el trabajo de manipularlas fue casi perfecto.

—Él sabía que Merissa padecía migrañas. Lo único que necesitaba era la oportunidad de sustituir las cápsulas.

—¿Por qué no cuando estuvo instalando los micrófonos? —se preguntó Tank.

—Imagino que improvisó —repuso Rourke—. Ese hombre hace planes, pero los hace conforme se va desarrollando cada situación. Pudo haber descubierto lo de los dolores de cabeza después de instalar los primeros micrófonos. El manipulado pudo haber tenido lugar a lo largo de varios días.

—Sí —dijo Rourke—. Y pudo haber contado con que el padre de Merissa la sacaría de la cabaña para llevarla hasta él, junto con su madre —miró la dura expresión de

Tank—. Ese hombre es un desequilibrado. Brillante, pero desequilibrado.

Clara los vio entrar y les hizo señas para que se sentaran con ella. Les sonrió.

—Podríamos comer algo, aprovechando que estamos aquí —sugirió—. Luego, si pudierais llevarme al hospital...

—Yo también pensaba ir —dijo Tank, sentándose junto a ella.

—Clara —empezó Rourke una vez que pidieron algo de comer—, cuando Carson estuvo fuera instalando los dispositivos de vigilancia, ¿abandonaste la cabaña en algún momento?

Parpadeó sorprendida.

—Bueno, sí, pero solo para ir a la tintorería y dejar un edredón. No estuve fuera ni cinco minutos. ¿Por qué?

Tank y Rourke cruzaron una mirada.

—No digas nada en la casa que te importe que puedan escuchar otros —le advirtió Rourke—. Tendrás que estar permanentemente alerta. No voy a retirar el último micrófono que ha instalado ese hombre. Dejaremos que piense que somos lo suficientemente estúpidos como para no darnos cuenta de que sigue allí.

—¿Un micrófono? Pero no entiendo...

Tank le explicó por qué pensaban que había un micrófono instalado en la casa, y cómo el asesino de Bill se había enterado del lugar donde Merissa guardaba sus medicinas para las migrañas.

—Oh, Dios mío —se lamentó Clara—. Me temo que hablé demasiado. Como cuando les dije dónde estaba Bill, y al final el pobre acabó muerto —añadió con tono triste—. Y luego está el otro tipo. Aquel del que nos habló Merissa, con el que tuvo la visión. El hombre que tenía información sobre ese asesino y que pensaba delatarlo...

—No puedes salvar al mundo —murmuró Rourke, y

esbozó una perezosa sonrisa—. Yo lo sé bien. Lo he estado intentando.

Ella sonrió débilmente.

—Entiendo lo que quieres decir. Pero es muy duro saber algo y no ser capaz de advertir a nadie.

—En ese caso —le dijo Tank—, hay que pensar que si suceden algunas cosas es porque así tiene que ser. No podemos ver mucho más lejos del camino. Eso solo puede hacerlo Dios.

—Así es.

Carson entró en ese momento. Se sentó junto a Clara.

—He activado algunos contactos —informó—. Y en casa han estado haciendo progresos.

—¿De veras? —inquirió Tank.

—Parece que Cash Grier ha conseguido localizar al hombre que atacó al padre de Carlie con un cuchillo. Ha aparecido en la morgue de San Antonio. Envenenado.

—¡Dios santo! —exclamó Tank—. Merissa le dijo al falso agente que había un hombre que lo conocía y que estaba pensando en delatarlo a las autoridades. Él respondió que sabía quién era y que se ocuparía del asunto —gruñó—. Va a ser un duro golpe para Merissa.

Rourke entrecerró su único ojo.

—No se lo digas.

—El tipo tenía un largo historial por violación —añadió Carson—. Una de sus detenciones fue por ese cargo. El mundo no ha perdido nada.

—¿Llegó a hablar con las autoridades? —quiso saber Tank—. ¿Sabes algo?

—Hizo una llamada de teléfono antes de morir. A un agente de policía de San Antonio. Están intentando contactar con el agente para averiguar si la conversación llegó a producirse. Y un detalle más.

—¿Sí? —lo urgió Tank.

—El hombre estaba tomando una medicación contra las alergias. Las cápsulas también habían sido manipuladas. ¿Adivináis qué clase de sustancia tóxica contenían?

—No me lo digas —dijo Rourke—. Malathion.

—Exacto. Tuvo acceso a ella en el rancho, ¿no? —le preguntó Carson a Tank.

—Entraría en el granero, que es donde la guardamos. Pero está en un cobertizo cerrado con llave....

—Tú tienes costumbre de dejar todas tus llaves colgadas de un gancho en la puerta trasera de la casa —señaló Rourke—. ¿Abre alguna de ellas ese cobertizo?

—Merissa me advirtió sobre la imprudencia de colgar allí esas llaves el primer día que llegó a mi casa —recordó—. Dijo literalmente: «él las encontrará fácilmente».

—Mi hija es muy perceptiva... —comentó Clara con tono suave.

—Ojalá le hubiera hecho caso —gruñó Tank.

—El tipo habría encontrado alguna otra manera —intervino Carson—. Se puede usar cualquier cosa para matar a alguien, hasta el objeto doméstico más cotidiano.

—¿Como las granadas de mano? —replicó Rourke irónico—. Creo que el convoy de El Ladrón recibió el impacto de un par de ellas.

—El convoy de El Ladrón fue accidentalmente reventado por unas pocas granadas de mano lanzadas de manera igualmente accidental —explicó Carson con tono perfectamente inocente.

—Buena puntería —sonrió Rourke.

—Me gusta practicar de cuando en cuando.

Tank se disponía a hacer otra pregunta cuando la gramola del local, una verdadera reliquia del pasado, empezó a sonar. Los acordes de una melodía rockera llenaron el restaurante.

—Vaya. Como para hacerse oír con esta música —gruñó Carson.

Se trataba de un antiguo tema de Joan Jett titulado *I love Rock 'n' Roll*. Tenía un ritmo muy fuerte y había sido la canción favorita de la madre de los Kirk, ya fallecida. A Tank le evocó viejos recuerdos: sonrió mientras la escuchaba. Hasta que, de repente, frunció el ceño.

—¿Qué pasa? —le preguntó Clara.

Estaba conteniendo el aliento.

—Esa canción —dijo.

—Sí, es muy estruendosa —masculló Carson.

—¡No! El hombre que era, o que fingía ser, un agente de la DEA cuando sufrí la emboscada... —dijo Tank, sintiendo casi de nuevo el impacto de las balas en su cuerpo—. Yo oí esa canción.

—La mente te engaña en las situaciones peligrosas —empezó Rourke.

—Estaba sonando esa canción. Pero no así, no cantada... Era... no sé... como campanillas —se interrumpió mientras intentaba recordar.

—¿Campanillas? —inquirió Carson.

Rourke frunció el ceño.

—Mi... patrón —dijo, vacilando antes de revelar la verdadera naturaleza de su relación con el hombre—, posee un reloj suizo muy caro, customizado con una melodía con la que está muy encariñado. Es la obertura de la Novena Sinfonía —alzó la cabeza—. Es una melodía de campanillas. Como las de esos relojes de carillón de las iglesias.

Tank se quedó paralizado. Cerró los ojos, esforzándose todo lo posible por recordar al hombre.

—Es inútil —rezongó—. Cuando intento visualizarlo, lo único que puedo ver es esa maldita y chillona camisa de cachemira que llevaba —abrió los ojos—. Pero sé que oí campanillas. Pudo haber sido un reloj. No estoy seguro de que él llevara uno. Pero, a juzgar por su traje, no parecía que hubiera podido permitirse un caro reloj suizo con música customizada —añadió—. El traje que llevaba era del montón.

Carson sacó su móvil y abrió un buscador de Internet.

—¿Qué haces? —inquirió Tank.

—Es solo por probar —dijo—. Pero es que esa melodía me da mucha curiosidad. Como si me recordara algo muy lejano...

Pulsó el botón de búsqueda y esperó. Fue ojeando luego los resultados, un proceso que a Tank se le hizo casi eterno. Finalmente se detuvo, dio un golpe en la pantalla y su expresión se volvió aún más ceñuda.

—Hace algunos meses —dijo, alzando la mirada—, más o menos por el tiempo en que tuvo lugar la redada de Hayes Carson y la emboscada en la que tú caíste, un fiscal de distrito fue asesinado en San Antonio.

—¿Y?

—Todavía piensan que se trató de un ladrón porque fue atracado. Su mujer era rica. Él llevaba un caro reloj suizo. Dijeron que tenía una alarma musical, sin especificar la melodía. Nunca lo encontraron.

Un brillo asomó a los ojos oscuros de Tank.

—Es una posibilidad.

Carson asintió. Seguía mirando webs. De repente frunció el ceño.

—Hay una fotografía de ese fiscal, el que fue asesinado. Quiero que miréis esto —entregó su móvil a Tank, que lo tomó y se quedó pálido.

—¿Qué? —le preguntó Rourke al ver su expresión.

—La maldita camisa. La maldita camisa de cachemira —suspiró profundamente—. Se parece mucho a la que llevaba el falso agente federal.

—¿Puedes averiguar si la camisa terminó desapareciendo? —le preguntó Rourke a Carson.

—Yo me encargo de ello. Conozco un inspector de homicidios en el departamento de policía de San Antonio —dijo Rourke. Sacó su teléfono y llamó al teniente Rick Márquez.

—Rourke —dijo Rick Márquez cuando escuchó el acento sudafricano de su amigo.
—El mismo. ¿Qué tal estás?
—Ocupado —respondió, riendo—. Mi esposa va a dar a luz cualquier día de estos.
—Enhorabuena —lo felicitó Rourke.
—Gracias. Estamos eufóricos. Se avecinan grandes cambios.
—Dímelo a mí. Gracias. Escucha, estoy trabajando para un tipo aquí, en Wyoming. Se llama Tank... digo Dalton Kirk...
—Hayes Carson me habló del caso —lo interrumpió Rick—. ¿Ha habido suerte a la hora de encontrar al culpable?
—Ahí es donde espero que puedas echarnos una mano tú, de manera oficiosa —replicó Rourke—. Un fiscal de distrito de San Antonio fue asesinado hace unos meses y le robaron algunas pertenencias, ¿verdad?
—Así es —dijo Rick—. Era un buen tipo. Trabajador, honesto, implacable. Dejó esposa y dos niños pequeños. Tuvo muy mala suerte. Estaba cruzando el aparcamiento de madrugada cuando alguien se le echó encima, disparó contra él y lo desvalijó.
—Y nunca capturaron al asesino, ¿cierto?
—Cierto. ¿Por qué?
—Entiendo que un reloj figuraba entre los artículos robados... concretamente un reloj suizo muy caro.
—No lo recuerdo con exactitud, pero eso creo.
Tank le pidió ponerse al teléfono.

—Soy Dalton Kirk, teniente Márquez. ¿Su asesinado llevaba también en el momento una camisa de cachemira, que luego desapareció?

—Déjeme pensar... Oh, sí, lo recuerdo. Era uno de los aspectos más desconcertantes del homicidio. Quienquiera que lo mató, lo despojó de la camisa. Pero dejó tirada en el suelo la chaqueta del traje, que era muy cara. En suma, le robaron la cartera, el reloj y la camisa.

—¿Le dispararon en el pecho?

—En la cabeza. Había sangre, no mucha, en la chaqueta del traje. Donde sí que había era en la columna que tenía detrás...

—La camisa, ¿la identificó alguien?

—Su esposa dijo que era una camisa de alta costura, procedente de una conocida casa de modas de París... ¿qué pasa con ella? —inquirió Rick cuando oyó a Tank contener el aliento.

—El hombre que me disparó llevaba una camisa así. El sheriff Hayes Carson recuerda que el agente que estaba con él en la redada también llevaba una igual. No sé si se fijó en el reloj del hombre, pero quizá usted podría preguntárselo.

—Todo esto está tomando un rumbo muy extraño... —dijo Rick.

—¡Dígamelo a mí! Todo apunta a que tenemos al asesino de ese fiscal del distrito aquí mismo, en Wyoming, intentando matarme —dijo Tank—. Yo ignoraba por qué. Pero ahora creo que puede estar relacionado con su asesinato no resuelto de Texas.

—Es muy posible que esté en lo cierto. Cuénteme todo lo que recuerde sobre ese hombre —le pidió Rick—. Tenemos una testigo que vio huir al asesino. Tiramos de nuestra lista habitual de sospechosos, para que lo reconociera entre ellos, pero fue inútil. De hecho, francamente, la descripción que nos dio de su físico no podía ser más extraña.

—¿Y eso? —preguntó Tank.

—Ella dijo que tenía el cabello de un color rojo naranja... y que portaba un juguete inflable de piscina, para niños.

—Para distraer la atención de su rostro —dedujo Tank, recordando algo que había oído decir a Carson—. O para dejar en ridículo a la testigo cuando les proporcionara esa descripción. Probablemente recogió el juguete de algún jardín cuando estaba huyendo de la escena del crimen.

—Es muy posible, sí.

—Cuéntele lo del hombre que apuñaló al padre de Carlie Blair. El tipo murió envenenado —le sugirió Carson.

Así lo hizo, pero Márquez ya lo sabía. Aunque no había conectado los dos casos. Rick Márquez añadió que quizá no existiera tal conexión, pero lo comprobaría de todas formas.

—Puede que no sea nada, pero tengo la sensación de que todo está relacionado. Ordenaré a mis hombres que lo comprueben. Páseme otra vez a Rourke. Ah, encantado de conocerle, por cierto —rio Márquez.

—Lo mismo digo —devolvió el móvil a Rourke.

Rourke escuchó por un momento.

—Sí. Eso es. Ese tipo intentó envenenar a una joven, una amiga de Dalton, y la ha estado poniendo repetidamente en la línea de fuego. Instaló micrófonos en la casa de los Kirk y en la de ella. Al principio creíamos que era un simple chalado, pero ahora estamos empezando a pensar que se está jugando mucho con esto. Al parecer tenía miedo de que Dalton pudiera recordar su identidad, relacionarlo con aquel asesinato. Y lo mismo rige para el sheriff Hayes Carson. Eso también explica por qué quiso borrar los discos duros del ordenador de la oficina de Hayes. No quería que nadie viera la camisa que tenía, posiblemente el reloj también, y estableciera una conexión.

—Lo cual nos lleva a la siguiente pregunta: si se trata de un asesino poco convencional, ¿por qué está tan preocupado de que puedan relacionarlo con un asesinato particular? —inquirió Rick.

—Él hizo que pareciera un robo, ¿no? —dijo Rourke, pensativo—. Quizá no quería que lo relacionaran con algún caso de los que llevaba el fiscal del distrito.

—¡Diablos! Menudo detective estás hecho, Rourke —exclamó Márquez—. ¿Qué tal si dejas de alimentar a cocodrilos con carne humana y te vienes a trabajar conmigo? Tendrías café gratis y una plaza de aparcamiento.

—Lo siento —replicó Rourke—. Lo de alimentar a los cocodrilos es una actividad un poco más lucrativa en este momento. Este es ni número de móvil. Estaré con los Kirk, así que, si necesitas contactar con Dalton, esta será la mejor manera. Puede que sus teléfonos no sean seguros. Tendremos que volver a revisarlo todo.

—Buena idea.

Rourke le dio el número y, poco después, cortaba la comunicación.

—¡Bueno! —exclamó Tank—. ¡Y todo esto, por un asesinato en Texas!

—Parece que los casos están conectados —repuso Rourke. Sacudió la cabeza—. Pero la verdad es que no tiene mucho sentido. Ese tipo se ha tomado una enorme cantidad de molestias para cubrir sus huellas, pero, desde entonces, se ha señalado a sí mismo como objetivo con su intento de homicidio de aquí.

—Podría estar conchabado también con los que secuestraron a Hayes Carson —sugirió Tank.

—Dos días atrás, lo habría descartado. Pero ahora creo que todo remite a ti —le dijo Carson a Tank.

—Yo estoy segura de ello —intervino Clara, que había estado todo el tiempo en silencio, escuchando—. Eso fue lo que Merissa vio. Ella dijo que te habían elegido como objetivo por algo que ni siquiera tú podías recordar. Todo eso cobra sentido ahora.

—Desde luego que sí —Tank recorrió a los hombres con la mirada—. Tenemos que ser más cuidadosos que nunca. No podemos estar seguros de que no haya colocado más micrófonos en el rancho. Durante todo el tiempo hay gente entrando y saliendo de allí, desde inspectores sanitarios hasta vaqueros, pasando por proveedores, conductores de camiones de ganado y trabajadores temporales. Es un rancho grande. Se necesita mucha gente para mantenerlo funcionando. Revisamos los antecedentes de la gente que viene más a menudo, pero no solemos hacerlo con los temporales que trabajan un día o dos.

—Yo puedo chequear a todos lo que entren con un software de reconocimiento facial —ofreció Carson— Llevará tiempo, pero cualquier extraño destacará tanto como un trapo rojo.

—Buena idea. Me aseguraré de que las conversaciones de todo el mundo giren sobre temas generales, nada que ver que con cosas que puedan interesar al intruso —les dijo Tank, y miró a Clara—. Eso rige con mayor motivo para ti, y para Merissa, cuando llegue a casa.

La mujer asintió.

—Seremos muy cuidadosas esta vez.

—Te conseguiré un emisor de interferencias —le prometió Carson con una sonrisa—. Te proporcionará un mínimo de intimidad frente a cualquiera que pueda estar escuchando.

—Gracias —repuso Clara.

La camarera apareció con las bandejas de comida, en su mayor parte pavo y carnes rellenas en honor a la Navidad, y comieron en silencio durante un buen rato.

Tras acabar de comer, y de despedirse de los dos hombres, Tank llevó a Clara al hospital.

Rourke subió en el coche con Carson. Le lanzó una extraña mirada.

—¿Qué pasa? —inquirió Carson.

—Nada. Hay algo que me da curiosidad —se encogió de hombros. Vio que Carson arqueaba una ceja antes de concentrar su atención en la carretera—. Has cambiado.

—Explícate.

—En todo el tiempo que te conozco, no había nada que odiaras más que las mujeres. Y ahora, de repente, eres un donjuán.

—La variedad es la salsa de la vida.

—Hace un año no decías eso.

Carson soltó una fría carcajada.

—Ya. Tengo cambios de humor. A veces pienso en ciertas cosas, y las mujeres descienden en la escala de valores como una piedra cayendo en picado. Durante un tiempo fui «míster Conservador». Pero entonces sufrí una... tragedia personal —dijo, en referencia a la trágica muerte de su esposa—. Después de aquello, empecé a mirar a las mujeres de una manera distinta. Bueno, la mayor parte del tiempo, al menos. Diablos, quieren jugar en la misma liga que los hombres, aumentar sus conquistas, reírse de los compromisos... ¿por qué no debería yo aprovechar las oportunidades que ellas mismas me ofrecen? —reflexionó en voz alta—. No soy ningún monje.

—Ni yo —repuso Rourke. Sonrió—. Pero yo no estoy en tu liga —sacudió la cabeza—. Diablos, tú tienes mucho talento para eso.

Carson rio por lo bajo.

—Sí, la verdad es que hago acopio de muchos ramilletes de flores. Algunas tienen los tallos largos, otros cortos. Pero cuanto más bellas son, más las disfruto. Por un tiempo.

—Las mujeres que no son bellas pueden tener otras cualidades —señaló Rourke.

—Eso no es lo mío. A mí no me gustan las mujeres normalitas de actitud anticuada.

Rourke lo miró. La frase la había pronunciado con un tono venenoso, resentido.

—Has conocido a algunas, ¿eh?

—A una —Carson pensó en Carlie y en lo que le había dicho. Cerró en redondo su mente—. La vida es demasiado corta para no apreciar una belleza cuando se te engancha al brazo y te ronronea como un gatito.

Rourke sonrió.

—Ya. Supongo que tienes razón —miró por la ventanilla. Su expresión era dura como el acero—. La variedad es menos áspera que intentar lidiar con una sola mujer.

—Completamente de acuerdo —dijo Carson.

Rourke lo miró.

—Estás haciendo enfadar a Dalton. ¿Te has dado cuenta?

Carson frunció los labios.

—Celos —dijo con un fulgor de sus blancos dientes—. Si yo fuera menos escrupuloso, se la quitaría delante de sus narices. Ella es… especial.

—Muy especial —Rourke vaciló—. ¿Qué es lo que sabes de Tank?

Carson lo miró.

—Es un rico ranchero.

—Sirvió en Irak en una unidad de avanzada —le explicó Rourke—. Cuando un tanque arrinconó a su unidad, fue a por él y lo destruyó. Por eso lo llaman así.

—Impresionante.

—Regresó a casa sin apenas un rasguño. Por aquel entonces no tenía nada que hacer. Sus hermanos estaban convirtiendo el rancho en un pequeño imperio, pero Dalton quería más emoción. Le gustaba la idea de un puesto federal, con un buen sueldo. Un oficial que conocía tiró de algunos hilos y le consiguió un empleo como agente de patrulla fronteriza —su expresión se volvió sombría—. Un día, un agente de la DEA se presentó en su oficina y le pidió ayuda inmediata para una redada contra un cártel de droga. Dalton no vio razón alguna para no creer en lo que le decía. Lo acompañó y cayó en una emboscada: estuvo a punto de morir. Estuvo semanas en el hospital, sufriendo operación tras operación.

—Dios —masculló Carson.

—Volvió a andar, y aquello no le ha dejado ninguna marca evidente. Pero puedo asegurarte que le dejó cicatrices que nunca se borrarán, tanto físicas como mentales. Tuvo que dejar el trabajo en la patrulla fronteriza, obviamente. Mallory y Cane habían comprado el rancho varios años antes. Los dos habían sudado sangre para levantarlo mientras Tank estuvo primero en Irak y luego trabajando como agente de fronteras. Han hecho grandes mejoras aquí. Han creado una gran empresa agraria totalmente ecológica, que ha multiplicado su valor por cien desde que se hicieron con ella —sacudió la cabeza—. Mallory es un genio para las inversiones. Tank se ocupa del *marketing* y Cane del ganado. Son unos triunfadores.

Carson se había quedado callado. Estaba pensando en las heridas de Dalton y, sobre todo, en aquellas que no mostraba a nadie. Algo que seguro le dificultaría la relación con una mujer.

—Nunca le ha oído hablar de lo mal que lo había pasado —comentó.

—Así es él. No da publicidad a sus problemas.

Carson se acordó entonces del hombro de Carlie, donde había visto el extraño pliegue de su camiseta. Se preguntó si ella, también, tendría cicatrices que no mostraba a nadie.

Rourke suspiró profundamente.

—Dios, qué cansado estoy. Espero que Márquez nos proporcione algunas respuestas que nos ayuden a resolver el caso antes de que alguien más resulte herido o muerto.

Carson volvió a apretar los labios hasta formar una fina línea.

—Pues ya somos dos.

Tank se había pasado por la tienda de regalos del hospital mientras Clara entraba a ver a su hija. Merissa estaba ya fuera de la unidad de cuidados intensivos, instalada en una habitación.

Recogió sus compras y se dirigió luego a la planta correspondiente. Con una mano oculta detrás de la espalda, llamó a la puerta y entró.

—Adelante —dijo Merissa con voz débil, pero contenta. Su mirada se iluminó al verlo. Sonrió.

—¿Qué tal, chica? —la saludó con ternura.

¿Chica?, se preguntó ella. Entonces recordó. Él le había dicho: «¿para qué están los amigos?». Y se desanimó,

Tank se dio cuenta, y el corazón se le encogió en el pecho. Se acercó a la cama.

—¿Cómo te encuentras?

—Mejor, gracias —respondió con voz ronca—. Con náuseas. Cansada. Asustada —añadió, mirando a su madre.

Clara le apretó la mano.

—Yo estoy bien, hija. Tengo mucha protección.

—Lo sé —repuso Merissa, relajándose un tanto. Miró a Tank—. Ha pasado algo, ¿verdad?

Él arqueó las cejas.

—Perdona —se disculpó, tímida—. No puedo evitarlo.

—No era una crítica… Pero sí, ha pasado algo. Lo que pasa es que no puedo decírtelo —probablemente estuviera pecando de paranoico, pero ni siquiera confiaba en que la habitación estuviera libre de micrófonos.

—Está bien —aceptó ella.

Lo había comprendido en seguida. Él no quería hablar allí. Temía quizá que hubiera micrófonos en la habitación. Después de todo, el asesino de su padre se las había arreglado para colarse en su dormitorio de la cabaña y manipular su medicación para el dolor de cabeza.

—Te he traído algo —le informó él.

—¿De veras? —una sonrisa volvió a iluminar su rostro—. ¿Es algo rico de comer? ¿Algo que no sea sopa o gelatina…?

—Es un solomillo de buey envuelto en papel de estraza —le susurró con tono de conspiración.

—¡Malo! —rio ella.

Su rostro resplandecía cuando estaba contenta. Era preciosa. Tenía que contenerse para no soltárselo de golpe.

Mostró la mano que había mantenido escondida.

—Probablemente es un poco cursi…

Merissa tomó la pequeña escultura de cerámica. Era un halcón. No, eran dos: uno macho y el otro hembra, posados sobre una rama de árbol. Una talla en madera, pintada a mano. Bellísima.

Se le llenaron los ojos de lágrimas.

—Lo conservaré siempre —le prometió, emocionada. Alzó la mirada—. ¡Gracias!

Tank sonrió. Al principio no las había tenido todas consigo, pero aquella sonrisa justificaba por sí sola el día entero.

—Me alegro de que te guste. Feliz navidad.

—Yo no te he comprado nada —le dijo ella, triste.

—Oh, eso no es un regalo de Navidad —replicó él—. Es solo un impulso que he tenido.

—De acuerdo, entonces ya me siento mejor. Gracias otra vez. ¿Te han dicho cuándo puedo irme a casa? —le preguntó a su madre.

Clara suspiró.

—Nadie me ha dicho nada sobre eso. Pero puedo preguntar, si quieres.

—¿Lo harías?

Clara sonrió.

—Claro. Ahora mismo vuelvo.

Abandonó la habitación y Tank se sentó en la silla, junto a la cama de Merissa. Tomó su pequeña mano entre las suyas y se la apretó con fuerza.

Cuando ella se encontró con su penetrante mirada, todo lo que había ocurrido desde su último encuentro se evaporó de pronto de su cabeza y tuvo la sensación de que el corazón iba a estallarle en el pecho.

CAPÍTULO 12

Tank la miraba a los ojos con doloroso anhelo. Quería confesarle lo celoso que estaba de Carson, lo mucho que deseaba retirar las palabras que le había dirigido. Quería decirle que no la quería como una simple amiga, sino como compañera para el resto de su vida.

¿Pero cómo podía hacerlo, ahora que lo había estropeado todo?

—Estás preocupado —le dijo ella con voz tierna—. ¿Quieres hablar de ello?

Sus labios formaron una fina línea. Se encogió de hombros.

—Ojalá pudiera.

Los dedos de Merissa se cerraron sobre los suyos.

—Tiene algo que ver con ese hombre —adivinó.

Él se limitó a asentir. Le volvió el dorso de la mano y esbozó una mueca al ver el gran moratón.

—Es más aparatoso que otra cosa —explicó ella—. Al principio no podían encontrar una vena, así que tuvieron que punzar ahí, por el gotero —añadió con una sonrisa, señalando el otro brazo, donde el suero circulaba por goteo hasta la aguja que tenía clavada en el brazo—. Me lo pusieron esta mañana.

—Siento mucho todo lo que ha pasado —pronunció, pesaroso—. Todos lo sentimos.

—No hay necesidad —repuso con tono suave—. Ese hombre es muy eficaz —se refería al asesino de su padre—. Empezó cuando prácticamente era un adolescente. Alguien lo entrenó, alguien experto en espionaje —su mirada se había vuelto casi opaca—. Alguien en un lugar tropical. Palmeras. Cruceros —se ruborizó.

—Sigue —la instó a continuar—. Le gustan los tiburones...

Parpadeó varias veces.

—Sí. Le gustan los tiburones. Y actúa igual que ellos. Sin emoción ni arrepentimientos. Como un simple depredador que aprovecha sus oportunidades.

Quiso preguntarle si había visto un reloj en sus visiones, pero tenía demasiado miedo de que pudieran escucharlo, caso de que aquel tipo se las hubiera arreglado para instalar micrófonos en la habitación. Sí que le había dicho lo de los tiburones. Pero, si el tipo estaba escuchando, esa información no despertaría sus sospechas. Después de todo, era consciente de que ellos sabían que había mencionado a los tiburones en una ocasión.

—Pareces cansado —comentó ella.

Logró esbozar una sonrisa mientras la miraba.

—No he estado durmiendo bien.

—Me lo imagino —repuso ella—. Toda esta preocupación por lo que ese hombre va a hacer a continuación...

—¡No! —le apretó la mano. Encogiéndose de hombros, desvió la vista—. He estado preocupado... todos hemos estado preocupados... por ti.

—Oh.

Parecía sorprendida. Él sostuvo su mirada escrutadora.

—Mis hermanos vinieron conmigo al hospital cuando

te ingresaron. Sus mujeres también querían, pero a mí no me pareció prudente que trajeran a Harrison aquí, o a Bolinda, con lo embarazada que está.

Ella sonrió.

—¡Qué amables!

—Les caes muy bien.

Merissa se ruborizó levemente y se echó a reír.

—¿No piensan que agrio la leche?

Tank negó con la cabeza.

—Somos gente muy moderna. Nada de persecuciones con horcas y antorchas.

Aquello le arrancó una carcajada.

—Al menos hoy tienes algo más de color —añadió él, suspirando.

—Me siento mucho mejor. No sé qué es lo que me han estado metiendo en la sangre, pero de verdad que ha funcionado.

—¿Has recibido alguna visita? Aparte de nosotros, quiero decir.

—Solo Carson —su mirada se suavizó—. Vino y estuvo sentado aquí unos minutos.

La expresión de Tank se heló de golpe. Le soltó la mano.

—Acabo de verlo. No me dijo que había estado contigo.

—Se sentía culpable porque nos dejó solas en la cabaña —explicó—, lo que facilitó la oportunidad a ese hombre para manipular mis medicinas.

—¿Qué le dijiste?

—Que no fue culpa suya, por supuesto —replicó—. Ya sé que no te cae bien —añadió, perspicaz—. Pero él no es lo que tú piensas. Es una buena persona.

Casi se mordió la lengua para no espetarle algunas de las cosas que sabía que Carson había hecho.

—¿Qué tal se las está arreglando mamá? —le preguntó ella, para distraerlo—. Parece que se encuentra bien, pero la he visto muy preocupada. Y cuando todavía estaba intentando superar lo de papá.

Tank se olvidó inmediatamente de sus celos.

—Se las está arreglando muy bien. Tu padre era un hombre cruel y vengativo. Cada uno elige su camino en la vida y lo recorre hasta el final. Él terminó el suyo de manera tan cruel y tan violenta como vivió.

Merissa suspiró.

—Supongo que tienes razón. Pero aun así es duro —alzó la vista—. ¿Viven tus padres?

Él negó con la cabeza.

—Nuestra madre murió hace años. Y nuestro padre también. Llevamos mucho tiempo los tres solos —sonrió, triste—. ¿Sabes? No hay nadie en el mundo que sienta tanto orgullo por ti como un padre o una madre, o la misma clase de amor incondicional. Un padre o una madre te lo perdonan todo. Supongo que todos somos más mediocres sin ellos.

—Yo siempre esperé que mi padre fuera bueno y cariñoso conmigo —repuso ella, pesarosa—. Mi padre no fue ninguna de las dos cosas. Casi desde que empecé a andar, aprendí a mantenerme alejada de él. Mamá se llevó un montón de golpes que en realidad habían estado dirigidos a mí —cerró los ojos—. Mi infancia fue una pesadilla.

Tank le acarició tiernamente la mano.

—Lo siento.

—Yo también.

Como ella no se estaba resistiendo, entrelazó los dedos con los suyos. Al hacerlo sintió una punzada de euforia, como si hubiera saltado en paracaídas desde una gran altura.

—¿Algún otro visitante? —le preguntó.

—En realidad, no —sonrió—. Solo el agente del sheriff. Me hizo un montón de preguntas para elaborar el informe.

—Supongo que Cody lo envió.
—Ya.
Desvió la mirada hacia el pasillo. Las trabajadoras del hospital estaban empujando carritos con bandejas de comida. Esbozó una mueca.

—Supongo que es la hora de comer. Tengo que marcharme —dijo, reacio.

—Aquí la comida es muy buena —le informó ella—. Bueno, excepto la gelatina. ¿No podrías pasarme un filete de contrabando? —le preguntó en un susurro.

—He oído eso —dijo una de las voluntarias desde el pasillo, con una risita.

—Lo siento. No he podido evitarlo —se disculpó Merissa.

La mujer entró con una bandeja cubierta y la dejó sobre la mesa, junto a la cama.

—Esto le gustará. No es un filete. Pero está bueno —levantó la cubierta.

—¡Carne guisada! —exclamó Merissa—. ¡Y zanahorias! ¡Me encantan las zanahorias!

—Su primera comida sólida, imagino —se dirigió Tank a la mujer.

La trabajadora se echó a reír.

—¿Cómo lo ha adivinado? Solo alguien que ha estado sometida a dieta líquida miraría con esos ojos esas zanahorias —puso los ojos en blanco—. Y también hay esto —les mostró el zumo de frutas, la leche y el pequeño helado de vainilla que contenía la bandeja.

—Creo que me he muerto y estoy en el cielo —susurró Merissa.

—No tanto, pero ha estado a punto, según tengo entendido —comentó la mujer, riendo de nuevo—. Y ahora cómaselo todo, ¿de acuerdo?

—De acuerdo —le prometió Merissa.

Tank le sonrió. Resultaba extraño, pero la voz de aquella mujer le resultaba familiar. Deseó poder identificarla. Estuvo a punto de preguntarle dónde se habían visto, pero sabía que eso habría parecido extraño, como si quisiera ligar con ella, y no quiso arriesgarse a hacer eso delante de Merissa.

La mujer se marchó. Merissa miraba entusiasmada la comida. Pero, cuando probó la carne guisada, esbozó una mueca.

—Qué extraño —murmuró.

—¿El qué?

—Supongo que estoy pecando de paranoica, pero me sabe raro. Como si alguien se hubiera pasado con el ajo... Bah, tal vez se me haya desacostumbrado el gusto —añadió, y se dispuso a llevarse el tenedor a la boca.

—No —Tank le quitó el tenedor y olió la carne. Frunció el ceño. Conocía demasiado bien aquel olor. Había trabajado, siempre con extremado cuidado, con el Malathion utilizado como pesticida. ¡Primero las cápsulas y ahora aquello!

—No vas a comerte esto —abrió su móvil y llamó a Cody Banks.

—Hola, Tank. ¿Qué tal todo?

—¿Enviaste hoy a un agente al hospital para interrogar a Merissa? —le preguntó.

—El sheriff se echó a reír.

—Bueno, todavía no —respondió—. Quiero decir, ella apenas acaba de salir de la unidad de cuidados intensivos...

Fue en ese momento cuando Tank recordó la voz que había escuchado por teléfono cuando llamó a la empresa de seguridad. Había hablado con una mujer sobre la instalación de las cámaras de videovigilancia. Era la misma voz de la mujer que había entrado con la bandeja de comida para Merissa. Aquella mujer no podía ser una simple trabajadora de hospital si era la cómplice del asesino que andaba detrás de Tank.

—¿Tank? —inquirió Cody al oír que su interlocutor se quedaba callado.

—Pensarás que estoy loco. ¿Podrías mandar a tu detective ahora mismo?

—¿Por qué?

—No cuelgues. Creo que la cómplice del asesino está trabajando aquí, y es posible que la comida que esa mujer acaba de entregar a Merissa esté envenenada. Algo peligroso. Huele al Malathion que se vende como pesticida. Y ya sabemos que esa fue la sustancia que puso en la cápsula que ingirió ella.

Cody conocía bien a Tank. No era un alarmista. Su palabra era suficientemente buena para él.

—No solo enviaré al detective, sino que lo acompañaré yo. Que nadie se lleve la bandeja hasta que yo llegue.

—Descuida.

Colgó. Merissa estaba escuchando. Parecía más nerviosa que nunca.

—Cody no envió a ningún agente para interrogarte —le dijo—. Cuéntame todo lo que recuerdes de ese hombre.

Merissa frunció el ceño.

—Era de mediana estatura y llevaba uniforme y gorra. Parecía muy amable. Me preguntó por mi madre, y yo le comenté la suerte que tenía de seguir viva. Él me dijo que probablemente el hombre no había tenido intención de matarme en aquel momento, porque si ese hubiera sido el caso habría puesto una dosis mayor de veneno en las cápsulas. Me dijo que quizá estuviera esperando el momento adecuado para eliminarme, con el objetivo de conseguir un mayor impacto —miró a Tank—. Un comentario muy extraño, ¿no te parece?

A esas alturas Tank estaba más que preocupado. Tenía ganas de salir al pasillo y localizar a aquella maldita mujer, atarla, obligarla a hablar. Quería encontrar al principal, al falso agente de la DEA. Abrió de nuevo su teléfono y llamó a Rourke.

—Será mejor que vengas. Asegúrate de que mis hermanos se queden en casa con sus esposas y que Carson esté con ellos.

—Ahorra mismo —respondió Rourke sin discutir.

—¿Rourke? —inquirió Merissa.

Tank se sonrió.

—Una vez alimentó a un cocodrilo con carne humana. Espero que no haya perdido la costumbre —añadió, solo en caso de que el canalla de la camisa de cachemira estuviera escuchando.

—¡Dalton! —exclamó con tono de reproche—. ¡Debería darte vergüenza!

Él cerró los dedos sobre los suyos.

—A lo mejor se me ocurre algo más creativo que lo del cocodrilo...

De pronto Merissa se quedó ausente, con la mirada opaca. Otra vez estaba viendo cosas.

—Está ardiendo.

—Sí, arde en deseos de matarme...

Ella sacudió la cabeza.

—No, Dalton —dijo con tono suave—. Se está quemando. Vivo —se estremeció—. Yo lo vi. No pude distinguir sus rasgos, pero era ese hombre. Está ardiendo. Grita...

Él le acarició tiernamente el pulgar con los dedos.

—No sigas. Estás sufriendo.

—Es eso lo que veo. Es la clase de cosas que veo, todo el tiempo. Muerte. Violencia. Dolor —suspiró profundamente—. Durante toda mi vida. Tenía una amiga en el instituto. Sabía que iba a morir, y de qué manera. Intenté advertirla. Ella pensó que estaba bromeando. Le dije que no fuera a nadar al lago aquel día, que un hombre a bordo de una lancha, bebido, la arrollaría —cerró los ojos—. Ella simplemente se echó a reír. Se fueron todas a nadar. Un hombre estaba conduciendo una lancha fueraborda a demasiada velocidad, borracho. No la vio. La lancha le pasó por encima y las hélices la destrozaron —una trágica expresión se dibujó en su rostro—. Después de aquello, ya no quise tener amigas —alzó la mirada hacia él—. La gente dice que lo que tengo es un don. Pero no es un don, es una maldición. Nadie que esté en sus cabales querría ver el futuro a sabiendas de que eso es lo que le está esperando.

—Nunca se me había ocurrido verlo de esta forma, supongo.

—A mí me encantaría ser normal —comentó, triste—. Ya sabes: tener un trabajo normal, hacer cosas normales, casarme, tener hijos... llevar una vida feliz.

—¿Por qué no puedes hacerlo? —le preguntó él con tono suave.

—Mis hijos sufrirían por mi culpa —respondió—. Ellos pagarían el precio de mi... don.

—No deberías tomar esa decisión basándote en ese argumento —replicó Tank con ternura—. Merissa, todos tenemos cualidades determinadas que nos diferencian. Esa no es necesariamente una mala cosa. Puede que tus hijos tengan dones similares. Eso no tiene por qué ser una maldición. Y es verdaderamente un don. Yo no estaría aquí hoy, hablando contigo, si no lo fuera.

Merissa era bien consciente de ello. Empezó a relajarse. Sonrió.

—Supongo que me estoy dejando afectar demasiado por todo esto —miró la bandeja—. Tengo tanta hambre... —se quejó.

—Haré que te traigan otra cosa, pero antes el detective de Cody tendrá que examinar eso —señaló el plato supuestamente envenenado.

La mujer que le había llevado la bandeja apareció justo en ese momento, sonriendo, con la intención de recogerla.

—Vaya, ni siquiera la ha probado —exclamó—. Eso no puede ser. Tiene que comérsela ahora mismo. Todo —se acercó a la cama—. Vamos, señorita Baker, no me lo ponga más difícil. Mire, yo la ayudaré...

—¡Ni lo sueñe! —estalló Tank.

Se levantó como un resorte en el mismo instante en que Cody Banks entraba en la habitación.

—¡Arréstala! —le dijo al sheriff, señalando a la mujer—. ¡Es la cómplice del asesino!

—Que yo soy... ¿qué...? ¡Está usted loco! —gritó la mujer, toda colorada—. ¡Yo me voy!

—No, usted no se va a ningún lado —dijo Tank, bloqueándole la salida—. Cody, creo que la comida de esa bandeja está envenenada. Hay que analizarla. Reconozco la voz de esa mujer. Trabajaba para el supuesto especialista en seguridad que llenó mi casa de micrófonos.

La mujer se lo quedó mirando de hito en hito. Pero no protestó cuando Cody la esposó y ordenó a su detective que avisara a un agente para que acudiera a detenerla.

—Quédese ahí sentada —ordenó el sheriff a la mujer, señalando una silla junto a la ventana.

—No conseguirán probar nada —rezongó ella.

—¿Eso cree? —inquirió Tank, lanzándole una mirada helada.

Hicieron un análisis toxicológico de la comida. La carne asada estaba envenenada con Malathion suficiente para matar a cualquiera que la probara. Lejos de la dosis normal que se utilizaba en el rancho como pesticida, la utilizada con Merissa era mucho mayor, bien diluida. Tank estaba seguro de que los resultados del análisis demostrarían que la sustancia coincidiría con las muestras de las cápsulas, esto es, con el Malathion almacenado bajo llave en el rancho de los Kirk.

—Dios mío, este hombre está loco —exclamó Tank cuando la médica les entregó los resultados de las pruebas que había encargado.

La doctora se mostró sombría.

—Nunca he visto un caso semejante en toda mi carrera —confesó—. ¿Qué vamos a hacer, sheriff?

Cody suspiró profundamente.

—Lo primero, poner a Merissa bajo protección constante.

—Yo me ofrezco —dijo Rourke, que poco antes se había reunido con ellos—. Tengo a otro hombre vigilando el rancho. Los dos contamos con buenos antecedentes en lo que podría llamarse... misiones de alto riesgo.

Cody le lanzó una mirada desconfiada.

—No se preocupe, que yo no he hecho nada ilegal en este país —le aseguró Rourke.

El sheriff apretó los labios.

—De acuerdo. Su amigo Carson es especialista en rastrear gente —añadió.

—Sí, sabe hacer muchas cosas —dijo Rourke—. Y seguir rastros es una de ellas. Él protegerá a los Kirk.

—Clara tendrá que mudarse con nosotros —intervino Tank—. No quiero que se quede sola en la cabaña.

—Yo me encargaré de ello —dijo Rourke—. Recogeré también el ordenador de Merissa y me lo llevaré al rancho. No me gustaría que nuestro anónimo amigo se pusiera a hurgar en él.

—Buena idea —comentó Tank—. Y que nadie diga nada de todo esto en la habitación de Merissa. Es probable que haya micrófonos, sobre todo desde que un hombre se ha hecho pasar por agente tuyo —se dirigió a Cody— y se presentó en el hospital para interrogarla.

—Esta vez nuestro hombre lo tiene muy claro —observó Rourke en voz baja—. Quiere matarla.

—Me está metiendo presión —dijo Tank—. Si ella hubiese muerto, yo no habría dedicado ni un solo segundo a pensar en el pasado. Lo que no sabe es que ya hemos hecho la conexión que tanto teme.

—¿Qué conexión? —quiso saber Cody.

—Es mejor que no lo sepas ahora mismo —repuso Tank, y le dio una palmadita en el hombro—. De todas maneras, no es algo que te concierna directamente. Al menos, no en este momento. Por ahora, nuestra única preocupación ha de ser proteger la vida de Merissa.

—Carson se quedará en el hospital hasta que ella reciba el alta —dijo Rourke.

—Menos mal —comentó Cody, ajeno a la expresión entre furiosa y ofendida de Tank—, porque yo no tengo presupuesto para eso.

—Él sí —replicó Rourke, señalando con el pulgar a Tank.

—Mi detective la interrogará, aprovechando que está aquí. Este tipo tras el que estamos está pirado —dijo el sheriff.

—Pienso lo mismo —replicó Rourke.

—¿Por qué quiere matar a una chica tan agradable? —preguntó Cody—. No lo entiendo.

—Merissa tiene visiones —contestó Tank—. Tiene miedo de que ella me ayude a recordar algo que no quiere que salga a la luz. Te lo explicaré con detalle en cuanto pueda —prometió al sheriff—. Es un asunto muy complejo.

—¿Por casualidad no tendrá algo que ver con ese caso de Texas? —preguntó Cody, irónico.

—Tal vez.

—Ya.

—Es todavía más oscuro que eso —añadió Rourke—. Esa es la pieza de un puzle. Un puzle mortal.

—Hay decenas de venenos que no tienen ni sabor ni color alguno —observó Cody—. ¿Por qué utilizó precisamente el Malathion?

—Es un gallito —respondió fríamente Tank—. Un arrogante. Piensa que todos somos unos estúpidos. Probablemente pensó que sería divertido matarla con una sustancia que usamos cotidianamente en el rancho, en dosis menores.

—Vaya —Rourke rio por lo bajo—. ¡Nos había reservado una buena sorpresa!

—Y que lo digas —dijo Tank, y se volvió hacia Cody—. ¿Podrías presionar de alguna forma a la mujer a la que acabas de detener por intento de asesinato? ¿Colgarla quizá de los pulgares? —bromeó.

El sheriff negó con la cabeza.

—Lo siento. Esas cosas se hacían en otro siglo, no en este.

—Solo era una sugerencia —murmuró Tank, y miró a Rourke—. ¿Crees que ella se dejaría sobornar? ¿Sería capaz de vender a su jefe?

—Mucho me temo que para mañana no estará viva.

—Hey, yo gestiono una cárcel segura —protestó Cody—. Ese asesino no conseguirá burlar a mis hombres. ¡Ni en un millón de años!

Rourke y Tank no contestaron. Estaban seguros de que, si el asesino decidía ejecutarla, no tendría el menor problema en hacerlo.

Y así fue. Más tarde, aquel mismo día, Rourke telefoneó a Tank, que seguía en el hospital, para comunicarle la noticia.

—La mujer que intentó envenenar a Merissa ha sufrido un infarto cuando estaba en la cárcel.

—Qué casualidad —repuso Tank. No sentía la menor compasión. Merissa podía estar en aquel momento muerta en su cama, gracias a aquella bruja.

—Ya. Lo mismo pienso yo.

—¿Sabes si recibió alguna visita?

—Un viejo con un bastón se presentó como su abogado y pidió verla. El tipo se mostró muy convincente. El agente encargado le dejó utilizar la habitación de los interrogatorios. El viejo salió cojeando, dio gracias al agente y se marchó. Encontraron a la mujer derrumbada en su silla. Los paramédicos reaccionaron con rapidez, pero todos los intentos de reanimación fracasaron. Murió nada más ingresar en el hospital. Parece que este tipo no quiere dejar ningún cabo suelto.

—Esto nos da la razón —declaró Tank, furioso.

—Así es —Rourke soltó un audible suspiro—. Malathion. Dios mío, existen miles de venenos que resultan indetectables por el gusto o el olfato. ¿Por qué usar Malathion?

—Táctica de terror —replicó Tank en voz baja—. Busca el impacto. Sabemos que puede ser muy sigiloso cuando quiere. O nos está poniendo deliberadamente un cebo, o se está volviendo torpe. Si es lo segundo, terminaremos colgándolo de los pies.

—Ojalá. Le tengo reservada una soga nueva —comentó Rourke.

Tank soltó una amarga carcajada.

—Bueno, ya veremos lo que pasa. Pero no me gusta tener a Carson aquí con ella —añadió de forma involuntaria.

—Le estás ladrando al árbol equivocado, amigo —replicó Rourke—. A Carson le gustan las relaciones fáciles, pero tu encantadora Merissa no es mujer dada a las aventuras. No es para nada su tipo.

—Espero que tengas razón.

Rourke rio por lo bajo.

—Ya verás que sí. Bueno, tengo que dejarte. Tengo la situación muy controlada en el rancho. No tienes nada de qué preocuparte.

—De acuerdo. Te tomo la palabra por lo que se refiere a la seguridad de mi familia.

—No hace falta que me recomiendes prudencia: ya la tengo, y mucha —repuso Rourke—. No pruebes alimento alguno del que no estés bien seguro. Díselo a ella, también. Carson estará vigilante, pero nunca está de más poner énfasis en ciertas cosas. El asesino ya falló con el primer veneno. Puede que no falle con un segundo veneno, ahora que ha visto frustrados sus planes —vaciló—. He visto a hombres reaccionar en esas mismas condiciones. Un hombre meticuloso, provisto de un plan, puede enfurecerse cuando algo no sucede conforme a lo esperado. En ese caso, las consecuencias pueden resultar fatales para mucha gente. Tendrás que estar muy atento.

—Un buen consejo. Lo seguiré. Gracias —se interrumpió—. Me estás siendo de gran ayuda, Rourke.

—De nada —repuso, y colgó el teléfono.

Merissa estaba muy seria, y Carson pensativo. Ninguno de los dos dijo nada cuando Tank regresó a la habitación del hospital. Frunció el ceño.

Carson suspiró.

—Este hombre piensa que tú y yo nos hemos liado aprovechando que las enfermeras no estaban mirando —le dijo a Merissa, bromista—. Entre la salida de la enfermera que te ha tomado el pulso y la ronda de la doctora —sonrió luego a Tank, que lo estaba mirando furioso—. Por cierto, solo para que lo sepas: yo nunca me enredo con mujeres tan fieles —señaló a Merissa—. Por alguna razón que no logro descifrar, no es nada aficionada al sexo en grupo.

Tank no puedo evitarlo: soltó una carcajada. También lo hizo Merissa, aunque se ruborizó levemente ante el explícito comentario.

—No quería ofenderte, por supuesto —le dijo Carson a Tank, irónico.

—No te preocupes —Tank se sentó en la única silla libre y se recostó en ella. Miró a Merissa a los ojos—. Yo soy hombre de una sola mujer.

Ella se lo quedó mirando con los ojos muy abiertos. Sus palabras y su expresión la habían llenado de extrañeza. Tal vez fuera una reacción típicamente masculina, de celos hacia otro hombre. Por otro lado, en aquel momento le estaba lanzando una mirada de puro deseo. ¿Por qué le había dicho aquello? ¿Era posible que solo pretendiera ser su amigo y nada más? ¿O lo había dicho porque no estaba seguro de ella?

—Decididamente me estoy sintiendo de más —comentó Carson, mirando a uno y a otra. Se levantó—. Me voy a por un café. ¿Quieres que te traiga uno? —preguntó a Tank.

—Sí, por favor. Con leche y sin azúcar —Tank echó mano al bolsillo y sacó un billete de veinte dólares—. Pago yo. Y no discutas —añadió—. Considéralo un pago de dietas.

—En ese caso, añadiré una barrita de chocolate —rio Carson.

—El mío lo quiero con leche y azúcar —dijo Merissa.

Carson la miró resignado.

—Si te proporcionara cafeína, las enfermeras me encerrarían en un cuarto y me harían solo Dios sabe qué cosas...

—Oh, puede estar seguro de ello —comentó de pronto

la bonita enfermera que acababa de entrar en la habitación justo en aquel momento, lanzando a Carson una lasciva mirada—. Cosas verdaderamente horribles. Inimaginables —añadió con tono burlón.

—Entiendo. ¿Cuántos cafés quieres, entonces? —le preguntó Carson a Merissa, sonriendo de oreja a oreja,

Tank se echó a reír, y lo mismo la enfermera. Carson le guiñó un ojo y se dispuso a abandonar sonriente la habitación.

La enfermera silbó por lo bajo y se abanicó la cara con gesto expresivo.

—Si no fuera una mujer felizmente casada y además madre... —murmuró sin apartar la mirada de Carson.

—Suele tener ese efecto sobre las mujeres —bromeó Tank.

—Sobre la mayoría de las mujeres, que no sobre todas —lo corrigió Merissa y miró a Tank como para confirmarle que ella no se incluía en ese grupo.

Sorprendentemente, la expresión de Tank se transformó. Se relajó. Parecía... feliz. Satisfecho. Dejó que la enfermera hiciera su trabajo y, cuando se marchó, se acercó a la cama.

—Te mentí.

—¿Perdón?

—Inclinando la cabeza, le acarició tiernamente los labios con los suyos.

—Yo no te quiero por amiga.

—¿Por enemiga, entonces? —se burló ella, pero estaba respirando aceleradamente, como si hubiera estado corriendo.

Él le mordisqueó suavemente el labio superior.

—Podemos hablar de ello cuando estés fuera del hospital y haya terminado toda esta locura.

Merissa le acarició la mejilla con sus dedos fríos y sonrió mientras los labios de Tank continuaban moviéndose sobre los suyos, con exquisita lentitud.

—De acuerdo.

Él rio por lo bajo, porque aquello no había sonado en absoluto a negativa.

Ella suspiró, admirando su hermoso rostro de rasgos duros.

—Eres tan increíblemente guapo —murmuró con voz ronca.

Tank reaccionó ruborizándose.

—¿Yo?

—Sí, tú —sonrió—. No es solo tu aspecto. Es tu forma de ser.

—En realidad no me conoces tanto —le recordó.

—Te conozco perfectamente —repuso ella—. Darías la vida por tus hermanos, por sus esposas, por toda la gente a la que quieres. En los momentos de peligro, nunca huyes. Eres honrado, y leal... y ni siquiera bebes. Ni fumas —sacudió la cabeza—. Tu único defecto real, aunque pequeño, es tu mal genio.

Tank esbozó una mueca.

—Solo aflora de cuando en cuando, y en circunstancias extremas.

—Como cuando se te mete en la cabeza que Carson está intentando seducirme —soltó una risita.

Él suspiró. Era imposible negarlo.

—Ya.

Merissa le acarició entonces la boca bien cincelada.

—Es un hombre muy atractivo. A veces parece duro como una roca, pero tiene un corazón sensible. No quiere volver a tener una relación seria con ninguna mujer, pero en alguna parte hay una jovencita que lo está volviendo loco.

—Pues tendrá que ponerse a la cola —se burló Tank.

—Carson no es así —replicó ella—. Esa joven es muy religiosa. No le gustan las cosas que ha estado descubriendo sobre él —escrutó el rostro de Tank—. Creo que esta chica le dejará impactado. No está habituado a tratar con mujeres que no piensan en el sexo como un picor que se rascan cuando sienten la necesidad.

—Tú eres de esa clase de mujeres —murmuró él.

—Sí. Pero no me gusta juzgar a nadie. No quiero imponer al mundo mi modelo de cómo me gustaría que fuera.

—Sé lo que quieres decir. Pero siempre habrá gente formal, religiosa, y mujeres que no se apuntan como otras al… al sexo en grupo —añadió, bromista.

Ella se echó a reír.

—¿Qué es lo que tiene de gracioso el sexo en grupo? —preguntó Carson con gesto altivo cuando se reunió con ellos—. ¡Cómo sois! —exclamó e hizo una pausa, con gesto teatral—. ¿Nunca habéis visto aparearse a las anacondas en los documentales del National Geographic?

Todos se echaron a reír.

Carson entregó a Tank su vaso de café y miró a Merissa con expresión aparentemente entristecida mientras se dejaba caer en la silla del otro lado de la cama.

—Lo siento, pero me habrían echado a patadas de aquí si te hubiera traído ese café.

—Lo sé. No pasa nada —le aseguró ella, sonriendo.

Tank volvió a sentarse en su silla, pero sin apartar la mirada de Merissa.

—¿Has tenido noticias del sheriff? —inquirió Carson.

—No, pero nos avisará en cuanto descubra algo. Lástima lo de esa mujer —añadió, sombrío—. Supongo que, de haberla animado un poco, habría podido contarnos algo.

—O no —replicó Carson—. Los hombres como nuestro falso agente no eligen a cómplices con la lengua suelta —cruzó los musculosos brazos sobre el pecho—. Sin embargo, un poco de investigación podría revelarnos algo.

—Estaba pensando en lo mismo —Tank sonrió a Carson, porque sabía bien lo que estaba haciendo. Sospechaba que había un micrófono en la habitación. Estaba elevando las apuestas de lo que estaba en juego, proporcionando al asesino un nuevo motivo de preocupación.

—A no ser que estuviera trabajando en alguna agencia clandestina del gobierno, esa mujer no era invisible. Tiene que haber dejado algún rastro. Y alguien tiene que haberla conocido. Tu amigo el sheriff la buscará en la base de datos a ver qué es lo que encuentra. Seguro que tiene antecedentes. Un historial no demasiado largo, quizá. Pero seguro que hay algo.

—Lo suficiente, espero —añadió Tank de forma deliberada—. Al menos como para darle algunos dolores de cabeza a nuestro amigo. Ojalá tantos como los que él me ha estado dando últimamente a mí.

—Espero que, cuando descubra que las autoridades de Texas le están investigando, se vea obligado a cambiarse de ropa interior... de puro miedo —repuso Carson y miró a Tank, para advertirle que no dijera nada.

—¿Eso crees? —no dijo más, y bebió un sorbo de café—. No está malo este café, para ser de máquina.

—Es café expreso, de marca Philistine —comentó Carson—. Verdadero café.

—¿Cómo lo has conseguido? —le preguntó Tank, sorprendido.

Carson se inclinó hacia él.

—Gracias a esa bonita enfermera. Yo solo le sonreí y comenté lo mucho que odiaba el café de esas malditas máquinas —alzó su vaso y sonrió de oreja a oreja.

Tank no pudo a resistirse a reír también. Y Merissa se limitó a sacudir la cabeza.

CAPÍTULO 13

Tank tenía que volver al rancho para ducharse, afeitarse y hablar con Cody Banks. No quería hablar con él en la habitación de hospital de Merissa en caso de que, tal como sospechaba, hubiera instalado allí algún micrófono.

Inclinándose sobre ella, la besó con ternura.

—No me importa que te traiga un solomillo y un ramo de flores: ese hombre te está prohibido. ¿Queda claro? —se burló, señalando con la cabeza a Carson.

Ella le devolvió la sonrisa.

—Clarísimo.

Él rio por lo bajo. La besó de nuevo y miró a Carson.

—¿A ti también te ha quedado claro?

Absolutamente. Conmigo está perfectamente a salvo.

—Volveré por la mañana, a primera hora, para desearte feliz navidad —le dijo a Merissa—. Que pases una buena noche.

—Lo mismo te digo —repuso ella con voz ronca.

Reacio, se marchó.

Carson lo siguió hasta el pasillo, justo al otro lado de la puerta.

—¿Por qué dijiste eso sobre la investigación de Texas?

—le preguntó Tank a Carson—. Seguro que él te ha oído.

—Nos está apretando las clavijas. Yo le estoy apretando las suyas —respondió Carson—. Tenía un plan y le salió mal. Ahora sabe que estamos explorando en otra dirección. Su chica está muerta. Seguro que está sintiendo la presión. Si comete algún error, lo atraparemos.

Tank se relajó un tanto.

—¿Sabes? Eres un tipo diabólico.

Carson adoptó una expresión de sorpresa.

—¿Quién, yo? Tengo alas. No puedes verlas, pero las tengo.

—Angelical no eres, precisamente.

—Lo sé —esbozó una mueca—. Pero por lo que a ella se refiere... —señaló con la cabeza el interior de la habitación—, lo soy. Eres tú el afortunado.

Tank se ruborizó.

—Lo sé.

—Cuidaré bien de ella. Esta vez no fallaré.

—Si necesitas ayuda, llama.

Carson asintió.

—Dile a Rourke lo que dije en la habitación. En beneficio de nuestro amigo.

—Se lo diré también a Cody.

—Cuántos más seamos, mejor —Carson sonrió con expresión enigmática—. ¿No resulta divertido esto de poner un erizo en la silla de un asesino como ese tipo?

—¿Sabes? Te doy la razón. Solo espero que podamos atraparlo antes de que la ataque de nuevo —expresó sus temores—. Esta vez estaba decidido a matarla. Y existen venenos que no podríamos detectar.

—Yo soy ahora su nuevo catador —se ofreció Carson—. Preferiría catar filetes, pero tendré que conformarme con gelatinas. Ella estará bien.

—Cuídate tú también —dijo Carson.
—Eso siempre.

Llamó a Cody y se encontró con él en el aparcamiento de un supermercado.

—Ya ni siquiera confío en mi maldito teléfono —dijo Tank—. Temo que haya micrófonos por todas partes.

—Podría ser. No hay que disculparse por ser cuidadoso. ¿Qué pasa?

—Carson mencionó en la habitación de Merissa que estábamos apuntando a Texas como posible vía de solución de este caso. Su planteamiento es que el falso agente fracasó a la hora de acabar con ella y eso le ha puesto furioso. Ahora sabe que nosotros sospechamos de una conexión texana, aunque ignora el alcance de nuestras averiguaciones. Y eso puede hacer que entre en pánico.

Cody asintió.

—No es una mala estrategia, siempre y cuando todo el mundo esté debidamente protegido. Si la venganza lo ciega, las cosas podrían empeorar.

—Lo sé —repuso Tank—. Lo último que quiero es que Merissa resulte herida. Ni ella ni nadie.

—Lo mismo digo —Cody se quedó pensativo—. Pero... ¿y si esto desviara de nuevo su atención hacia Texas y se marchara de aquí? Eso reduciría nuestras esperanzas de capturarlo.

—Y también las probabilidades de que Merissa encontrara una muerte súbita y horrible —añadió Tank, sombrío.

Cody le dio la razón.

—Sí. Yo sugeriría alertar a las autoridades de Texas y mencionarles todo esto.

—Es una muy buena idea. Lo haré tan pronto como llegue a casa.

—Si puedo ayudar, de alguna forma...

—Ya me estás ayudando, como sheriff y como amigo —le aseguró Tank, dándole una palmadita en el hombro—. Gracias.

—Hey, para eso están los amigos, ¿no?

—Lo mismo digo. Y puedes disponer de nuestra casa a tu gusto. Excepto de Diamond Bob, claro.

Diamond Bob era el famoso toro semental que contaba con su propio establo, con calefacción y aire acondicionado.

—¡Vaya! —dijo Cody, chasqueando los dedos—. Con lo que me apetecería un buen filete... —bromeó.

—Ni lo sueñes —replicó Tank.

—Era broma —rio Cody—. Conduce con cuidado.

—Siempre lo hago. Te veré después.

Tank telefoneó a Hayes Carson en Texas para ponerle al tanto de lo que estaba sucediendo. Hayes aprobó el plan.

—Sí, eso podría funcionar —le dijo a Tank—. Si se trata del mismo tipo que intentó matarnos a los dos, y que envió a su amiga al hospital, entrar en pánico podría acarrearle la ruina. Porque esta vez sabemos qué buscar y dónde.

—Solo espero que podamos capturarlo —repuso Tank—. Esto te desgasta los nervios, sobre todo cuando hay una mujer de por medio.

—Conozco la sensación. Si podemos hacer algo por nuestra parte, hágamelo saber. Pondré a Rick Márquez al tanto de todo. Él me habló de la dirección que estaba tomando el caso y de las conexiones. Sigue buscando pistas sobre el asesinato del fiscal, ahora que usted le ha dado una nueva perspectiva. Me dijo que había acogido encantado la posibilidad de resolver el caso. Conocía el tipo de antes, sabía lo bien que había estado trabajando. Una lástima.

—Sí. Demasiada gente ha resultado herida hasta ahora. Gracias por la ayuda.

—No he hecho gran cosa, pero de nada. Manténganos informado.

—Así lo haré.

Habían aplicado el mayor número posible de medidas de seguridad. Clara todavía insistía en quedarse en la cabaña, y no habían conseguido moverla de allí. Pero Tank había ordenado a uno de sus trabajadores que se instalase en su habitación de invitados, con un arma, por si acaso.

Merissa mejoró rápidamente. Tank y ella celebraron la Navidad en el hospital con una sabrosa comida: pavo aliñado con salsa de arándanos. Clara se sumó a la cena. Dos días después, la doctora consintió en darle el alta. Tank y Carson la llevaron a su casa.

Una vez allí, Clara y ella mantuvieron una emocionada conversación.

—¡Oh, es tan maravilloso estar de casa de nuevo! —casi sollozó Merissa mientras se abrazaba a su madre.

—Qué alegría tenerte otra vez aquí, cariño —exclamó su madre.

—Siento haberte estropeado la navidad —comentó Merissa, triste.

—Ya celebraremos otra más adelante. Ni siquiera he retirado el árbol —rio Clara.

—Supongo que podré irme ya a casa... —dijo Rance, el vaquero de Tank.

—¡No! —corearon a la vez varias voces.

Rance alzó las manos y se echó a reír.

—¡No hay problema! Me gusta estar aquí. ¡Ella... —señaló a Clara— cocina de maravilla!

—Y Merissa también —le informó Tank con una sonrisa.

—Ya te lo demostraré dentro de un día o dos, cuando haya recuperado las fuerzas —le prometió ella.

Él sonrió y se inclinó para besarla tiernamente en los labios.

—Tenemos que habar.

Merissa asintió, con una expresión de felicidad en los ojos.

—Cuando quieras.

—Antes tenemos que atar unos cuantos cabos sueltos —indicó a Carson que lo acompañara, y se dirigió de nuevo a Merissa—. Te veré mañana a primera hora. Ya sabes, si me necesitas...

—Te llamaré —le prometió.

Se la quedó mirando con tanta pasión que ella se ruborizó. Volviendo sobre sus pasos, la levantó en brazos y la besó.

—Hasta mañana.

—¡De acuerdo! —se echó a reír.

Mientras abandonaba la cabaña, Tank se recordó que al menos estaba seguro de una cosa. Aquella mujer era suya. Y ella lo sabía.

Telefoneó a Rourke tan pronto como terminó de informar a su familia de la situación en la cabaña, ahora que Merissa había regresado a casa.

—Iba a llamar yo mismo a Márquez, pero hemos estado ocupados con la salida de Merissa del hospital. Hablé con Hayes Carson, pero Márquez debería ser puesto al tanto de todo, también. Dado que tú lo conoces, ¿crees que podrías llamarle de mi parte? —le preguntó.

Rourke rio por lo bajo.

—Le llamaré ahora mismo.
—Esperemos que tenga buenas noticias.
—Esperemos.

Rourke le devolvió la llamada pocas horas después, desde los alrededores de la cabaña de las Baker. El vaquero que había estado de guardia con Clara había regresado al rancho. Rourke lo había liberado de aquella obligación, deseoso como había estado el muchacho de volver a sus ocupaciones habituales, a pesar de la habilidad culinaria de Clara. Carson estaba trabajando en el rancho de los Kirk, echando un ojo a la familia.

—Lamento haber tardado tanto. Márquez estaba en un juicio —explicó Rourke.

—Me figuraba que no estaba disponible, porque en ese caso me habrías llamado antes. ¿Están bien Clara y Merissa?

—Sí. Estaban comiendo justo antes de que yo me marchara para revisar las unidades de vigilancia que ha instalado Carson. Si vuelvo a tiempo, disfrutaré de una sabrosa ensalada de pollo —rio—. Bueno, paso a contarte lo que Márquez ha sido capaz de averiguar...

—¿Es segura la línea?

—Desde luego —respondió Rourke—. Estoy medio encaramado en un árbol y hablando por un móvil de un solo uso. El tuyo es de prepago. No hay manera de acceder a estos aparatos. Y, en caso de que lo hiciera, tengo activado el emisor de interferencias.

—Muy retorcido por tu parte.

—Trabajo en operaciones encubiertas —le recordó Rourke—. Bueno, esto es lo que me ha contado Márquez. El reloj fue encargado a un artesano suizo. Una maquinaria única, customizada. Un regalo para el fiscal del distrito de parte de su acaudalada esposa, por su cumpleaños.

—Así que el tipo no pudo traficar con él —adivinó Tank.

—Buena deducción. Pudo haberlo desmontado, retirado las joyas, fundido el oro... pero el reloj era único. Mi hipótesis, y la de Márquez también, es que al asesino le encanta el prestigio que da lucir un reloj que vale más que un Jaguar. Y lo mismo vale para la camisa, que es de alta costura y pintada a mano: un dineral. Así que le gusta la camisa y el reloj y no se reprime de lucirlos. Es una estupidez, pero la gente brillante hace estupideces. Con esa camisa y ese reloj se presenta a la redada de Carson y es fotografiado de esa guisa. Más tarde, se presenta también así en tu emboscada y tú lo ves llevándolas. Alguien, probablemente su jefe, se enfada cuando descubre que su hombre ha estado dando publicidad a un asesinato que podría enviarlos a los dos a prisión de por vida y que, además, hay una fotografía que lo demuestra. Así que el arrepentido empleado se va a por Hayes e intenta matarlo, pero contrata al hombre equivocado y el pistolero falla. Y lo mismo el secuestro, que seguramente habría terminado con la muerte de Hayes, de no haber sido por la exitosa fuga planeada por la mujer de este, con la que acababa de casarse.

—La fotografía estaba en el ordenador de la oficina de Hayes y tuvo que ser borrada por un cómplice suyo —añadió Tank.

—Muy probablemente la misma mujer que trabajaba o decía trabajar para la supuesta empresa de seguridad que instaló los micrófonos del rancho —adivinó Rourke—. Luego, cuando se dieron cuenta de que la fotografía podía ser recuperada, robaron el ordenador y mataron al técnico que estaba intentando recuperar los archivos.

—Un trabajo, en conjunto, torpe y chapucero... —masculló Tank.

—Así es —confirmó Rourke—. Luego, cuando el tipo

se da cuenta de que te acuerdas de él, tú pasas a convertirte en otro cabo suelto imposible de ignorar. Nuestro amigo es un profesional. Es bueno con los disfraces, conoce toda clase de venenos... se mueve bien en ese mundo. Yo he trabajado con tipos que eran brillantes en las operaciones encubiertas pero torpes en estrategia y táctica. Quizá antiguamente contara con alguien que le decía lo que tenía que hacer y cómo, de manera que todo le salía bien. Pero ahora es posible que esté solo y sea además consciente de que no lo tiene todo tan controlado como antes. O quizá sea adicto a la droga y esté perdiendo el control, con lo que se ha vuelto torpe de golpe.

—No intentó disparar contra los dos agentes federales ni contra la secretaria de Cash Grier —señaló Tank.

—Puede que no constituyeran objetivos prioritarios, que estuvieran muy abajo en la lista. Había que eliminar antes los mayores riesgos: Hayes Carson y su ordenador. Y luego tú, porque podías relacionarlo con Charro Méndez y seguir la pista hasta su jefe si hablabas con la gente adecuada.

—Hay muchos «quizás» aquí —observó Tank.

—Cierto.

—¿Qué más te contó Márquez?

—Que están siguiendo la pista, como jefe de nuestro asesino, a un político corrupto supuestamente relacionado con un cártel de droga. Un senador del estado, que últimamente anda aspirando a un cargo político todavía más alto. El anterior senador de Texas murió súbitamente de lo que, en un principio, se supuso eran causas naturales. En este momento, mientras hablamos, lo están investigando. Existe también un serio rival para el cargo que acaba de ser hospitalizado víctima de un mal todavía sin diagnosticar.

—¿Buscaron rastros de algún veneno en su sangre? —murmuró Tank.

—No lo habían hecho, pero ahora, gracias a Márquez, van a hacerlo.

—¿Crees que existe una conexión con ese político?

—Eso es lo más interesante de todo. Entre los casos que el fiscal había estado investigando, figuraba uno sobre un político corrupto. Sobornos, malversación de fondos, conexiones con distribuidores de droga... ese tipo de cosas.

—¿Disponía de alguna prueba?

—Es posible. Pero sus archivos informáticos fueron destrozados. En sentido literal. El disco duro quedó hecho pedazos. Todos los papeles del caso desaparecieron. Parece que el fiscal había contratado temporalmente a alguien para que sustituyera a su secretaria, que se hallaba enferma... justo antes de que él fuera asesinado y desapareciera toda la documentación.

—Debía de haber informes policiales, minutas de investigación... —empezó Tank.

—A eso voy. Todo desaparecido. Lo único que queda es la palabra de los inspectores y agentes de policía—. ¿Y sabes lo que vale eso en un tribunal, sin papeles que lo sustenten?

—¡Maldita sea!

—El lenguaje de Márquez era mucho más gráfico —comentó Rourke—. En cualquier caso, no tenemos nada que pueda relacionar al político con todo esto. Excepto...

—¿Qué?

—Parece que tiene un sicario con gustos caros. El sicario, un tipo llamado Richard Martin, fue visto luciendo una camisa de cachemira como la que tenía el fiscal, regalo de su esposa.

—No me lo digas. También llevaba un reloj con música.

—Bingo.

—Entonces, ¿cuál es la mala noticia?

—La misma de antes. No hay ningún rastro documental. Nadie que lo haya visto podría identificarlo, excepto quizá tú, Hayes Carson y los federales. Ese tipo tendría que estar loco para ir contra los federales, por cierto. O quizá pensó en traerse a alguien de otro continente para la tarea. Ah, y la pequeña secretaria de Cash Grier, la de la memoria fotográfica... ella lo vio. Allí siguen intentando relacionar el intento de asesinato contra su padre con el envenenamiento mortal del autor del mismo.

—Sería conveniente que contara con alguna protección, por si acaso —comentó Tank, sombrío.

—Sé cosas sobre su padre que no puedo contarte —le dijo Rourke.

—¿El pastor?

—No siempre fue pastor. Dejémoslo así. Además, la chica trabaja para Cash Grier. Conozco a criminales de larga trayectoria que se lo pensarían tres veces antes de meterse con tipos como él. Puede que ahora sea simplemente el jefe de policía de una pequeña población, pero mantiene intactas sus antiguas habilidades. No está oxidado. Y cuenta también con gran red de amigos y asociados... muy especiales, por decirlo así. Solicitados algunos de ellos por gobiernos de todo el mundo.

—Interesante.

—Sí que lo es, ¿verdad? —el tono de Rourke se volvió serio—. Márquez dijo que el sicario del político corrupto cuenta con una reputación de extremada violencia. No podemos bajar la guardia ni por un momento.

—Clara y Merissa tienen que venirse al rancho y quedarse con nosotros —anunció Tank con tono firme.

—Ya se lo dije yo. Merissa se mostró dispuesta al principio. Pero ahora no. Piensa que estarán perfectamente seguras en la cabaña. Y Clara dice que, si ella quiere quedarse, ella también.

—No les permitas que lo discutan siquiera. Recógelas y mételas en el coche, si no hay más remedio.

—Es una camioneta, pero haré lo que digas.

—Recoge el ordenador de Merissa y también cualquier objeto de valor sentimental que encuentres. Solo en el caso de que el asesino esté pensando en complicar todavía más la situación.

—Lo haré ahora mismo.

—Cuídate.

—Siempre lo hago. Aplícate el consejo. Hablaremos después —y cortó la comunicación.

Tank se llevó a sus hermanos a la cocina, encendió la batidora para exasperación de Mavie, a la que despachó de la habitación, y les puso al tanto de lo que había sucedido.

—La situación se está volviendo aún más peligrosa —comentó Cane.

—Así es —secundó Mallory—. Carson instaló el dispositivo de reconocimiento facial y hoy hemos identificado a un hombre con antecedentes que se largó cuando quisimos interrogarlo.

—Nunca os habría puesto a los dos en esta situación. Ni a vuestras esposas, ni a tu hijo —le dijo a Mallory—. Por nada del mundo.

—Merece la pena el riesgo si con ello logramos mantenerte vivo —replicó Cane, tenso.

—Es Merissa quien más me preocupa —confesó Tank.

—Pero ella está a salvo por ahora —le dijo Mallory—. Rourke no permitirá que le suceda nada, ni a ella ni a su madre.

—Eso no es todo —Tank hundió las manos en los bolsillos de sus tejanos—. Hay algo más que me tiene preocupado.

—¿Qué es?

—El rastro que dejó en la nieve, el que llevaba a la carretera.

—El truco del viejo cazador consiste en volver siempre sobre un rastro —comentó Mallory.

—Si estuvo dejando un falso rastro deliberadamente, tuvo que asegurarse de que lo viéramos. Así que... ¿dónde crees que se ha estado escondiendo?

La expresión de Mallory se volvió dura como una roca.

—En la misma cabaña.

Tank perdió de pronto el aliento.

—¡Merissa y Clara! —exclamó, aterrado.

Tank abrió su móvil y llamó a Rourke. El teléfono sonó y sonó. Pero Rourke no respondía.

—Esto me huele mal. Voy para allá.

—Y nosotros —dijeron Cane y Mallory, al unísono.

—No —replicó Tank, enfático—. Vosotros os quedáis aquí. Avisaré a todos los muchachos para que rodeen la casa, armados. Carson irá conmigo.

—Ten cuidado —le aconsejó Mallory, tenso.

—Eres el único hermano pequeño que tenemos —añadió Cane, forzando una sonrisa.

—Estaré bien.

Fue hacia la puerta. Antes de llegar ya estaba hablando por el móvil con Darby Hanes. No dejó de darle órdenes mientras se dirigía hacia su camioneta.

—¡Carson! —gritó nada más verlo en el porche.

Carson alzó la mirada del portátil.

—¡Nos vamos! ¡Ahora mismo!

Cerró el ordenador y corrió también hacia el vehículo.

—¿Qué pasa?

—Ya te irás enterando sobre la marcha —llamó a Cody

Banks—. He perdido la comunicación que tenía con el hombre que se quedó protegiendo a Merissa y a Clara. ¿Cuánto puedes tardar en presentarte allí con dos agentes?

—Nos vemos en el porche delantero —dijo Cody, y colgó.

—Creemos que dejó un rastro deliberadamente falso, lejos de donde se encontraba realmente —explicó Tank a Carson, con los dientes apretados—. ¡Está en la maldita cabaña! Probablemente en el ático. ¡Nunca se nos ocurrió mirar ahí arriba!

Carson lanzó un gruñido.

—¡Qué maldita falta de previsión!

—Rezo para que lleguemos a tiempo —dijo Tank, y pisó a fondo el acelerador.

Cuando llegaron a la cabaña, vieron el coche patrulla del sheriff, otro de la policía del Estado, una ambulancia y un camión de bomberos. Parecía que no llevaban mucho tiempo allí, ya que acababan de apagar las sirenas y las luces.

—¿Qué ha pasado? —preguntó Tank, esforzándose por dominar su terror mientras se reunía con Cody Banks al pie del patrulla.

—Tiene a las mujeres —informó Cody—. No va a negociar. Dice que está harto de tener que esconderse todo el tiempo. Va a matarlas.

—¿Qué hacemos ahora?

—No tengo ningún negociador de rehenes —les dijo Cody—. El departamento de policía de Catelow tiene uno, pero en este momento se encuentra en el Este, de vacaciones— La policía del Estado nos ha enviado a un tipo que desempeñó esa labor para el departamento de policía de Houston hace unos años —señaló al hombre en cuestión, que asintió con la cabeza—. En este momento estamos esperando a los técnicos de las compañías.

—¿Las compañías? —estalló Tank—. ¿Para qué diablos?

—Apagamos siempre todo lo que podemos apagar —explicó el agente de policía—. Luego negociamos con el suministro de energía, de agua...

—Las matará antes —dijo Tank, respirando aceleradamente—. Es a mí a quien quiere. Le ofreceré un trato: ellas por mí.

—No —se opuso firmemente Cody—. Porque entonces tendremos tres víctimas en lugar de dos.

Mientras ellos hablaban, Carson se despojó de la chaqueta. La arrojó al asiento delantero de la camioneta del rancho.

—¿Qué va a hacer? —le preguntó Cody.

—El trabajo con el que llevo años ganándome la vida —respondió Carson—. ¿Alguien tiene un fusil de francotirador por aquí? Lo necesito.

Los hombres se lo quedaron mirando fijamente.

Carson les espetó entonces, con las manos en las caderas:

—¿Vamos a quedarnos aquí plantados o van a permitirme de una vez que salve a esas mujeres?

—Lo siento —dijo Cody—. ¡Frank! —llamó a uno de sus agentes—. Tráeme ese nuevo rifle con mira telescópica.

—Nuevo... —masculló Carson—. Esos malditos rifles nuevos nunca disparan bien hasta que se usan.

—Es lo único que tenemos —explicó Cody.

—Nunca podrás acercarte lo suficiente —Tank intentó razonar con Carson. Estaba muerto de miedo—. Te verá aproximarte.

Carson arqueó una ceja.

—Recuérdame que te cuente un par de historias cuando todo esto haya terminado —desvió la mirada hacia el agente, que había regresado portando una pesada maleta metálica.

El policía la dejó sobre la parte trasera de la camioneta y la abrió.

—Qué ricura —comentó Carson, acariciando la madera de la culata del rifle.

—Sí que lo es —murmuró el agente de policía—. Tremendamente preciso.

Carson lo sacó del estuche con gesto casi reverente y enfocó la mira hacia la cabaña.

—La óptica es buena —dijo, y se concentró. Distinguió un movimiento en una de las ventanas. Casi al instante apareció un rostro de mujer, con expresión aterrada. Era Clara. Estaba hablando con alguien que se hallaba a su espalda. Asustada. Llorando.

Carson apretó la mandíbula.

—Acaba de ordenar a Clara que se asome a la ventana, para que vea lo que está pasando aquí —se colgó el rifle del hombro—. Necesito que me lo distraigan —le dijo a Cody Banks—. No voy a decirles dónde estaré. Pero, cuando oigan un disparo, muévanse rápido.

—No falle —le advirtió Cody con tono firme.

—Sería la primera vez —replicó Carson, muy serio—. No fallaré.

Se volvió y salió corriendo hacia el final del sendero de entrada.

—Va en la dirección equivocada —masculló el agente.

—¿Eso cree? —inquirió Tank. Conocía a Carson. Se volvió hacia Cody—. Si los camiones de las compañías se presentaran ahora, nos serían de gran ayuda.

Cody activó el emisor de su radio.

—Intentaré que se den prisa. Atención —empezó, hablando con la unidad—. Necesito saber el tiempo estimado de llegada de la compañía eléctrica.

—En dos minutos estará allí, sheriff.

—Díganles que enciendan las luces amarillas y entren rápido —dijo Cody.

—¿Señor?

—Haga lo que le digo. ¿De acuerdo?

—De acuerdo.

Cody se volvió hacia su agente.

—Enciende las luces y haz sonar la sirena a tope, para meter un buen ruido en la zona del sendero de entrada. Acércate a la cabaña, pero no demasiado.

El agente asintió.

—¡Sí, señor!

Acto seguido se subió al coche, activó las luces y la sirena y avanzó rápido hacia la cabaña. Frenó en seguida, derrapando y dejando atravesado el vehículo en el sendero de entrada.

—Ya está. Quizá esto le proporcione a Carson el tiempo suficiente para situarse en su posición. Y aquí llega la otra maniobra de distracción.

El camión de la compañía eléctrica se detuvo junto al coche patrulla.

—Me habían dado una dirección muy rara... —empezó el chófer.

—Me temo que no hay tiempo para hablar —lo cortó el sheriff con una cansada sonrisa—. Este es un escenario con rehenes. Necesitamos que cortes el suministro eléctrico de la cabaña lo más rápidamente posible.

—Me pongo a ello —apagó el motor, bajó del camión, se ató el cinturón de las herramientas y subió al remolque para concentrarse en el panel de conexiones. Minutos después, la cabaña quedó sumida en una total oscuridad.

—Buen trabajo —lo felicitó Cody.

—¿Y ahora qué? —preguntó el hombre.

—¿Puede quedarse un rato con nosotros?

—A no ser que recibamos otra llamada urgente, sí.

—Gracias —Cody se volvió hacia el policía del Estado—. Intentaré conseguir que descuelgue de nuevo el teléfono, si es que todavía funciona.

El policía asintió.

Cody marcó el número de Clara y esperó. El teléfono sonó una, dos tres veces. Más veces todavía, Justo cuando iba a colgar, oyó un ruido al otro lado de la línea.

—¿Qué es lo que quiere? —inquirió una voz con acento australiano.

—Los rehenes —respondió Cody.

Se oyó una fría carcajada.

—Ni hablar, amigo. Han frustrado todos mis planes. Y ahora tienen que pagar por ello.

Cody entregó el teléfono al policía del Estado.

—¿Me daría permiso para confirmar que las dos mujeres siguen vivas? —le preguntó con tono suave.

—Tendrá que conformarse con mi palabra —replicó el otro.

—¿Qué es lo que quiere?

—Para empezar, que vuelva a conectar la luz.

—No puedo hacer eso, me temo. No por el momento, al menos. Hábleme. ¿Qué quiere?

—Lo descubrirá muy pronto.

Y colgó. El policía transmitió el mensaje a los demás.

Tank soltó un gruñido. Debió haberse casado con Merissa se manas atrás. Debió haberla llevado ante un altar la misma noche en que compartieron aquella comida china. ¿Por qué había vacilado? Sabía bien cómo se sentía. Y sabía cómo se sentía ella. Ahora todo eso nunca sucedería. Aquel asesino iba a matarla, a ella y a su madre, y todo sería culpa suya.

El camión de la compañía de teléfonos apareció entonces en la carretera, seguido de un segundo, el de la empresa del agua. Aparcaron en el sendero de entrada.

—¿Qué quiere que hagamos? —le preguntaron a Cody Banks.

—Esperen —se volvió hacia su agente—. ¡Sube al coche, enciende luces y sirenas, y enfila hacia el pueblo!

—¡Sí, señor!

El agente repitió la misma rutina que había ejecutado antes, saliendo esa vez a la carretera. Justo cuando el coche estaba desapareciendo en la lejanía, sonó un tiro.

Con el corazón en la boca, tremendamente acelerado, Tank desobedeció una orden directa de Cody Banks para echar a correr hacia la cabaña lo más rápido que le permitieron sus piernas. ¿Quién había disparado? Carson le había pedido que corriera si oía algún tiro, pero... ¿y si el hombre de la cabaña lo descubría y mataba a las mujeres?

No podía detenerse. Ya se estaba imaginando a Merissa muerta en el suelo, cubierta de sangre. No sobreviviría si ella moría. No podría superar su pérdida, sobre después de haber estado a punto de perderla apenas unos días atrás.

Sentía el pecho a punto de explotar mientras subía los escalones del porche detrás de los hombres. Cody acababa de agarrar el picaporte cuando se produjo una explosión.

La onda expansiva lanzó a los hombres contra el suelo. Tank, tendido de espaldas, sin aliento, vio la bola de fuego que se alzaba en al aire como un globo naranja que no cesaba de crecer.

—¡Sáquenlas de ahí! —gritó.

Los bomberos ya estaban en movimiento, Situaron el tanque de agua al pie de los escalones, saltaron fuera del camión y empezaron a desenrollar las mangueras.

Tank intentó acceder al porche, pero Cody se lo impidió.

—¡No! —rabió—. ¡No, Dios mío, no! ¡Tengo... que entrar... ahí!

Cody no lo soltaba.

—Si entras ahí, morirás con ella.

—¡No me importa! —gritó Tank—. ¡No puedo vivir sin ella! ¡No podré vivir!

Cody apretó los dientes. Nunca había escuchado una emoción tan cruda en una voz humana. Se estaba muriendo por dentro de ver sufrir a su amigo. Pero no por ello lo soltó.

Los chorros de agua impactaban ya contra la cabaña. Su fuerza era tan grande que rompieron los cristales que habían sobrevivido a la explosión.

Tank contempló horrorizado cómo un cuerpo en llamas salía precipitadamente por la puerta, gritando. Era demasiado alto, demasiado grande, para ser una mujer.

El hombre, que por fuerza tenía que ser el asesino, salió a la carrera al sendero de entrada. Un bombero lo interceptó y lo tiró al suelo, mientras otro lo apuntaba con un extintor. La mitad de su ropa había desaparecido, quemada: la piel de debajo estaba ennegrecida. La espuma lo cubrió, pero aun así seguía chillando. En seguida, sin embargo, se quedó quieto, se estremeció y murió.

Merissa y Clara. ¿Se habrían quemado también? Tank contemplaba la cabaña con una mirada opaca, muerta. Su vida entera había ardido allí, ante sus ojos. ¿Qué haría ahora? Ya no le quedaba vida. Su Merissa estaba muerta, como la cabaña que seguía consumiéndose lentamente en aquellas llamas amarillas, en el denso humor negro que se alzaba al cielo.

Cayó de rodillas y se quedó muy quieto, mirando cómo ardía la estructura.

Cerrando los ojos, musitó una oración por sus almas. Sentía la humedad de las lágrimas corriendo por sus mejillas.

—¡Merissa! —gritó con una voz que reflejaba la angustia de su corazón.

En algún remoto lugar, en el fondo de su mente, podía escuchar la clara y dulce voz de Merissa llamándolo por su nombre. Una voz que le perseguiría para siempre.

—¡Dalton!

Sonrió. Era como si estuviera cantando un ángel.

—¡Dalton!

Qué extraño... Parecía tan real...

—¡Tank! ¡Maldito seas!

¿Tank? ¿Maldito seas?

Levantándose, se volvió. Allí, negra de hollín pero perfectamente viva estaba Merissa, en los brazos de Carson. Y Clara estaba a su lado, tiznada también, pero sonriente.

—Oh, Dios mío —susurró, y fue como una plegaria. Fue hacia ella, la separó delicadamente de los brazos de Carson y la besó. La besó sin cesar.

—¡Creía que te habías muerto allí dentro! —musitó mientras le cubría de besos la cara y el pelo. Olía a humo, pero para él era el perfume más dulce sobre la tierra. Estaba viva, respirando... y maldiciéndolo. Le encantaba.

—Ya nos dábamos por muertas —le confesó, cansada—. Él ya había abierto la espita de una de las bombonas —tosió—. El humo nos estaba ahogando. No sabíamos por qué había hecho eso, aunque sí le habíamos visto conectarlas a una especie de temporizador. Estaba mirando por la ventana cuando empezaron a sonar las sirenas. Acababa de cortar un cable de un rollo que llevaba, con la intención de atarnos a las sillas. El gas nos estaba mareando... sabíamos lo que planeaba. Hice un gesto a mamá, nos tapamos la boca y echamos a correr hacia la puerta. Pensábamos que íbamos a morir de todas formas y que recibir una bala era una muerte mejor que quemarnos vivas.

—Mi chica valiente... —gruñó Tank—. Vamos —la levantó en vilo y la llevó con los sanitarios, que en aquel momento estaban suministrando oxígeno a Clara. Había inhalado más gas que Merissa, porque el asesino la había obligado a situarse ante la ventana para que le fuera contando los movimientos en el exterior.

—¿Mejor ahora? —inquirió Tank un rato después, cuando Merissa hubo aspirado algo de oxígeno y los sanitarios habían acabado de atenderla a ella y a su madre.

—Sí —susurró, y se dirigió al equipo—. Gracias.

—¿Qué sucedió cuando llegasteis a la puerta? —quiso saber Tank.

—Bueno, conseguí abrirla. Él amenazó con dispararnos, si no nos deteníamos. Estábamos aterradas. Yo abrí la puerta de par en par. Carson estaba a pocos metros de distancia. Levantó el rifle y disparó una vez. El hombre soltó un grito. Yo le oí derribar una silla o algo así. No me volví para mirar. Carson nos gritó que corriéramos, que él nos cubriría. Así lo hicimos. Echamos a correr como locas hacia él. Yo creo que el hombre disparó la pistola, porque oímos un segundo disparo a nuestra espalda. Segundos después, cuando apenas estábamos a unos metros del porche, la cabaña estalló.

Soltó un suspiro tembloroso. Dalton la abrazó con fuerza.

—Perdona —rio ella—. Todavía estoy temblando.

—Estás viva, cariño, y eso es lo único que me importa. Sigue con lo que me estabas diciendo...

—Rourke había salido a revisar algo. Estábamos comiendo una ensalada de pollo en la cocina cuando oímos unos ruidos en el porche trasero. Pensamos que era Rourke, así que no hicimos caso y nos fuimos a ver las noticias de la televisión. Apenas unos minutos después, el hombre entró en el salón con una pistola y nos ordenó que fuéramos a la cocina y nos quedáramos allí quietas, si no queríamos morir —volvió a estremecerse, y Tank la abrazó con mayor fuerza—. Junta a la puerta había unas bombonas de propano. Él las había colocado allí, con una especie de detonadores. Nos hizo sentar a la mesa mientras él abría la espita de una de ellas. Me dijo que mataría a mamá primero si intentaba algo —cerró los ojos—. Teníamos un miedo mortal. Él estaba furioso, rabiaba y maldecía porque no podía matarte, ni a ti ni a ese sheriff de Texas. Y porque acababa de descubrir que la muerte de un hombre al que había contratado para acabar con cierta mujer en Texas estaba siendo investigada. Dijo que había envenenado al hombre porque había hecho una chapuza de trabajo. También comentó que había habido otro asesinato, muy anterior a todo aquello, pero que nunca tendríamos tiempo de enterarnos, porque iba a matarnos a todos y se aseguraría después de borrar toda huella. Dijo que su jefe lo tenía por un adicto a las drogas, pero que no lo era, que podía dejarlas en cuanto quisiera. Se puso a chillar y a manotear como un loco... —sacudió la cabeza—. Yo pensé que había perdido el juicio.

—Eso parece, desde luego —comentó Tank con tono grave, y le acarició tiernamente el pelo.

—Dijo que iba a hacer explotar la cabaña y que huiría aprovechando la confusión. Que nunca volverías a tener un momento de paz y que jamás conseguiríais descubrirlo. Que pensaba volver a Texas para terminar el asunto que tenía pendiente allí. Que había encontrado a alguien de confianza para que matara a la mujer de Texas que lo había visto. Que se habían acabado los cabos sueltos —se apoyó contra él—. Me alegré tanto cuando vi a Carson... Pero mucho más cuando te vi a ti.

—Creí que te había perdido —susurró Tank con voz ronca—. Cuando la explosión.

Sonrió y lo besó. Enterró su delicado rostro en su cuello.

—Acabábamos de salir por la puerta trasera cuando una de las bombonas explotó. No sé cómo pudo ocurrir, pero el caso es que las demás fueron explosionando en cadena —miró a Carson, que no había soltado el rifle y estaba escuchando la conversación—. Gracias por haberme salvado la vida.

—De nada —repuso él, devolviéndole la sonrisa.

Tank se lo agradeció también. Pero estaba demasiado ocupado besando a Merissa para decir mucho más.

CAPÍTULO 14

—No entiendo lo de las bombonas de propano —confesaba Tank algo después, mientras las mujeres estaban siendo tratadas de los efectos de la inhalación de gas en la unidad de cuidados intensivos. Cody Banks y él tenían quemaduras superficiales, ya curadas.

—Por lo que dijo Merissa, el tipo les había colocado temporizadores —explicó Carson—. Explotó una y provocó una reacción en cadena.

—Sí, pero ¿cómo hizo que explotara una? —preguntó Tank—. Una vez vi un programa en la televisión sobre bombonas de propano. Dispararon una bala contra una. La atravesó. No hubo explosión.

La expresión de Carson era sombría.

—El problema es el gas cuando se escapa y se concentra en una habitación. Si es lo suficiente denso para obstaculizar la respiración humana, cualquier chispa puede hacerlo explotar, incluso encendiendo un simple interruptor.

—¿Es eso lo que crees que sucedió?

—Merissa dijo que el tipo había abierto la espita de una de las bombonas y que las dos estaban teniendo problemas para respirar. Él había encendido el temporizador y probablemente contaba con que los cables provocarían la explosión, para cubrir su salida y matar a las mujeres. Supongo que planeaba atarlas primero, pero no previó que alguien se acercaría lo suficiente para dispararle antes de que pudiera seguir adelante. Bien por las maniobras de distracción. Me sirvieron de mucho.

—Gracias a Cody. La idea fue suya.

—En cualquier caso, no tenía buen tiro en la posición en la que me encontraba, así que me acerqué a la cabaña. Justo en aquel momento se abrió la puerta trasera y las mujeres intentaron salir. El tipo las siguió. Yo apunté detrás de ellas y lo herí en un hombro; en seguida les indiqué por señas que corrieran. El asesino se quedó sorprendido el tiempo suficiente para que las mujeres abandonaran la cabaña. Yo ya estaba oliendo a gas antes de acercarme al porche. Las mujeres estaban tosiendo. El tipo disparó contra nosotros, justo antes de que se produjera la explosión.

—¿Crees que ese disparo hizo explotar el gas?

—Sí —respondió Carson—. Cuando disparó en nuestra dirección, el fuego de la pistola tuvo que provocar la combustión —sacudió la cabeza—. Murió abrasado. Hasta para un malvado, es una manera horrenda de morir.

—Merissa me dijo que moriría así —explicó Tank—. Ella lo sabía.

—Cuídala bien —le instó Carson con tono firme—. Si no lo haces, te la quitaré y me casaré yo con ella —sonrió.

Tank rio por lo bajo. Le dio una palmada en el hombro,

—Gracias por salvarme la vida.

—No lo hice —replicó, perplejo.

—Salvaste a Merissa. Y yo, sin ella, no habría tenido vida alguna.

—Lo entiendo —dijo Carson con expresión comprensiva—. De nada, entonces.

Cody Banks se reunió con ellos en la sala de espera.

—Bueno, tenemos un cadáver y ninguna forma de identificarlo —anunció con tono cansado—. El forense está trabajando con él en la sala de autopsias, pero la verdad es que no queda mucho que mirar, a no ser que su ADN aparezca en alguna base de datos.

—¿Llevaba quizá un móvil encima?

—Sí. Está achicharrado. Lo enviaremos al laboratorio estatal a la espera de que se produzca un milagro. Pero, entre nosotros, dudo que tengamos suerte.

—Necesitamos llamar al sheriff Carson en Texas —sugirió Tank, sombrío—. El tipo le dijo a Merissa que había contratado a alguien de confianza para liquidar a cierta mujer que lo había visto y que tenía una gran memoria fotográfica.

Carson entrecerró los ojos.

—Solo se me ocurre una mujer que encaje en esa descripción. Será mejor que hagas esa llamada primero.

—Lo haré —dijo Tank.

—El tipo era un lunático de manual —comentó Cody, furioso.

—¿Qué hay de su reloj?

El sheriff parpadeó perplejo.

—¿Qué reloj?

—El que llevaba....

Cody estaba sacudiendo la cabeza.

—No llevaba reloj de pulsera —replicó—. Ni cartera.

—Pero debió alojarse en alguna parte mientras me estuvo vigilando —declaró Tank, cortante.

—Pensamos que tuvo que haberse instalado en el ático de la cabaña —añadió Carson.

Cody suspiró.

—Bueno, echaré un vistazo. Pero el incendio destruyó la mayor parte de la estructura.

Tank esbozó una mueca.

—El ordenador de Merissa estaba allí. Todo su trabajo perdido.

—No, no está perdido —dijo Rourke, reuniéndose con ellos. Estaba sonriendo—. ¿Ya os habíais olvidado? Saqué su ordenador y la mayor parte de sus objetos personales temprano este mismo día, y pensaba llevarlos a tu rancho.

—Excelente previsión —rio Tank.

—Soy famoso por mi carácter previsor, que solo es superado por la excelencia de mi físico —bromeó Rourke.

Carson puso los ojos en blanco.

—Necesitaremos contactar con la Cruz Roja —dijo Cody.

—¿Por qué? —quiso saber Tank.

—Las mujeres van a encontrarse temporalmente sin casa...

—Ellas ya tienen una casa —señaló Tank, sonriendo—. Tenemos tres cuartos de invitados.

—¿Eso es una invitación? —preguntó Rourke, con los ojos muy abiertos—. Porque yo he compartido barracón con él, y ronca —gruñó, fulminando a Carson con la mirada.

—¡Yo no ronco! —exclamó el aludido, indignado.

—Ya. Lo que pasa es que usas una sierra mecánica por las noches y no te acuerdas —se burló Rourke.

—No era una invitación —le dijo Tank—. Ya podéis volveros a vuestra casa. El caso está cerrado. El asesino ha dejado de ser un problema. Aunque os estoy muy agradecido, a los dos, y vuestros cheques reflejarán ese agradecimiento.

—Yo no he hecho esto por la paga —le recordó Rourke—. Así que no me ofendas.

—Lo mismo digo —agregó Carson, sonriendo también—. Incluso los grandes abogados llevan casos altruistas de cuando en cuando.

—¿Abogados? —masculló Rourke—. ¿Elaboras informes con tu rifle de mira telescópica?

Carson arqueó las cejas.

—Si alguna vez te cansas de trabajar para Cy Parks, siempre puedes volver y trabajar para mí —se dirigió Tank a Carson—. Podría levantarte hasta una casa propia.

—Es una oferta tentadora —reconoció Carson—. Pero Cy Parks se afligiría mucho.

—Ya. Bailó una giga irlandesa, de pura felicidad, cuando le dijiste que te venías aquí —se burló Rourke—. Y eso que no es irlandés.

—Mentira —replicó Carson.

—Yo solo miento cuando me lo piden —declaró Rourke, altivo.

Merissa y Clara entraron poco después en la sala de espera, acompañadas por un sonriente doctor Harrison.

—Llevaba tiempo sin verlo —lo saludó Tank, estrechándole la mano.

—Qué extraordinaria casualidad —dijo el doctor—. Acababa de traer a un joven que necesitaba un par de puntos por una pelea cuando me encontré con ellas.

—Él conoce al médico de guardia —le informó Clara a Tank.

—Claro que lo conozco. Yo le enseñé todo lo que él sabe... —el doctor sonrió. De repente se puso serio—. Lamento lo de la cabaña. Si necesitan un sitio donde quedarse...

—Es usted muy amable, pero mis cuñadas ya les tienen preparadas las habitaciones de invitados del rancho —dijo Tank—. Será mejor que nos marchemos ya, por cierto. Ha sido un día muy largo para todos.

—Me gustaría telefonearles después, si me lo permiten —le dijo el médico a Clara—. Para saber cómo se encuentran.

—Eso sería muy amable por su parte —replicó ella—. Gracias.

—Será un placer —se despidió de los otros, sonrió a las mujeres y regresó a su despacho.

—¿Listas para irnos? —inquirió Tank.

Merissa asintió.

—Estoy tan cansada... Las dos lo estamos.

—Ha sido una prueba muy dura —reconoció Tank—. Pero con un final feliz. Vamos. Yo os llevo.

—¿Seguro que no molestaremos? —le preguntó Merissa, preocupada.

—¿Cómo podríais? —replicó Tank con una sonrisa—. Sois familia, ¿no?

Ella alzó la mirada hacia él con el corazón en los ojos.

—Oh, sí. Desde luego.

La tomó del brazo, todo sonriente.

La instalación de las mujeres en el rancho de los Kirk fue tan fácil que casi parecía como si hubieran nacido allí. Merissa, a la que siempre le había costado relacionarse con la gente, se llevaba ya de maravilla con Morie y con Bolinda.

—Es como si las conociera de toda la vida —le dijo a Tank en un momento en que estaban solos en la camioneta, de regreso a la cabaña para revisar lo que quedaba de sus pertenencias personales, una vez terminadas las labores del cuerpo de bomberos y de la policía.

Clara había pensado en acompañarlos, pero consciente como era de que su hija deseaba pasar tiempo a solas con Tank, había fingido encontrarse demasiado cansada. Merissa se había limitado a sonreírle, porque la conocía demasiado bien.

—Ya te dije que no sería tan duro —bromeó Tank. Le

había tomado la mano mientras conducía. No quería soltarla. Había estado tan cerca de perderla, por dos veces...

—Tu familia es fantástica.

—Como tu madre.

—Gracias.

Aparcó a corta distancia del porche delantero. La cocina se había convertido, prácticamente, en un montón de astillas. Media cabaña continuaba casi intacta, pero los daños del fuego seguían siendo importantes.

—Dos muertes en tan poco tiempo —comentó Merissa en voz baja—. Mi padre y ahora ese hombre horrible —sacudió la cabeza.

—Pero Clara y tú estáis vivas —le recordó él.

Ella le sonrió.

—Desde luego.

Bajó y la ayudó a descender del vehículo. Subieron al porche y rodearon la cabaña hacia la parte trasera. El suelo todavía estaba húmedo por el agua de las mangueras. Había restos metálicos y cristales rotos.

—Cuidado —le advirtió él—. Mira bien por dónde pisas...

—Tranquilo, que no pisaré ningún cristal. Yo...

Tank la levantó entonces en vilo, riendo.

—Me aseguraré yo de ello —se la quedó mirando fijamente a los ojos, con un dulce brillo de deseo—. Todavía no puedo creer que estés aquí conmigo, sana y salva. Nunca en toda mi vida había sentido tanto miedo.

Ella le echó los brazos al cuello.

—Me pediste que me casara contigo —le recordó, ruborizándose—. Yo creía que eso solo era porque tú querías, er... bueno, ya sabes. Y luego te azoraste y yo te dije que no tenía intención de casarme...

Se interrumpió porque él ya la estaba besando. Lo hizo con gran lentitud, con una exquisita ternura, porque ella todavía seguía débil después de lo cerca que había estado de morir.

—Quiero casarme contigo —susurró—, más de lo que puedes imaginar. Lo quería ya entonces, pero me atranqué y terminé fastidiando las cosas.

Ella le acarició una mejilla.

—Y yo te mentí. Me moría de ganas de casarme contigo —musitó.

La bajó suavemente al suelo.

—Toma —le puso una caja en la mano. Una pequeña caja de joyería.

La abrió. Dentro había un precioso juego de alianzas, en rubíes y diamantes. Merissa se quedó sin aliento.

—Lo he llevado en el bolsillo desde el día en que te solté lo de que necesitábamos casarnos. Lo estropeé todo.

—No, no lo estropeaste —sacó el anillo de compromiso—. ¿Quieres ponérmelo, por favor?

Tank sonrió mientras se lo deslizaba en el dedo anular.

—¿Querrás casarte conmigo?

—Por supuesto —contestó sin aliento, mirándolo con luminosa expresión, al borde de las lágrimas.

Le mordisqueó suavemente los labios.

—¿Cuánto de pronto? —murmuró.

—Ayer —bromeó ella.

Él sonrió contra su boca.

—Anteayer.

—El mes pasado.

—El año pasado.

El beso se fue volviendo más intenso y profundo, y Merissa soltó un gemido. Fue justo en aquel momento cuando él se detuvo, porque podía sentir su debilidad.

Alzó la cabeza y se aclaró la garganta.

—Podemos casarnos en seguida. Pero esperaremos a que te sientas mejor antes de tener... relaciones íntimas.

Ella se echó a reír, tímida.

—De acuerdo. Quiero decir que... quiero tener relaciones íntimas. Pero todavía me siento un poquito... débil.

—Lo sé. No pasa nada —escrutó su rostro—. Te deseo. Eso forma parte de lo que siento por ti, como hombre. Pero si quiero casarme contigo es porque estoy enamorado de ti.

—¿De verdad?

—Oh, sí —le rozó los labios—. Cuando vi aquella explosión y pensé que tú estabas dentro... —la atrajo hacia sí y la abrazó, con fuerza—. Fue como si el mundo se oscureciera de repente. Me pareció oír tu voz, llamándome...

—Maldiciéndote.

Él se echó a reír.

—Sí, lo hiciste. En aquel momento solo podía pensar en una cosa: en encontrar algún medio, alguna manera de llegar hasta ti, aunque eso significara morir yo mismo —alzó la cabeza y la miró fijamente a los ojos—. No me imagino la vida sin ti. Sin ti, el futuro no existe. Tú lo eres todo para mí. Y te amaré hasta el día en que me muera. Y más allá también.

Merissa sentía el escozor de las lágrimas en los ojos.

—Y yo te amaré de la misma manera, también. Para siempre.

Él le enjugó entonces las lágrimas, a besos.

—Para siempre.

Se casaron en el rancho, en ceremonia oficiada por el pastor de la iglesia metodista local. Merissa, que todavía se sentía algo débil, lucía un precioso vestido de alta costura con bordado de seda sobre satén blanco, encaje de Bruselas y un velo largo. Llevaba un ramito de flores de pascua, porque aunque las fiestas ya habían pasado, de alguna manera aquella era una boda navideña: de hecho, se encontraban en la misma habitación donde resplandecía el bello y enorme árbol de navidad, que la familia no había retirado aún.

Habían convencido a Rourke y Carson de que se quedaran para la ceremonia, después de lo cual partirían hacia Texas.

El asesino estaba muerto, pero todavía quedaba un leve rastro que llevaba a Hayes Carson e incluso a Carlie. La muerte del fiscal del distrito de San Antonio constituía la clave. Pero, si el asesino muerto había contratado a alguien para que se encargara de Carlie y de su asombrosa memoria fotográfica, el tiempo era vital.

Carson hablaba poco, pero Tank advirtió que se alarmaba de manera especial cada vez que alguien mencionaba que Carlie podía estar en la lista de amenazados. Para alguien que la odiaba tanto, parecía una reacción un tanto contradictoria.

—¿Llamaste a Hayes Carson? —le preguntó una soñolienta Merissa la primera noche de su luna de miel en Montego Bay, Jamaica.

Tank la acercó hacia sí, sonriente.

—Sí. Rick Márquez, los federales y él están siguiendo algunas pistas.

Apartó la sábana para descubrir sus senos pequeños y perfectos, antes de inclinarse para acariciarlos con los labios.

—Espero que puedan salvar a esa mujer de Texas —comentó ella en un susurro, arqueando la espalda.

—Yo también... —musitó él a su vez.

Se apretó contra su duro y musculoso pecho. El áspero vello le hacía cosquillas. Era una sensación maravillosa. Le echó los brazos al cuello.

—¿Sabes? Tenía miedo de hacer esto —le confesó, fascinada.

—Ya lo he notado.

Al principio fue un poco difícil. Merissa había tenido que superar su natural timidez con la ayuda de una copa de vino y la oscuridad de la habitación. Tank deslizó las manos por la tersura de su cuerpo con la misma sensual delicadeza con que solía tocar el piano: seduciéndola hasta conseguir que se relajara, que lo aceptara, que participara en aquel festín de los sentidos que sobrepasaba con mucho cualquier otra cosa que hubiera conocido en su vida.

Al final, cuando ella terminó sollozando, clavando las uñas en su larga y musculosa espalda, él se arqueó contra sus caderas y acabó rápidamente con la pequeña barrera que apenas se notó, salvo por una levísima punzada de dolor.

Sus movimientos, urgentes, intensos y profundos, consiguieron levantarla de la cama en un estremecedor éxtasis de satisfacción, a pesar de tratarse de la primera vez.

—Tú dijiste que, por lo general, la gente tarda algún tiempo en acostumbrarse a estas cosas y a disfrutarlas. Y las mujeres más... —le recordó Merissa poco después, mientras Tank la recostaba de nuevo sobre las almohadas, todavía enterrado en ella.

—Bueno, sí —repuso, sonriente—. Pero me olvidé de mencionar que me estaba refiriendo a hombres con menos paciencia y habilidad que yo —rio por lo bajo.

—Habilidad. Paciencia. Ya —de repente se quedó sin aliento—. Aunque a veces eres demasiado paciente...

—¿De veras? —y se hundió aún más en ella, con fuerza—. ¿Mejor así?

—¡Más! —jadeó.

—¿Así? —la agarró de los muslos y tiró de ella hacia sí, poseyéndola con una ciega y vibrante fiebre que terminó ahogándolos a los dos en una marea de dulce y ardiente alivio, tras una tensión casi dolorosa.

Ella gritó, estremeciéndose sin cesar conforme el placer superaba cualquier cosa que se hubiera imaginado.

—Sí —gruñó él contra su cuello—. Oh, Dios mío, cariño... nunca... ¡nunca había sentido esto... con nadie!

—¡Lo... sé!

Se interrumpieron por unos segundos. Pero la fiebre era demasiado alta, demasiado tórrida, y no tardaron en empezar de nuevo.

—No debería hacer esto —gruñó él—. Todavía estás débil...

—¿Débil? ¡Ya te enseñaré yo a ti... lo que es estar débil! —enredó las piernas en torno a sus caderas y se apretó contra él, con los ojos muy abiertos, contemplándolo mientras el interminable placer la envolvía en una nube de fuego y de furia. El rostro de Tank pareció difuminarse cuando sobrevino la explosión final. Una explosión tan cruda y sensual que la impulsó a morderlo en un hombro mientras él se estremecía sobre su cuerpo en un último y exquisito embate.

La atrajo hacia sí. La luz de la luna se filtraba a través de las sedosas cortinas del balcón que daba a Montego Bay.

—Debí haberme casado contigo la noche que te presentaste en mi casa para advertirme de que alguien pretendía asesinarme —le dijo—. ¡Cuánto tiempo perdido!

—No pasa nada —murmuró ella con un suspiro de contento—. Ya lo recuperaremos.

Él la acarició la húmeda melena.

—Háblame del futuro —le pidió.

—Será largo y dulce —sonrió.

—¿En serio?

—En serio.

—Estaba seguro. Pero es bonito que se lo confirmen a uno. Ella deslizó una mano por el áspero vello de su pecho.

—Has sido muy amable al mandar reconstruir la cabaña para mamá. Ahora que es seguro que ella viva allí.

—Era lo menos que podíamos hacer. Ella adora la cabaña.

—Yo también.

—Pero tú no puedes irte a vivir con ella —le recordó él—, Yo me sentiría demasiado solo...

—Solamente me iría a vivir allí si tú me acompañaras.

Una expresión de preocupación nubló fugazmente la mirada de Tank.

—Merissa, nadie volveré a amenazarnos nunca, ¿verdad? ¿Ni a mí, ni a ti ni a Clara?

—No —le aseguró ella. De repente se quedó muy quieta, como si estuviera teniendo una visión—. Aunque esa joven de Texas... Ya sufrió un atentado. ¡Y ella ni siquiera es consciente de ello!

—Tranquila. Mañana a primera a hora llamaré a Hayes Carson y se lo diré.

—Pensará que estoy loca.

—No. Es un gran tipo. Un día te llevaré a Texas para que lo conozcas, a él y a su esposa.

—Eso sería estupendo.

—Siempre y cuando vayamos juntos —volvió a recordarle, muy serio—. Nunca volveré a separarme de ti.

—Puedes apostar lo que quieras. Yo tampoco me apartaré de tu lado.

Tank le subió la sábana con un suspiro, cubriéndola.

—¿Qué tal si mañana hacemos una ruta por los lugares históricos de la ciudad?

—Oh, sí, y quiero probar la cerveza de jengibre. He leído algo sobre ella.

—Podrás beberte un barril entero si quieres —la atrajo aún más hacia sí y la miró fijamente a los ojos, a la luz de la luna—. De hecho, podrás tener todo lo que quieras. Cualquier cosa.

Merissa alzó la cabeza para acercar su boca a la suya.

—Solo te quiero a ti.

Él le devolvió el beso con exquisita ternura.

—La vida es tan dulce... —susurró ella.

—Sí, querida —volvió a suspirar—. Sí que lo es.

De regreso en Texas, un enfurecido político estaba manteniendo una reunión a puerta cerrada con un siniestro conocido suyo.

—¿Cómo diablos se dejó matar por un pobre paleto de Montana? —gritó Matt Helm, rabioso.

—Yo soy el primer sorprendido, jefe: murió abrasado.

—¿Dejó alguna pista que pueda llevar hasta mí? —inquirió el político.

—No que nosotros sepamos. Uno de los amigos de mi hermano, que es inspector de policía, me lo ha confirmado. Dice que todo está tranquilo.

—Bueno, al menos se deshizo de los cabos sueltos. Su colega, esa estúpida que se dejó arrestar en el hospital, está muerta. Los archivos de imagen en los que aparecía luciendo ese maldito reloj están borrados, tenemos el ordenador... —se interrumpió, sacudiendo la cabeza—. ¡Lástima que fallara el hombre que enviamos para que se encargara de la secretaria de Cash Grier!

—Ellos piensan que el tipo no era más que un lunático —intentó tranquilizarlo su interlocutor—. No hay por qué preocuparse. Martin me dijo que había contratado a otro para hacerlo, alguien de confianza.

—¿Crees que podremos confiar en él, entonces? —inquirió, sarcástico.

—Quizá. No sabemos a quién contrató. Las anfetaminas

le habían achicharrado el cerebro —dijo con tono irritado—. Se desquició al final, asumió demasiados riesgos. Deliraba. Antes nunca cometía errores así.

—Los tipos que consumen droga están todos locos —convino el político—. Esa es la razón por la que nosotros se la suministramos.

—Tiene usted toda la razón.

—Sube a Wyoming tú solo y asegúrate de que no hemos dejado rastros —ordenó Helm a su matón—. Y mira a ver si puedes hallar ese maldito reloj. Si lo encuentras, destrúyelo.

—¡Dios, jefe, ese reloj vale un dineral!

—¡Pero no vale el precio de una condena de prisión de por vida para los dos! ¿Lo entiendes o no? —le preguntó, furioso.

—Está bien, está bien... Si puedo localizarlo, lo romperé en pedazos y lo enterraré en alguna parte.

—Debía de llevar alguna prenda de ropa consigo, al menos —continuó Helm—. En un maletín, en su coche, quizá. ¡Encuéntrala!

—Haré todo lo que pueda, jefe. Pero mis contactos dicen que ellos ni siquiera encontraron una cartera, y el móvil estaba demasiado destrozado para poder proporcionar alguna información.

—Simplemente quiero quitármelo de la cabeza de una vez —le dijo Helm—. El gobernador está a punto de designar un sucesor para el difunto senador Todd. Espero que el elegido sea yo, pero, aunque no fuera así, tengo poder y dinero suficiente para poder ganar las elecciones extraordinarias de esta primavera. No quiero que un descubrimiento ocasional arruine mi futuro político. Dile lo mismo a Charro Méndez. Será mejor que me cubra bien las espaldas, si es que espera recibir algún favor especial para su cártel cuando consiga el cargo.

—Se lo diré, jefe.

—No puedo volver a dejarme ver con él —se pasó una mano por el pelo, nervioso—. ¡Qué desastre! No puedo creer que Rick Martin metiese la pata de esta manera. Era el mejor en su trabajo: infiltrado como estaba en la DEA, nos proporcionaba la información necesaria para proteger nuestros cargamentos y liquidar a la oposición. ¡Y ahora resulta que lo ha estropeado todo porque era incapaz de mantenerse alejado de las drogas!

—Al menos, no es nada probable que alguien relacione el reloj con nosotros, por el momento —declaró el matón—. La foto ha desaparecido. Aunque esa chica lograra recordarla, su testimonio no valdría. No pueden demostrar nada.

—Incluso, aunque pudieran, nosotros podríamos alegar que Martin actuaba por su cuenta —añadió Helm, asintiendo—. Tienes razón. Tenemos las manos limpias. Todo va a salir bien —se volvió—. Pero, de todas formas, sube a Wyoming por si puedes encontrar algún cabo suelto.

—¿Qué pasa con la chica?

Helm vaciló. Ella trabajaba para Cash Grier. Él conocía a Grier. Provocarlo era peligroso. Pero ya una vez antes habían camuflado su primer atentado contra la vida de Carlie, fingiendo que el objetivo de su asesino había sido en realidad su padre, el pastor.

—Su padre parece atraer a los lunáticos, ¿no? —dijo Hem, mirando fijamente a su hombre—. Quiero decir, ya sucedió una vez... y nosotros no estamos implicados. Diablos, ni siquiera sabemos a quién contrató Martin, ¿verdad?

—Cierto, jefe. No hay manera de que nos relacionen con eso. Si Martin pagó a alguien para matarla, dejemos que el tipo se gane su sueldo, eso es lo que digo yo...

—Y yo. Menos complicaciones para todos. Encuentra ese reloj y esa camisa.

—Cuente conmigo, jefe.

Helm no respondió. Eso mismo le había dicho Rick Martin antes de viajar a Wyoming para liquidar a Dalton Kirk. Y aquello no había terminado bien. De hecho, las estupideces que había cometido después de matar al fiscal del distrito que había estado investigando los negocios de Helm habían sido como una primera señal de su fracaso. ¿Robarle a un muerto el reloj y la camisa para luego lucirlos en una redada en la que fue fotografiado? La absoluta estupidez de aquel comportamiento no dejaba de asombrarlo.

Y luego alertar a Kirk de su presencia y dejarse matar de aquella forma... ¿Dónde estaría aquel reloj? Tendría que esperar que su nuevo refuerzo pudiera encontrarlo. Tenía un luminoso futuro por delante, repleto de riquezas y de poder. ¡No iba a perderlo por culpa de un maldito reloj!

Cash Grier abandonó su despacho con gesto pensativo. Miró a Carlie.

—¿Tienes lista ya esa carta para que la eche al correo?

—Sí, señor. Solo le falta la firma —le entregó una carta impresa, con la cabecera del departamento de policía, más el sobre con la dirección y el sello.

La leyó.

—Si lo que está buscando es alguna falta, no tiene ninguna. Y eso que no uso corrector —comentó ella con una engreída sonrisa.

Él se echó a reír.

—Te creo. Buen trabajo.

—Gracias, jefe.

Firmó la carta, la dobló y la guardó en el sobre.

—Ah, recibió una llamada de ese ranchero de Wyoming, Dalton Kirk.

Frunció el ceño.

—¿Qué quería?

—Era algo sobre el hombre que murió. Dijo que su esposa tenía una premonición. No me explicó lo que era. Pero quería que usted le llamase.

—Lo haré cuando vuelva de comer.

—Sí, señor.

Se lo quedó viendo marcharse y sacó luego un sándwich y un refresco de su tartera. Tenía la costumbre de comer en su escritorio. El jefe nunca se quejaba. Probablemente sabía que no podía permitirse comer fuera: solo muy de cuando en cuando.

Se preguntó por la premonición que había tenido la esposa de Kirk. Esperaba que no fuera nada malo. Últimamente se habían producido unos cuantos acontecimientos muy desagradables en Jacobsville, Texas, incluido el fallido atentado de aquel lunático contra su padre. Se estremeció, recordando cómo había terminado el episodio.

El teléfono sonó en ese momento. Lo descolgó y se limpió los labios de mantequilla de cacahuete antes de responder.

—Oficina del jefe Grier.

Se hizo un breve silencio.

—Dile a tu padre que él será el siguiente.

Antes de que ella pudiera pronunciar otra palabra, el autor de la llamada colgó. Carlie se quedó mirando el auricular con el corazón latiendo acelerado. Aquel día no iba a ser nada bueno.

www.ingramcontent.com/pod-product-compliance
Lightning Source LLC
LaVergne TN
LVHW030342070526
838199LV00067B/6402